Los pasos perdidos

Sección: Literatura

Alejo Carpentier:
Los pasos perdidos

El Libro de Bolsillo
Alianza Editorial
Madrid

© Alejo Carpentier, 1953
© Alianza Editorial, S. A. Madrid, 1988
Calle Milán, 38. Teléf.: 200 00 45. 28043 Madrid
ISBN: 84-206-0329-5
Depósito Legal: M-16.507-1988
Fotocomposición EFCA, S. A.
Avda. Dr. Federico Rubio y Galí, 16. 28039 Madrid
Papel fabricado por Sniace, S. A.
Impreso en Artes Gráficas Ibarra, S. A. Matilde Hernández, 31. 28019 Madrid
Printed in Spain

Capítulo primero

> Y tus cielos que están sobre tu cabeza serán de
> metal; y la tierra que está debajo de ti, de hierro.
> Y palparás al mediodía, como palpa el ciego en la
> oscuridad.
>
> Deuteronomio, 28-23-28

I

Hacía cuatro años y siete meses que no había vuelto a ver la casa de columnas blancas, con su frontón de ceñudas molduras que le daban una severidad de palacio de justicia, y ahora, ante muebles y trastos colocados en su lugar invariable, tenía la casi penosa sensación de que el tiempo se hubiera revertido. Cerca del farol, la cortina de color vino; donde trepaba el rosal, la jaula vacía. Más allá estaban los olmos que yo había ayudado a plantar en los días del entusiasmo primero, cuando todos colaborábamos en la obra común; junto al tronco escamado, el banco de piedra que hice sonar a madera de un taconazo. Detrás, el camino del río, con sus magnolias enanas, y la verja enrevesada en garabatos, al estilo de la Nueva Orleáns. Como la primera noche, anduve por el soportal, oyendo la misma resonancia hueca bajo mis pasos y atravesé el jardín para llegar más pronto a donde se movían, en gru-

pos, los esclavos marcados al hierro, las amazonas de faldas enrolladas en el brazo y los soldados heridos, harapientos, mal vendados, esperando su hora en sombras hediondas a mastic, a fieltros viejos, a sudor resudado en
las mismas levitas. A tiempo salí de la luz, pues sonó el
disparo del cazador y un pájaro cayó en escena desde el
segundo tercio de bambalinas. El miriñaque de mi esposa voló por sobre mi cabeza, pues me hallaba precisamente donde le tocara entrar, estrechándole el ya angosto paso. Por molestar menos fui a su camerino, y allá el tiempo volvió a coincidir con la fecha, pues las cosas bien pregonaban que cuatro años y siete meses no transcurrían
sin romper, deslucir y marchitar. Los encajes del desenlace estaban como engrisados; el raso negro de la escena
del baile había perdido la hermosa tiesura que lo hiciera
sonar, en cada reverencia, como un revuelo de hojas secas. Hasta las paredes de la habitación se habían ajado,
al ser tocadas siempre en los mismos lugares, llevando las
huellas de su larga convivencia con el maquillaje, las flores trasnochadas y el disfraz. Sentado ahora en el diván
que de verde mar había pasado a verde moho, me consternaba pensando en lo dura que se había vuelto, para
Ruth, esta prisión de tablas de artificio, con sus puentes
volantes, sus telarañas de cordel y árboles de mentira. En
los días del estreno de esa tragedia de la Guerra de Secesión, cuando nos tocara ayudar al autor joven servido por
una compañía recién salida de un teatro experimental, vislumbrábamos a lo sumo una aventura de veinte noches.
Ahora llegábamos a las mil quinientas representaciones,
sin que los personajes, atados por contratos siempre prorrogables, tuvieran alguna posibilidad de evadirse de la
acción, desde que los empresarios, pasando el generoso
empeño juvenil al plano de los grandes negocios, habían
acogido la obra en su consorcio. Así, para Ruth, lejos de
ser una puerta abierta sobre el vasto mundo del Drama
—un medio de evasión— este teatro era la isla del Diablo. Sus breves fugas, en funciones benéficas que le eran
permitidas, bajo el peinado de Porcia o los drapeados de

alguna Ifigenia, le resultaban de muy escaso alivio, pues debajo del traje distinto buscaban los espectadores el rutinario miriñaque y en la voz que quería ser de Antígona, todos hallaban las inflexiones acontraltadas de la Arabella, que ahora, en el escenario, aprendía del personaje Booth —en situación que los críticos tenían por portentosamente inteligente— a pronunciar correctamente el latín, repitiendo la frase: *Sic semper tyrannis.* Hubiera sido menester el genio de una trágica impar, para deshacerse de aquel parásito que se alimentaba de su sangre: de aquella huésped de su propio cuerpo, prendida de su carne como un mal sin remedio. No le faltaban ganas de romper el contrato. Pero tales rebeldías se pagaban, en el oficio, con un largo desempleo, y Ruth, que había comenzado a decir el texto a la edad de treinta años, se veía llegar a los treinta y cinco, repitiendo los mismos gestos, las mismas palabras, todas las noches de la semana, todas las tardes de domingos, sábados y días feriados —sin contar las actuaciones de las giras de estío—. El éxito de la obra aniquilaba lentamente a los intérpretes, que iban envejeciendo a la vista del público dentro de sus ropas inmutables, y cuando uno de ellos hubiera muerto de un infarto, cierta noche, a poco de caer el telón, la compañía, reunida en el cementerio a la mañana siguiente, había hecho —tal vez sin advertirlo— una ostentación de ropas de luto que tenían un no sé qué de daguerrotipo. Cada vez más amargada, menos confiada en lograr realmente una carrera que, a pesar de todo, amaba por instinto profundo, mi esposa se dejaba llevar por el automatismo del trabajo impuesto, como yo me dejaba llevar por el automatismo de mi oficio. Antes, al menos, trataba de salvar su temperamento en un continuo repaso de los grandes papeles que aspirara a interpretar alguna vez. Iba de Norah a Judith, de Medea a Tessa, con una ilusión de renuevo; pero esa ilusión había quedado vencida, al fin, por la tristeza de los monólogos declamados frente al espejo. Al no hallar un modo normal de hacer coincidir nuestras vidas —las horas de la actriz no son las ho-

ras del empleado—, acabamos por dormir cada cual por
su lado. El domingo, al fin de la mañana, yo solía pasar
un momento en su lecho, cumpliendo con lo que consideraba un deber de esposo, aunque sin acertar a saber si
en realidad mi acto respondía a un verdadero deseo por
parte de Ruth. Era probable que ella, a su vez, se creyera
obligada a brindarse a esa hebdomadaria práctica física en
virtud de una obligación contraída en el instante de es-
tampar su firma al pie de nuestro contrato matrimonial.
Por mi parte, actuaba impulsado por la noción de que no
debía ignorar la posibilidad de un apremio que me era da-
ble satisfacer, acallando con ello, por una semana, ciertos
escrúpulos de conciencia. Lo cierto era que ese abrazo,
aunque resultara desabrido, volvía a apretar, cada vez, los
vínculos aflojados por el desemparejamiento de nuestras
actividades. El calor de los cuerpos restablecía una cierta
intimidad, que era como un corto regreso a lo que hubiera sido la casa en los primeros tiempos. Regábamos el
geranio olvidado desde el domingo anterior; cambiába-
mos un cuadro de lugar; sacábamos cuentas domésticas.
Pero pronto nos recordaban las campanas de un carillón
cercano que se aproximaba la hora del encierro. Y al dejar a mi esposa en su escenario al comienzo de la función
de tarde, tenía la impresión de devolverla a una cárcel
donde cumpliera una condena perpetua. Sonaba el disparo, caía el falso pájaro del segundo tercio de bambalinas,
y se daba por terminada la Convivencia del Séptimo Día.
    Hoy, sin embargo, se había alterado la regla domini-
cal, por culpa de aquel somnífero tragado en la madrugada para conseguir un pronto sueño —que no me venía
ya como antes, con sólo poner sobre mis ojos la venda
negra aconsejada por Mouche. Al despertar, advertí que
mi esposa se había marchado, y el desorden de ropas medio sacadas de las gavetas de la cómoda, los tubos de maquillaje de teatro tirados en los rincones, las polveras y
frascos dejados en todas partes, anunciaban un viaje inesperado. Ruth me volvía del escenario, ahora, seguida por
un rumor de aplausos, zafando presurosamente los bro-

ches de su corpiño. Cerró la puerta de un taconazo que, de tanto repetirse, había desgastado la madera, y el miriñaque, arrojado por sobre su cabeza, se abrió en la alfombra de pared a pared. Al salir de aquellos encajes, su cuerpo claro se me hizo novedoso y grato, y ya me acercaba para poner en él alguna caricia, cuando la desnudez se vistió de terciopelo caído de lo alto que olía como los retazos que mi madre guardaba, cuando yo era niño, en lo más escondido de su armario de caoba. Tuve como una fogarada de ira contra el estúpido oficio y fingimiento que siempre se interponía entre nuestras personas como la espada del ángel de las hagiografías; contra aquel drama que había dividido nuestra casa, arrojándome a la otra —aquellas cuyas paredes se adornaban de figuraciones astrales—, donde mi deseo hallaba siempre un ánimo propicio al abrazo. ¡Y era por favorecer esa carrera en sus comienzos desafortunados, por ver feliz a la que entonces mucho amaba, que había torcido mi destino, buscando la seguridad material en el oficio que me tenía tan preso como lo estaba ella! Ahora, de espaldas a mí, Ruth me hablaba a través del espejo, mientras ensuciaba su inquieto rostro con los colores grasos del maquillaje: me explicaba que al terminarse la función, la compañía debía emprender, de inmediato, una gira a la otra costa del país y que por ello había traído sus maletas al teatro. Me preguntó distraídamente por la película presentada la víspera. Iba a contarle de su éxito, recordándole que el fin de ese trabajo significaba el comienzo de mis vacaciones, cuando tocaron a la puerta. Ruth se puso de pie, y me vi ante quien dejaba una vez más de ser mi esposa para transformarse en protagonista; se prendió una rosa artificial en el talle, y, con un leve gesto de excusa, se encaminó al escenario, cuyo telón a la italiana acababa de abrirse removiendo un aire oliente a polvo y a maderas viejas. Todavía se volvió hacia mí, en ademán de despedida, y tomó el sendero de las magnolias enanas... No me sentí con ánimo para esperar el otro entreacto, en que el terciopelo sería trocado por el raso, y un maquillaje dis-

tinto se espesaría sobre el anterior. Regresé a nuestra casa,
donde el desorden de la partida presurosa era todavía presencia de la ausente. El peso de su cabeza estaba moldea-
do por la almohada; había, en el velador, un vaso de agua
medio bebido, con un precipitado de gotas verdes, y un
libro quedaba abierto en un fin de capítulo. Mi mano encontraba húmeda todavía la mancha de una loción derra-
mada. Una hoja de agenda, que no había visto al entrar
antes en el cuarto, me informaba del viaje inesperado: *Be-
sos. Ruth. P. S. Hay una botella de jerez en el escritorio.*
Tuve una tremenda sensación de soledad. Era la primera
vez, en once meses, que me veía solo, fuera del sueño,
sin una tarea que cumplir de inmediato, sin tener que correr hacia la calle con el temor de llegar tarde a algún lugar. Estaba lejos del aturdimiento y la confusión de los
estudios en un silencio que no era roto por músicas me-
cánicas ni voces agigantadas. Nada me apuraba y, por lo
mismo, me sentía el objeto de una vaga amenaza. En este
cuarto desertado por la persona de perfumes todavía presentes, me hallaba como desconcertado por la posibilidad
de dialogar conmigo mismo. Me sorprendía hablándome
a media voz. Nuevamente acostado, mirando al cielo
raso, me representaba los últimos años transcurridos, y
los veía correr de otoños a pascuas, de cierzos a asfaltos
blandos, sin tener el tiempo de vivirlos —sabiendo, de
pronto, por los ofrecimientos de un restaurante nocturno, del regreso de los patos salvajes, el fin de la veda de
ostras, o la reaparición de las castañas—. A veces, también, debíase mi información sobre el paso de las estaciones a las campanas de papel rojo que se abrían en las
vitrinas de las tiendas, o a la llegada de camiones cargados de pinos cuyo perfume dejaba la calle como transfigurada durante unos segundos. Había grandes lagunas de
semanas y semanas en la crónica de mi propio existir;
temporadas que no me dejaban un recuerdo válido, la
huella de una sensación excepcional, una emoción dura-
dera; días en que todo gesto me producía la obsesionante
impresión de haberlo hecho antes en circunstancias idén-

ticas —de haberme sentado en el mismo rincón, de haber contado la misma historia, mirando al velero preso en el cristal de un pisapapel. Cuando se festejaba mi cumpleaños en medio de las mismas caras, en los mismos lugares, con la misma canción repetida en coro, me asaltaba invariablemente la idea de que esto sólo difería del cumpleaños anterior en la aparición de una vela más sobre un pastel cuyo sabor era idéntico al de la vez pasada. Subiendo y bajando la cuesta de los días, con la misma piedra en el hombro, me sostenía por obra de un impulso adquirido a fuerza de paroxismos —impulso que cedería tarde o temprano, en una fecha que acaso figuraba en el calendario del año en curso—. Pero evadirse de esto, en el mundo que me hubiera tocado en suerte, era tan imposible como tratar de revivir, en estos tiempos, ciertas gestas de heroísmo o de santidad. Habíamos caído en la era del Hombre-Avispa, del Hombre-Ninguno, en que las almas no se vendían al Diablo, sino al Contable o al Cómitre. Por entender que era vano rebelarse, luego de un desarraigo que me hiciera vivir dos adolescencias —la que quedaba del otro lado del mar y la que aquí se había cerrado— no veía dónde hallar alguna libertad fuera del desorden de mis noches, en que todo era buen pretexto para entregarme a los más reiterados excesos. Mi alma diurna estaba vendida al Contable —pensaba en burla de mí mismo—; pero el Contable ignoraba que, de noche, yo emprendía raros viajes por los meandros de una ciudad invisible para él, ciudad dentro de la ciudad, con moradas para olvidar el día, como el *Venusberg* y la Casa de las Constelaciones, cuando un vicioso antojo, encendido por el licor, no me llevaba a los apartamientos secretos, donde se pierde el apellido al entrar. Atado a mi técnica entre relojes, cronógrafos, metrónomos, dentro de salas sin ventanas revestidas de fieltros y materias aislantes, siempre en lugar artificial, buscaba, por instinto, al hallarme cada tarde en la calle ya anochecida, los placeres que me hacían olvidar el paso de las horas. Bebía y me holgaba de espaldas a los relojes, hasta que lo bebido y holgado me derribara al pie de un despertador, con un sueño que yo trataba de esperar poniendo sobre mis ojos un antifaz negro que debía darme, dormido, un aire de Fantomas al descanso... La chusca imagen me puso de buen humor. Apuré un gran vaso de jerez, resuelto a aturdir al que demasiado reflexionaba dentro de mi cráneo, y habiendo despertado los calores del alcohol de la víspera con el vino presente, me asomé a la ventana del cuarto de Ruth, cuyos perfumes comenzaban a retroceder ante un persistente olor de acetona. Tras de las grisallas entrevistas al despertar, había llegado el verano, escoltado por sirenas de barco que se respondían de río a río por encima de los edificios. Arriba, entre las evanescencias de una bruma tibia, eran las cumbres de la ciudad: las agujas sin pátina de los templos cristianos, la cúpula de la iglesia ortodoxa, las grandes clínicas donde oficiaban Eminencias Blancas, bajo los entablamentos clásicos, demasiado escorados por la altura, de aquellos arquitectos que, a comienzos del siglo, hubieran perdido el tino ante una dilatación de la verticalidad. Maciza y silenciosa, la funeraria de infinitos corredores parecía una réplica en gris —sinagoga y sala de conciertos por el medio— del inmenso hospital de maternidad, cuya fachada, huérfana de todo ornamento, tenía una hilera de ventanas todas iguales, que yo solía contar los domingos, desde la cama de mi esposa, cuando los temas de conversación escaseaban. Del asfalto de las calles se alzaba un bochorno azuloso de gasolina, atravesado por vahos químicos, que demoraba en patios olientes a desperdicios, donde algún perro jadeante remedaba estiramientos de conejo desollado para hallar vetas de frescor en la tibieza del piso. El carillón martilleaba un Avemaría. Tuve la insólita curiosidad de saber qué santo honrábase en la fecha de hoy: *4 de junio. San Francisco Carraciolo* —decía el tomo de edición vaticana donde yo estudiara antaño los himnos gregorianos—. Absolutamente desconocido para mí. Busqué el libro de vidas de santos, impreso en Madrid, que mucho me hubiera leído mi madre, allá, durante las dichosas enfermedades menores que me libraban del colegio. Nada se decía de Francisco Carraciolo. Pero fui a dar a unas páginas encabezadas por títulos píos: *Recibe Rosa visitas del cielo; Rosa pelea con el diablo; El prodigio de la imagen que suda.* Y una orla festoneada en que se enredaban palabras latinas: *Sanctae Rosae Limanae, Virginis. Patronae principalis totius American Latinae.* Y esta letrilla de la santa, apasionadamente elevada al Esposo:

> *¡Ay de mí! ¿A mi querido*
> *quién le suspende?*
> *Tarda y es mediodía,*
> *pero no viene.*

Un doloroso amargor se hinchó en mi garganta al evocar, a través del idioma de mi infancia, demasiadas cosas juntas. Decididamente, estas vacaciones me ablandaban. Tomé lo que quedaba del jerez y me asomé nuevamente a la ventana. Los niños que jugaban bajo los cuatro abetos polvorientos del Parque Modelo dejaban a ratos sus castillos de arena gris para envidiar a los pillos metidos en el agua de una fuente municipal, que nadaban entre jirones de periódicos y colillas de cigarros. Esto me sugirió la idea de ir a alguna piscina para hacer ejercicio. No debía quedarme en la casa en compañía de mí mismo. Al buscar el traje de baño, que no aparecía en los armarios, se me ocurrió que fuera más sano tomar un tren y bajarme donde hubiera bosques, para respirar aire puro. Y ya me encaminaba hacia la estación del ferrocarril, cuando me detuve ante el Museo donde se inauguraba una gran exposición de arte abstracto, anunciada por móviles colgados de pértigas, cuyos hongos, estrellas y lazos de madera, giraban en un aire oliente a barniz. Iba a subir por la escalinata cuando vi que paraba, muy cerca, el autobús del Planetarium, cuya visita me pareció muy necesaria, de repente, para sugerir ideas a Mouche acerca de la nueva decoración de su estudio. Pero como el autobús tar-

daba demasiado en salir, acabé por andar tontamente,
aturdido por tantas posibilidades, deteniéndome en la primera esquina para seguir los dibujos que sobre la acera
trazaba, con tizas de colores, un lisiado con muchas me-
dallas militares en el pecho. Roto el desaforado ritmo de
mis días, liberado, por tres semanas, de la empresa nu-
tricia que me había comprado ya varios años de vida, no
sabía cómo aprovechar el ocio. Estaba como enfermo de
súbito descanso, desorientado en calles conocidas, indeciso ante deseos que no acababan de serlo. Tenía ganas
de comprar aquella *Odisea,* o bien las últimas novelas po-
licíacas, o bien esas *Comedias Americanas* de Lope que
se ofrecían en la vitrina de Brentano's, para volverme a
encontrar con el idioma que nunca usaba, aunque sólo
podía multiplicar en español y sumar con el «llevo tanto». Pero ahí estaba también el *Prometheus Unbound,*
que me apartó prestamente de los libros, pues su título
estaba demasiado ligado al viejo proyecto de una composición que, luego de un preludio rematado por un gran
coral de metales, no había pasado, en el recitativo inicial
de Prometeo, del soberbio grito de rebeldía: *«... regard
this Earth — Made multitudinous with thy slaves, whom
thou — requitest for kneeworship, prayer, and prai-
se, — and toil, and hecatombs of broken heart, — with
fear and self-contempt and barren hope».* La verdad era
que, al tener tiempo para detenerme ante ellas, al cabo de
meses de ignorarlas, las tiendas me hablaban demasiado.
Era, aquí, un mapa de islas rodeadas de galeones y Rosas
de los Vientos; más adelante, un tratado de organografía;
más allá, un retrato de Ruth, luciendo diamantes de prestado, para propaganda de un joyero. El recuerdo de su
viaje me produjo una repentina irritación: era ella, realmente, a la que yo estaba persiguiendo ahora; la única
persona que deseaba tener a mi lado, en esta tarde sofocante y aneblada, cuyo cielo se ensombrecía tras de la monótona agitación de los primeros anuncios luminosos. Pero otra vez un texto, un escenario, una distancia, se interponía entre nuestros cuerpos, que no volvían a encon-

trar ya, en la Convivencia del Séptimo Día, la alegría de
los acoplamientos primeros. Era temprano para ir a casa
de Mouche. Hastiado de tener que elegir caminos entre
tanta gente que andaba en sentido contrario, rompiendo
papeles plateados o pelando naranjas con los dedos, quise ir hacia donde había árboles. Y me había librado ya de
quienes regresaban de los estadios mimando deportes en
la discusión, cuando unas gotas frías rozaron el dorso de
mis manos. Al cabo de un tiempo cuya medida escapa,
ahora, a mis nociones —por una aparente brevedad de
transcurso en un proceso de dilatación y recurrencia que
entonces me hubiera sido insospechable—, recuerdo esas
gotas cayendo sobre mi piel en deleitosos alfilerazos, como si hubiesen sido la advertencia primera —ininteligi-
ble para mí, entonces— del encuentro. Encuentro trivial,
en cierto modo, como son, aparentemente todos los encuentros cuyo verdadero significado sólo se revelará más
tarde, en el tejido de sus implicaciones... Debemos buscar el comienzo de todo, de seguro, en la nube que re-
ventó en lluvia aquella tarde, con tan inesperada violencia que sus truenos parecían truenos de otra latitud.

II

Había reventado, pues, la nube en lluvia, cuando andaba yo detrás de la gran sala de conciertos, en aquella
acera larga que no ofrecía el menor resguardo al transeúnte. Recordé que cierta escalera de hierro conducía a
la entrada de los músicos, y como algunos de los que ahora pasaban me eran conocidos, no me fue difícil llegar al
escenario, donde los miembros de una coral famosa se estaban agrupando por voces para pasar a las gradas. Un
timbalero interrogaba con las falanges sus parches subi-
dos de tono por el calor. Sosteniendo el violín con la barbilla, el concertino hacía sonar el *la* de un piano, mientras las trompas, los fagotes, los clarinetes, seguían envueltos en el confuso hervor de escalas, trinos y afinacio-

nes, anteriores a la ordenación de las notas. Siempre que
yo veía colocarse los instrumentos de una orquesta sinfónica tras de sus atriles, sentía una aguda expectación del
instante en que el tiempo dejara de acarrear sonidos in-
coherentes para verse encuadrado, organizado, sometido
a una previa voluntad humana, que hablaba por los gestos del Medidor de su Transcurso. Este último obedecía,
a menudo, a disposiciones tomadas un siglo, dos siglos
antes. Pero bajo las carátulas de las particellas se estam-
paban en signos los mandatos de hombres que aun muertos, yacentes bajo mausoleos pomposos o de huesos perdidos en el sórdido desorden de la fosa común, conservaban derechos de propiedad sobre el tiempo, imponien-
do lapsos de atención o de fervor a los hombres del futuro. Ocurría a veces —pensaba yo— que esos póstumos
poderes sufrieran alguna merma o, por el contrario, se
acrecieran en virtud de la mayor demanda de una generación. Así, quien hiciera un balance de ejecuciones, podría llegar a la evidencia de que, este u otro año, el máximo usufructuario del tiempo hubiese sido Bach o Wagner, junto al magro haber de Telemann o Cherubini. Hacía tres años, por lo menos, que yo no asistía a un concierto sinfónico; cuando salía de los estudios estaba tan
saturado de mala música o de buena música usada con fines detestables, que me resultaba absurda la idea de su-
mirme en un tiempo hecho casi objeto por el sometimien-
to a encuadres de fuga, o de forma sonata. Por lo mismo,
hallaba el placer de lo inhabitual al verme traído, casi por
sorpresa, al rincón oscuro de las cajas de los contrabajos,
desde donde podía observar lo que en el escenario ocurría en esta tarde de lluvia cuyos truenos, aplacados, parecían rodar sobre los charcos de la calle cercana. Y tras
del silencio roto por un gesto, fue una leve quinta de
trompas, aleteada en tresillos por los segundos violines y
violoncellos, sobre la cual pintáronse dos notas en descenso, como caídas de los arcos primeros y de las violas,
con un desgano que pronto se hizo angustia, apremio de
huida, ante la tremenda acometida de una fuerza de sú-

bito desatada... Me levanté con disgusto. Cuando mejor dispuesto me encontraba para escuchar alguna música, luego de tanto ignorarla, tenía que brotar *esto* que ahora se hinchaba en *crescendo* a mis espaldas. Debí suponerlo, al ver entrar a los coristas al escenario. Pero también podía haberse tratado de un oratorio clásico. Porque de saber que era la *Novena Sinfonía* lo que presentaban los atriles, hubiera seguido de largo bajo el turbión. Si no toleraba ciertas música unidas al recuerdo de enfermedades de infancia, menos podía soportar el *Freunde, Schöner Gotterfunken, Tochter ans Elysium!* que había esquivado, desde *entonces,* como quien aparta los ojos, durante años, de ciertos objetos evocadores de una muerte. Además, como muchos hombres de mi generación, aborrecía cuanto tuviera un aire «sublime». La *Oda* de Schiller me era tan opuesta como la Cena de Montsalvat y la Elevación del Graal... Ahora me veo en la calle nuevamente, en busca de un bar. Si tuviera que andar mucho para alcanzar una copa de licor, me vería invadido muy pronto por el estado de depresión que he conocido algunas veces, y me hace sentirme como preso en un ámbito sin salida, exasperado de no poder cambiar nada en mi existencia, regida siempre por voluntades ajenas, que apenas si me dejan la libertad, cada mañana, de elegir la carne o el cereal que prefiero para mi desayuno. Echo a correr porque la lluvia arrecia. Al doblar la esquina doy de cabeza en un paraguas abierto: el viento lo arranca de las manos de su dueño y queda triturado bajo las ruedas de un auto, de tan cómica manera que largo una carcajada. Y cuando creo que me responderá el insulto, una voz cordial me llama por mi nombre: «Te buscaba —dice—, pero había perdido tus señas.» Y el Curador, a quien yo no veía desde hacía más de dos años, me dice que tiene un regalo para mí —un extraordinario regalo— en aquella vieja casa de comienzos de siglo, con los cristales muy sucios, cuya platabanda de grava se intercala en este barrio como un anacronismo.

Los resortes de la butaca, disparejamente vencidos, se

incrustan ahora en mi carne con rigores de cilicio, impo-
niéndome una compostura de actitud que no me es habitual. Me veo con la tiesura de un niño llevado a visitas
en la luna del conocido espejo que encuadra un espeso
marco rococó, cerrado por el escudo de los Estherhazy.
Renegando de su asma, apagando un cigarrillo de tabaco
que lo asfixia para encender uno de estramonio que le hace toser, el Curador del Museo Organográfico anda a pasos cortos por la pequeña estancia atestada de címbalos
y panderos asiáticos, preparando las tazas de un té
que, por suerte, será acompañado de ron martiniqueño.
Entre dos estantes cuelga una quena incaica; sobre la mesa de trabajo, esperando la redacción de una ficha, yace
un sacabuche de la Conquista de México, preciosísimo
instrumento, cuyo pabellón es una cabeza de tarasca or-
nada de escamas plateadas y ojos de esmalte, con fauces
abiertas que alargan hacia mí una doble dentadura de cobre. «Fue de Juan de San Pedro, trompeta de cámara de
Carlos V y jinete famoso de Hernán Cortés», me explica
el Curador, mientras comprueba el punto de la infusión.
Luego vierte el licor en las copas con la previa advertencia —cómica si se piensa en quien la escucha— de que
un poco de alcohol, de cuando en cuando, es cosa que el
organismo agradece por atavismo, ya que el hombre, en
todas las épocas y latitudes, se las arregló siempre para
inventar bebidas que le procuraran alguna embriaguez.
Como resulta que mi regalo no se hallaba aquí, en este
piso, sino donde fue a buscarlo una sirvienta sorda que
camina despacio, miro mi reloj para fingir una repentina
alarma ante el recuerdo de una cita ineludible. Pero mi
reloj, al que no he dado cuerda anoche —me percato de
ello ahora— para acostumbrarme mejor a la realidad del
comienzo de mis vacaciones, se ha parado a las tres y
veinte. Pregunto por la hora, con tono urgido, pero me
responden que no importa; que la lluvia ha oscurecido
prematuramente esta tarde de junio, que es de las más largas del año. Llevándome de una *Pangelingua* de los mon-
jes de St. Gall a la edición príncipe de un *Libro de Cifra*

para tañer la vihuela, pasando, acaso, por una rara impresión del *Oktoechos* de San Juan Damasceno, trata el Curador de burlar mi impaciencia, hostigada por el enojo de haberme dejado atraer a este piso donde nada tengo que hacer ya, entre tantas guimbardas, rabeles, dulzainas, clavijas sueltas, mástiles entablillados, organitos con los fuelles rotos que veo, revueltos, en los rincones oscuros. Ya voy a decir con tono tajante, que vendré otro día por el regalo, cuando regresa la sirvienta, quitándose los chanclos de goma. Lo que trae para mí es un disco a medio grabar, sin etiqueta, que el Curador coloca en un gramófono, eligiendo con cuidado una aguja de punta muelle. Al menos —pienso yo— el engorro será breve: unos dos minutos, a juzgar por el ancho de la zona de espiras. Me vuelvo para llenar mi copa cuando suena a mis espaldas el gorjeo de un ave. Sorprendido, miro al anciano que sonríe con aire suavemente paternal, como si acabara de hacerme un presente inestimable. Voy a preguntarle, pero él reclama mi silencio con un gesto del índice hacia la placa que gira. Algo distinto va a escucharse ahora, sin duda. Pero no. Ya andamos por la mitad de lo grabado y sigue ese gorjeo monótono, cortado por breves silencios, que parecen de una duración siempre idéntica. No es siquiera el canto de un pájaro muy musical, pues ignora el trino, el portamento, y sólo produce tres notas, siempre las mismas, con un timbre que tiene la sonoridad de un alfabeto Morse sonando en la cabina de un telegrafista. Casi va terminando el disco y no acabo de comprender dónde está el regalo tan pregonado por quien fuera un tiempo mi maestro ni me imagino qué tengo yo que ver con un documento interesante, a lo sumo, para un ornitólogo. Termina la audición absurda y el Curador transfigurado por un inexplicable júbilo, me pregunta: «¿Te das cuenta? ¿Te das cuenta?» Y me explica que el gorjeo no es de pájaro, sino de un instrumento de barro cocido con que los indios más primitivos del continente imitan el canto de un pájaro antes de ir a cazarlo, en rito posesional de su voz, para que la caza les sea pro-

picia. «Es la primera comprobación de su teoría», me dice
el anciano, abrazándoseme casi con un acceso de tos. Y
por lo mismo que ahora comprendo demasiado lo que
quiere decirme, ante el disco que suena nuevamente me
invade una creciente irritación que dos copas, apuradas
de prisa, vienen a enconar. El pájaro que no es pájaro,
con su canto que no es canto, sino mágico remedo, halla
una intolerable resonancia en mi pecho, recordándome
los trabajos realizados por mí hace tanto tiempo —no me
asustaban los años, sino la inútil rapidez de su transcurso— acerca de los orígenes de la música y la organografía primitiva. Eran los días en que la guerra había inte-
rrumpido la composición de mi ambiciosa cantata sobre
el *Prometheus Unbound*. A mi regreso me *sentía* tan distinto, que el preludio terminado y los guiones de la escena inicial habían quedado empaquetados dentro de un
armario, mientras me dejaba derivar hacia las técnicas y
sucedáneos del cine y de la radio. En el engañoso ardor
que ponía en defender esas artes del siglo, afirmando que
abrían infinitas perspectivas a los compositores, buscaba
probablemente un alivio al complejo de culpabilidad ante
la obra abandonada y una justificación a mi ingreso en
una empresa comercial, luego de que Ruth y yo hubiéramos destrozado, con nuestra fuga, la existencia de un
hombre excelente. Cuando agotamos los tiempos de la
anarquía amorosa me convencí muy pronto de que la vocación de mi mujer era incompatible con el tipo de convivencia que yo anhelaba. Por ello había tratado de hacerme menos ingratas sus ausencias en funciones y temporadas, orientándome hacia una tarea que pudiera llevarse a cabo los domingos y días de asueto, sin la continuidad de propósitos exigida por la creación. Así me había orientado hacia la casa del Curador, cuyo Museo Organográfico era orgullo de una venerable universidad.
Bajo este mismo techo había trabado yo conocimiento
con los percutores elementales, troncos ahuecados, litó-
fonos, quijadas de bestias, zumbadores y tobilleras, que
el hombre hiciera sonar en los largos primeros días de su

salida a un planeta todavía erizado de osamentas gigantescas, al emprender un camino que lo conduciría a la
Misa del Papa Marcelo y *El Arte de la Fuga*. Impelido
por esa forma peculiar de la pereza que consiste en darse
con briosa energía a tareas que no son precisamente las
que debieran ocuparnos, me apasioné por los métodos de
clasificación y el estudio morfológico de esas obras de la
madera, del barro cocido, del cobre de calderería, de la
caña hueca, de la tripa y de la piel de chivo, madres de
modos de producir sonidos que perduran, con milenaria
vigencia, bajo el prodigioso barniz de los factores de Cre-
mona o en el suntuoso caramillo teológico del órgano. In-
conforme con las ideas generalmente sustentadas acerca
del origen de la música, yo había empezado a elaborar
una ingeniosa teoría que explicaba el nacimiento de la expresión rítmica primordial por el afán de remedar el paso
de los animales o el canto de las aves. Si teníamos en cuenta que las primeras representaciones de renos y de bison-
tes, pintados en las paredes de las cavernas, se debían a
un mágico ardid de caza —el hacerse dueño de la presa
por la previa posesión de su imagen—, no andaba muy
desacertado en mi creencia de que los ritmos elementales
fueran los del trote, el galope, el salto, el gorjeo y el trino, buscados por la mano sobre un cuerpo resonante, o
por el aliento, en la oquedad de los juncos.

Ahora me sentía casi colérico frente al disco que giraba al pensar que mi ingeniosa —y tal vez cierta— teoría
se relegaba, como tantas otras cosas, a un desván de sueños que la época, con sus cotidianas tiranías, no me per-
mitía realizar. De pronto, un gesto levanta el diafragma
del surco. Deja de cantar el ave de barro. Y se produce
lo que yo más temía: el Curador, acorralándome afectuo-
samente en un rincón, me pregunta por el estado de mis
trabajos, advirtiéndome que dispone de mucho tiempo
para escucharme y discutir. Quiere saber de mis búsquedas, conocer mis nuevos métodos de investigación, examinar mis conclusiones acerca del origen de la música
—tal como pensé buscarlo alguna vez, a base de mi in-

geniosa teoría del *mimetismo-mágico-rítmico*—. Ante la imposibilidad de escapar, empiezo a mentirle, inventando escollos que hubieran diferido la elaboración de mi obra. Pero, por falta de hábito en su uso, es vidente que cometo risibles errores en el manejo de los términos técnicos, enredo las clasificaciones, no doy con los datos esenciales que, sin embargo, tenía por muy sabidos. Trato de apoyarme en bibliografías, para enterarme —por irónica rectificación de quien me escucha— de que ya están desechadas por los especialistas. Y cuando me voy a asir de la supuesta necesidad de reunir ciertos cantos de primitivos recién grabados por exploradores, me parece que mi voz me es devuelta con tales resonancias de mentira por el cobre de los gongs, que me varo sin remedio, en la mitad de una frase, sobre el olvido inexcusable de una desinencia organológica. El espejo me muestra la cara lamentable, de tramposo agarrado con naipes marcados en las mangas, que es mi cara en este segundo. Tan feo me encuentro que, de súbito, mi vergüenza se vuelve ira, e increpo al Curador con un estallido de palabras gruesas, preguntándole si cree posible que muchos puedan vivir, en este tiempo, del estudio de los instrumentos primitivos. El sabía cómo yo había sido desarraigado en la adolescencia, encandilado por falsas nociones, llevado al estudio de un arte que sólo alimentaba a los peores mercaderes del Tin-Pan-Alley, zarandeado luego a través de un mundo en ruinas, durante meses, como intérprete militar, antes de ser arrojado nuevamente al asfalto de una ciudad donde la miseria era más dura de afrontar que en cualquier otra parte. ¡Ah! Por haberlo vivido, yo conocía el terrible tránsito de los que lavan la camisa única en la noche, cruzan la nieve con las suelas agujereadas, fuman colillas de colillas y cocinan en armarios, acabando por verse tan obsesionados por el hambre, que la inteligencia se les queda en la sola idea de comer. Tan estéril solución era aquélla como la de vender, de sol a sol, las mejores horas de la existencia. «Además —gritaba yo ahora—, ¡estoy vacío! ¡Vacío! ¡Vacío!»... Impasible, distante, el Curador me mira con sorprendente frialdad, como si esta crisis repentina fuese para él una cosa esperada. Entonces vuelvo a hablar, pero con voz sorda, en ritmo atropellado, como sostenido por una exaltación sombría. Y así como el pecador vuelca ante el confesionario el saco negro de sus iniquidades y concupiscencias —llevado por una suerte de euforia de hablar mal de sí mismo que alcanza el anhelo de execración—, pinto a mi maestro con los más sucios colores, con los más feos betunes, la inutilidad de mi vida, su aturdimiento durante el día, su inconsciencia durante la noche. A tal punto me hunden mis palabras, como dichas por otro, por un juez que yo llevara dentro sin saberlo y se valiera de mis propios medios físicos para expresarse, que me aterro, al oírme, de lo difícil que es volver a ser hombre cuando se ha dejado de ser hombre. Entre el Yo presente y el Yo que hubiera aspirado a ser algún día se ahondaba en tinieblas el foso de los años perdidos. Parecía ahora que yo estuviera callado y el juez siguiera hablando por mi boca. En un solo cuerpo convivíamos, él y yo, sostenidos por una arquitectura oculta que era ya, en vida nuestra, en carne nuestra, presencia de nuestra muerte. En el ser que se inscribía dentro del marco barroco del espejo actuaban en este momento el Libertino y el Predicador, que son los personajes primeros de toda alegoría edificante, de toda moralidad ejemplar. Por huir del cristal, mis ojos fueron hacia la biblioteca. Pero allí, en el rincón de los músicos renacentistas, se estampaba el lomo de becerro, junto a los volúmenes de *Salmos de la Penitencia,* el título como puesto adrede, de la *Representazione di anima e di corpo.* Hubo algo como un caer de telón, un apagarse de luces, cuando volvió un silencio que el Curador dejó alargarse en amargura. De pronto esbozó un gesto raro que me hizo pensar en un imposible poder de absolución. Se levantó lentamente y tomó el teléfono, llamando al rector de la Universidad en cuyo edificio se encontraba el Museo Organográfico. Con creciente sorpresa, sin atreverme a alzar la mirada del piso, oí grandes alabanzas de

mí. Se me presentaba como el colector indicado para conseguir unas piezas que faltaban a la galería de instrumentos de aborígenes de América —todavía incompleta, a pesar de ser única ya en el mundo, por su abundancia de
documentos—. Sin hacer hincapié en mi pericia, mi maestro subrayaba el hecho de que mi resistencia física, probada en una guerra, me permitiría llevar la búsqueda a regiones de un acceso harto difícil para viejos especialistas.
Además, el español había sido el idioma de mi infancia.
Cada razón expuesta debía hacerme crecer en la imaginación del interlocutor invisible, dándome la estatura de
un von Horbostel joven. Y con miedo advertí que se con-
fiaba en mí, firmemente, para traer, entre otros idiófonos
singulares, un injerto de tambor y bastón de ritmo que
Schaeffner y Curt Sachs ignoraban, y la famosa jarra con
dos embocaduras de caña, usada por ciertos indios en sus
ceremonias funerarias, que el Padre Servando de Castillejos hubiera descrito, en 1561, en su tratado *De barba-
rorum Novi Mundi moribus,* y no figuraba en ninguna
colección organográfica, aunque la pervivencia del pueblo que la hiciera bramar ritualmente, según testimonio
del fraile, implicaba la continuidad de un hábito señalado
en fechas recientes por exploradores y tratantes. «El Rector nos espera», dijo mi maestro. De repente, la idea me
pareció tan absurda, que tuve ganas de reír. Quise buscar
una salida amable, invocando mi ignorancia presente, mi
alejamiento de todo empeño intelectual. Afirmé que desconocía los últimos métodos de clasificación, basados en
la evolución morfológica de los instrumentos y no en la
manera de resonar y ser tocados. Pero el Curador parecía tan empeñado en enviarme a donde en modo alguno
quería ir, que apeló a un argumento al que nada podía
oponer razonablemente: la tarea encomendada podía ser
llevada a buen término en el tiempo de mis vacaciones.
Era cuestión de saber si me iba a privar de la posibilidad
de remontar un río portentoso por apego al aserrín de los
bares. La verdad era que no me quedaba una razón válida para rehusar la oferta. Engañado por un silencio que

le pareció aquiescente, el Curador fue a buscar su abrigo
a la habitación contigua, pues la lluvia, ahora, percutía recio en los cristales. Aproveché la oportunidad para escapar de la casa. Tenía ganas de beber. Sólo me interesaba,
en este momento, llegar a un bar cercano, cuyas paredes
estaban adornadas con fotografías de caballos de carrera.

III

Había un papel sobre el piano, en que Mouche me dejaba dicho que la esperara. Por hacer algo me puse a ju-
gar con las teclas, combinando acordes sin objeto, con un
vaso puesto al borde de la última octava. Olía a pintura
fresca. Al cabo, de la caja de resonancia, en la pared del
fondo, comenzaban a definirse las esbozadas figuraciones
de la Hidra, el Navío Argos, el Sagitario y la Cabellera
de Berenice, que pronto darían una útil singularidad al estudio de mi amiga. Después de mucho mofarme de su
competencia astrológica, yo había tenido que inclinarme
ante el rendimiento del negocio de horóscopos que ella
manejaba por correspondencia, dueña de su tiempo, otor-
gando una que otra consulta personal, como favor ya bastante solicitado, con la más regocijante gravedad. Así, de
Júpiter en Cáncer a Saturno en Libra, Mouche, adoctri-
nada por curiosos tratados, sacaba de sus pocillos de
aguada, de sus tinteros, unos Mapas de Destinos que viajaban a remotas localidades del país, con el adorno de signos del Zodíaco que yo le había ayudado a solemnizar
con *De Coeleste Fisonomiea*, *Prognosticum supercoeleste*
y otros latines de buen ver. Muy asustados por su tiempo debían estar los hombres —pensaba yo a veces— para
interrogar tanto a los astrólogos, contemplar con tal apli-
cación las líneas de sus manos, las hebras de su escritura,
angustiarse ante las borrajas de negro signo, remozando
las más viejas técnicas adivinatorias, a falta de tener modo
de leer en las entrañas de bestias sacrificadas o de observar el vuelo de las aves con el cayado de los auríspices.

Mi amiga, que mucho creía en las videntes de rostro velado y se había formado intelectualmente en el gran baratillo surrealista, encontraba placer, además de provecho, en contemplar el cielo por el espejo de los libros, ba-
rajando los bellos nombres de las constelaciones. Era su
manera actual de hacer poesía, ya que sus únicos intentos de hacerla con palabras, dejados en una *plaquette* ilus-
trada con fotomontajes de monstruos y estatuas, la habían desengañado —pasada la sobreestimación primaria
debida al olor de la tinta de imprenta— en cuanto a la ori-
ginalidad de su inspiración. La había conocido dos años
antes, durante una de las tantas ausencias profesionales
de Ruth, y aunque mis noches se iniciaran o terminaran
en su lecho, entre nosotros se decían muy pocas frases
de cariño. Reñíamos, a veces, de tremenda manera, para
abrazarnos luego con ira, mientras las caras, tan cercanas
que no podían verse, intercambiaban injurias que la re-
conciliación de los cuerpos iba transformando en crudas
alabanzas del placer recibido. Mouche, que era muy co-
medida y hasta parsimoniosa en el hablar, adoptaba en
esos momentos un idioma de ramera, al que había que
responder en iguales términos para que de esa hez del lenguaje surgiera, más agudo, el deleite. Me era difícil saber
si era amor real lo que a ella me ataba. A menudo me exas-
peraba por su dogmático apego a ideas y actitudes conocidas en las cervecerías de Saint-Germain-des-Prés, cuya
estéril discusión me hacía huir de su casa con el ánimo
de no volver. Pero a la noche siguiente me enternecía con
sólo pensar en sus desplantes, y regresaba a su carne que
me era necesaria, pues hallaba en su hondura la exigente
y egoísta animalidad que tenía el poder de modificar el
carácter de mi perenne fatiga, pasándola del plano nervioso al plano físico. Cuando esto se lograba, conocía a
veces el género de sueño tan raro y tan apetecido que me
cerraba los ojos al regreso de un día de campo —esos
muy escasos días del año en que el olor de los árboles,
causando una distensión de todo mi ser, me dejaba como
atontado. Hastiado de la espera, ataqué con furia los acor-

des iniciales de un gran concierto romántico; pero en eso
se abrieron las puertas y el apartamento se llenó de gente. Mouche, cuya cara estaba sonrosada como cuando había bebido un poco, llegaba de cenar con el pintor de su
estudio, dos de mis asistentes, a quienes no esperaba ver
aquí, la decoradora del piso bajo, que siempre andaba fis-
goneando en torno a las demás mujeres, y la danzarina
que preparaba, en aquellos días, un ballet sobre meros ritmos de palmadas. «Traemos una sorpresa», anunció mi
amiga, riendo. Y pronto quedó montado el proyector con
la copia de la película presentada la víspera, cuya caluro-
sa aceptación había determinado el comienzo inmediato
de mis vacaciones. Ahora, apagadas las luces, renacían las
imágenes ante mis ojos: la pesca del atún, con el ritmo
admirable de las almadrabas y el exasperado hervor de
los peces cercados por barcas negras; las lampreas aso-
madas a las oquedades de sus torres de roca; el envolvente desperezo del pulpo; la llegada de las anguilas y el
vasto viñedo cobrizo del Mar de los Sargazos. Y luego,
aquellas naturalezas muertas de caracoles y anzuelos, la
selva de corales y la alucinante batalla de los crustáceos,
tan hábilmente agrandada, que las langostas parecían es-
pantables dragones acorazados. Habíamos trabajado
bien. Volvían a sonar los mejores momentos de la partitura, con sus líquidos arpegios de celesta, los portamenti
fluidos del Martenot, el oleaje de las arpas y el desenfre-
no de xilófono, piano y percusión, durante la secuencia
del combate. Aquello había costado tres meses de discusiones, perplejidades, experimentos y enojos, pero el resultado era sorprendente. El texto mismo, escrito por un
joven poeta, en colaboración con un oceanógrafo, bajo la
vigilancia de los especialistas de nuestra empresa, era dig-
no de figurar en una antología del género. Y en cuanto
al montaje y la supervisión musical, no hallaba crítica que
hacerme a mí mismo. «Una obra maestra», decía Mouche en la oscuridad. «Una obra maestra», coreaban los demás. Al encenderse las luces, todos me congratularon pidiendo que se pasara nuevamente el *film*. Y después de

la segunda proyección, como llegaban invitados, se me
rogó por una tercera. Pero cada vez que mis ojos, a la
vuelta de una nueva revisión de lo hecho, alcanzaban el
«fin» floreado de algas que servía de colofón a aquella labor ejemplar, me hallaba menos orgulloso de lo hecho.
Una verdad envenenaba mi satisfacción primera: y era
que todo aquel encarnizado trabajo, los alardes de buen
gusto, de dominio del oficio, la elección y coordinación
de mis colaboradores y asistentes, habían parido, en fin
de cuentas, una película publicitaria, encargada a la empresa que me empleaba por un Consorcio Pesquero, trabado en lucha feroz con una red de cooperativas. Un
equipo de técnicos y artistas se había extenuado durante
semanas y semanas en salas oscuras para lograr esa obra
del celuloide, cuyo único propósito era atraer la atención
de cierto público de Altas Alacenas sobre los recursos de
una actividad industrial capaz de promover, día tras día,
la multiplicación de los peces. Me pareció oír la voz de
mi padre, tal como le sonaba en los días grises de su viudez, cuando era tan dado a citar las Escrituras: «Lo torcido no se puede enderezar y lo falto no puede contar-
se.» Siempre andaba con esa sentencia en la boca, apli-
cándola en cualquier oportunidad. Y amarga me sabía
ahora la prosa del Eclesiastés al pensar que el Curador,
por ejemplo, se hubiera encogido de hombros ante ese
trabajo mío, considerando, tal vez, que podía equiparar-
se a trazar letras con humo en el cielo, o a provocar, con
un magistral dibujo, la salivación meridiana de quien con-
templara un anuncio de corruscantes hojaldres. Me con-
sideraría como un cómplice de los afeadores de paisajes,
de los empapeladores de murallas, de los pregoneros del
Orvietano. Pero también —radiaba yo— el Curador era
hombre de una generación atosigada por «lo sublime»,
que iba a amar a los palcos de Bayreuth, en sombras
olientes a viejos terciopelos rojos... Llegaba gente, cuyas
cabezas se atravesaban en la luz del proyector. «¡Donde
evolucionan las técnicas es en la publicidad!» —gritó a
mi lado, como adivinando mi pensamiento, el pintor ruso

que había dejado poco antes el óleo por la cerámica—. «Los mosaicos de Ravena no eran sino publicidad», dijo el arquitecto que tanto amaba lo abstracto. Y eran voces nuevas las que ahora emergían de la sombra: «Toda pintura religiosa es publicidad.» «Como ciertas cantatas de Bach.» «La *Gott der Herr, est Sonn und Schild* parte de un auténtico *slogan*.» «El cine es trabajo de equipo; el fresco debe ser hecho por equipos; el arte del futuro será un arte de equipos.» Como llegaban otros más, trayendo botellas, las conversaciones comenzaban a dispersarse. El pintor mostraba una serie de dibujos de lisiados y desollados que pensaba pasar a sus bandejas y platos, como «planchas anatómicas con volumen», que simbolizarían el espíritu de la época. «La música verdadera es una mera especulación sobre frecuencias», decía mi asistente grabador, arrojando sus dados chinos sobre el piano, para mostrar cómo podía conseguirse un tema musical por el azar. Y a gritos hablábamos todos cuando un «¡Halt!» enérgico, arrojado desde la entrada, por una voz de bajo, inmovilizó a cada cual, como figura de museo de cera, en el gesto esbozado, a la media palabra pronunciada, en el aliento de devolver una bocanada de humo. Unos estaban detenidos en el arsis de un paso; otros tenían su copa en el aire a medio camino entre la mesa y la boca. («Yo soy yo. Estoy sentado en un diván. Iba a rascar un fósforo sobre el esmeril de la caja. Los dados de Hugo me habían recordado el verso de Mallarmé. Pero mis manos iban a encender un fósforo sin mandato de mi conciencia. Luego, estaba dormido. Dormido como todos los que me rodean.») Sonó otro mandato del recién llegado, y cada cual concluyó la frase, el ademán, el paso que hubiera quedado en suspenso. Era uno de los tantos ejercicios que X. T. H. —nunca lo llamábamos sino por sus iniciales, que el hábito de pronunciación había transformado en el apellido *Extieich*— solía imponernos para «despertarnos», según decía, y ponernos en estado de conciencia y análisis de nuestros actos presentes, por nimios que éstos fueran. Invirtiendo, para uso propio, un

principio filosófico que nos era común, solía decir que
quien actuaba de «modo automático era *esencia* sin *existencia*». Mouche, por vocación, se había entusiasmado
con los aspectos astrológicos de su enseñanza, cuyos
planteamientos eran muy atrayentes, pero luego se enredaban demasiado, a mi juicio, en místicas orientales, el pi-
tagorismo, los tantras tibetanos y no sabría decir cuántas
cosas más. El caso era que Extieich había logrado imponernos una serie de prácticas emparentadas con los asa-
mas yogas, haciéndonos respirar de ciertas maneras, contando el tiempo de las inspiraciones y espiraciones por
«matras». Mouche y sus amigos pretendían llegar con ello
a un mayor dominio de sí mismos y adquirir unos poderes que siempre me resultaban problemáticos, sobre todo
en gente que bebía diariamente para defenderse contra el
desaliento, las congojas del fracaso, el descontento de sí
mismos, el miedo al rechazo de un manuscrito o la dureza, simplemente, de aquella ciudad del perenne anoni-
mato dentro de la multitud, de la eterna prisa, donde los
ojos sólo se encontraban por casualidad, y la sonrisa,
cuando era de un desconocido, siempre ocultaba una proposición. Extieich procedía ahora a curar a la bailarina de
una súbita jaqueca, por la imposición de las manos. Aturdido por el entrecruzamiento de conversaciones, que iban
del *da-sein* al boxeo, del marxismo al empeño de Hugo
de modificar la sonoridad del piano poniendo trozos de
vidrio, lápices, papeles de seda, tallos de flores, bajo las
cuerdas, salí a la terraza, donde la lluvia de la tarde había
limpiado los tilos enanos de Mouche del inevitable hollín
veraniego de una fábrica cuyas chimeneas se alzaban en
la otra orilla del río. Siempre me había divertido mucho
en esas reuniones con el desaforado tornasol de ideas que,
de repente, pasaban de la Kábala a la Angustia, por el camino de los proyectos del que pretendía instalar una
granja en el Oeste, donde el arte de unos cuantos iba a
ser salvado por la cría de gallinas *Leghorn* o *Rod-Island
Red*. Siempre había amado esos saltos de lo trascendental
a lo raro, del teatro isabelino a la Gnosis, del platonismo

a la acupuntura. Tenía el propósito, incluso, de grabar algún día, por medio de un dispositivo, oculto debajo de un mueble, esas conversaciones, cuya fijación demostraría cuán vertiginoso es el proceso elíptico del pensamiento y del lenguaje. En esas gimnasias mentales, en esa alta acrobacia de la cultura, encontraba yo la justificación, además, de muchos desórdenes morales que, en otra gente, me hubieran sido odiosos. Pero la elección entre hombres y hombres no era muy problemática. Por un lado estaban los mercaderes, los negociantes, para los cuales trabajaba durante el día, y que sólo sabían gastar lo ganado en diversiones tan necias, tan exentas de imaginación, que me sentía, por fuerza, un animal de distinta lana. Por el otro estaban los que aquí se encontraban, felices por haber dado con algunas botellas de licor, fascinados por los Poderes que les prometía Extieich, siempre hirvientes de proyectos grandiosos. En la implacable ordenación de la urbe moderna, cumplían con una forma de ascetismo, renunciando a los bienes materiales, padeciendo hambre y penurias, a cambio de un problemático encuentro de sí mismos en la obra realizada. Y, sin embargo, esta noche me cansaban tanto estos hombres como los de cantidad y beneficio. Y es que, en el fondo de mí mismo, estaba impresionado por la escena en la casa del Curador, y no me dejaba engañar por el entusiasmo que había acogido la película publicitaria que tanto trabajo me hubiera costado realizar. Las paradojas emitidas acerca de la publicidad y del arte por equipos, no eran sino maneras de zarandear el pasado, buscando una justificación a lo poco alcanzando en la propia obra. Tan poco me dejaba satisfecho, por lo irrisorio de su finalidad, lo recién realizado, que cuando Mouche se me acercó con el elogio presto, cambié abruptamente la conversación, contándole mi aventura de la tarde. Con gran sorpresa mía se me abrazó, clamando que la noticia era *formidable*, pues corroboraba el vaticinio de un sueño reciente en que se viera volando junto a grandes aves de plumaje azafrán, lo que significaba inequívocamente: *viaje y éxito, cambio por*

traslado. Y sin darme tiempo para enderezar el equívoco,
se entregó a los grandes tópicos del anhelo de evasión, la
llamada de lo desconocido, los encuentros fortuitos, en
un tono que algo debía a los Sirgadores Flechados y las
Increíbles Floridas del *Barco Ebrio.* Pronto la atajé, contándole cómo me había escapado de la casa del Curador
sin aprovechar la oferta. «¡Pero eso es absolutamente cre-
tino!», exclamó. «¡Pudiste haber pensado en mí!» Le hice
notar que no disponía del dinero suficiente para pagarle
un viaje a regiones tan remotas; que, por otra parte, la
Universidad sólo hubiera sufragado, en todo caso, los
gastos de una sola persona. Después de un silencio desagradable, en que sus ojos cobraron una fea expresión de
despecho, Mouche se echó a reír. «¡Y teníamos aquí al
pintor de la Venus de Cranach!»... Mi amiga me explicó
su repentina ocurrencia: para llegar adonde vivían los
pueblos que hacían sonar el tambor-bastón y la jarra funeraria, era menester que fuéramos, de primer intento, a
la gran ciudad tropical, famosa por la hermosura de sus
playas y el colorido de su vida popular; se trataba simplemente de permanecer allá, con alguna excursión a las
selvas que decían cercanas, dejándonos vivir gratamente
hasta donde alcanzara el dinero. Nadie estaría presente
para saber si yo seguía el itinerario impuesto a mi labor
de colección. Y, para quedar con honra, yo entregaría a
mi regreso unos instrumentos «primitivos» —cabales,
científicos, fidedignos— irreprochablemente ejecutados,
de acuerdo con mis bocetos y medidas, por el pintor amigo, gran aficionado a las artes primitivas, y tan diabóli-
camente hábil en trabajos de artesanía, copia y reproducción, que vivía de falsificar estilos maestros, tallaba vírgenes catalanas del siglo XIV con desdorados, picadas de
insectos y rajaduras, y había logrado su faena máxima
con la venta al Museo de Glasgow de una *Venus* de Cranach, ejecutada y envejecida por él en algunas semanas.
Tan sucia, tan denigrante me resultó la proposición, que
la rechacé con asco. La Universidad se irguió en mi mente con la majestad de un templo sobre cuyas columnas

blancas me invitaran a arrojar inmundicias. Hablé largamente, pero Mouche no me escuchaba. Regresó al estudio, donde dio la noticia de nuestro viaje, que fue recibida con gritos de júbilo. Y ahora, sin hacerme caso, iba
de cuarto en cuarto, en alegre ajetreo, arrastrando maletas, envolviendo y desenvolviendo ropas, haciendo un recuento de cosas por comprar. Ante tal desenfado, más hi-
riente que una burla, salí del apartamento dando un por-
tazo. Pero la calle me fue particularmente triste, en esta
noche de domingo, ya temerosa de las angustias del lunes, con sus cafés desertados por quienes pensaban en la
hora de mañana y buscaban las llaves de sus puertas a la
luz de focos que ponían coladas de estaño sobre el asfalto llovido. Me detuve indeciso. En mi casa me esperaba
el desorden dejado por Ruth en su partida; la mera huella de su cabeza en la almohada; los olores del teatro. Y
cuando sonara un timbre sería el despertar sin objeto, y
el miedo a encontrarme con un personaje, sacado de mí
mismo, que solía esperarme cada año en el umbral de mis
vacaciones. El personaje lleno de reproches y de razones
amargas que yo había visto aparecer horas antes en el espejo barroco del Curador para vaciarme de cenizas. La
necesidad de revisar los equipos de sincronización y de
acomodar nuevos locales revestidos de materias aislantes
propiciaba, al comienzo de cada verano, ese encuentro
que promovía un cambio de carga, pues donde arrojaba
mi piedra de Sísifo se me montaba el otro en el hombro
todavía desollado, y no sabría decir si, a veces, no llegaba a preferir el peso del basalto al peso del juez. Una bruma surgida de los muelles cercanos se alzaba sobre las aceras, difuminando las luces de la calle en irisaciones que
atravesaban, como alfilerazos, las gotas caídas de nubes
bajas. Cerrábanse las rejas de los cines sobre los pisos de
largos vestíbulos, espolvoreados de *tickets* rotos. Más allá
tendría que atravesar la calle desierta, fríamente ilumina-
da, y subir la acera en cuesta, hacia el Oratorio en sombras, cuya reja rozaría con los dedos, contando cincuenta y dos barrotes. Me adosé a un poste, pensando en el

vacío de tres semanas hueras, demasiado breves para emprender algo, y que serían amargadas, mientras más corrieran las fechas, por el sentimiento de la posibilidad desdeñada. Yo no había dado un paso hacia la misión propuesta. Todo me había venido al encuentro, y yo no era responsable de una exagerada valoración de mis capacidades. El Curador, en fin de cuentas, nada desembolsaría, y en lo que miraba la Universidad, difícil sería que sus eruditos, envejecidos entre libros, sin contacto directo con los artesanos de la selva, se percataran del engaño. Al fin y al cabo, los instrumentos descritos por Fray Servando de Castillejos no eran obras de arte, sino objetos debidos a una técnica primitiva, todavía presente. Si los museos atesoraban más de un Stradivarius sospechoso, bien poco delito habría, en suma, en falsificar un tambor de salvajes. Los instrumentos pedidos podían ser de una factura antigua o actual... «Este viaje estaba escrito en la pared», me dijo Mouche, al verme regresar, señalando las figuras del Sagitario, el Navío Argos y la Cabellera de Berenice, más dibujados en sus trazos ocre, ahora que habían atenuado la luz.

Por la mañana, mientras mi amiga corría con los trámites consulares, fui a la Universidad, donde el Curador, levantado desde muy temprano, trabajaba en la reparación de una viola de amor, en compañía de un *luthier* de delantal azul. Me vio llegar sin sorpresa, mirándome por encima de sus gafas. «¡Enhorabuena!», dijo, sin que yo supiera a ciencia cierta si quería felicitarme por mi decisión, o adivinaba que si en aquel momento podía hilar dos ideas era gracias a una droga que Mouche me había administrado al despertar. Pronto fui llevado al despacho del Rector, que me hizo firmar un contrato, dándome el dinero de mi viaje junto a un pliego donde se detallaban los puntos principales de la tarea confiada. Algo aturdido por la rapidez del arreglo, sin tener todavía una idea muy clara de lo que me esperaba, me vi después en una larga sala desierta donde el Curador me suplicó que lo aguardara un momento, mientras iba a la Biblioteca, para saludar al Decano de la Facultad de Filosofía, recién llegado del Congreso de Amsterdam. Observé con agrado que aquella galería era un museo de reproducciones fotográficas y de vaciados en yeso, destinado a los estudiantes de Historia del Arte. De súbito, la universalidad de ciertas imágenes, una Ninfa impresionista, una familia de Manet, la misteriosa mirada de Madame Rivière, me llevó a los días ya lejanos en que había tratado de aliviar una congoja de viajero decepcionado, de peregrino frustrado por la profanación de Santos Lugares, en el mundo —casi sin ventanas— de los museos. Eran los meses en que visitaba las tiendas de artesanos, los palcos de ópera, los jardines y cementerios de las estampas románticas, antes de asistir con Goya a los combates del Dos de Mayo, o de seguirlo en el Entierro de la Sardina, cuyas máscaras inquietantes más tenían de penitentes borrachos, de mengues de auto sacramental, que de disfraces de jolgorio. Luego de un descanso entre los labriegos de Le Nain, iba a caer en pleno Renacimiento, gracias a algún retrato de condottiero, de los que cabalgan caballos más mármol que carne, entre columnas afestivadas de banderolas. Agradábame a veces convivir con los burgueses medievales, que tan abundosamente tragaban su vino de especias, se hacían pintar con la Virgen donada —para constancia de la donación—, trinchaban lechones de tetas chamuscadas, echaban sus gallos flamencos a pelear, y metían la mano en el escote de ribaldas de ceroso semblante que, más que lascivas, parecían alegres mozas de tarde de domingo, puestas en venia de pecar nuevamente por la absolución de un confesor. Una hebilla de hierro, una bárbara corona erizada de púas martilladas, que llevaban luego a la Europa merovingia, de selvas profundas, tierras sin caminos, migraciones de ratas, fieras famosas por haber llegado espumajeantes de rabia, en día de feria, hasta la Plaza Mayor de una ciudad. Luego, eran las piedras de Micenas, las galas sepulcrales, las alfarerías pesadas de una Grecia tosca y aventurera, anterior a sus propios clasicismos, toda oliente a reses asadas a la llama, a cardadas y

boñigas, a sudor de garañones en celo. Y así, de peldaño
en peldaño, llegaba a las vitrinas de los rascadores, hachas, cuchillos de sílex, en cuya orilla me detenía, fasci-
nado por la noche del magdaleniense, solutrense, preche-
lense, sintiéndome llegado a los confines del hombre, a
aquel límite de lo posible que podía haber sido, según
ciertos cosmógrafos primitivos, el borde de la tierra plana, allí donde asomándose la cabeza al vértigo sideral del
infinito, debía verse el cielo *también abajo*... El *Cronos*
de Goya me devolvió a la época, por el camino de vastas
cocinas ennoblecidas de bodegones. Encendía su pipa el
síndico con una brasa, escaldaba la fámula una liebre en
el hervor de un gran caldero, y por una ventana abierta,
veíase el departir de las hilanderas en el silencio del patio
sombreado por un olmo. Ante las conocidas imágenes me
preguntaba si, en épocas pasadas, los hombres añorarían
las épocas pasadas, como yo, en esta mañana de estío,
añoraba —como por haberlos conocido— ciertos modos
de vivir que el hombre había perdido para siempre.

Capítulo segundo

Ha! I scent life!

SHELLEY

IV

(Miércoles, 7 de junio)

Desde hacía algunos minutos, nuestros oídos nos advertían que estábamos descendiendo. De pronto las nubes quedaron arriba, y el volar del avión se hizo vacilante, como desconfiado de un aire inestable que lo soltaba inesperadamente, lo recogía, dejaba un ala sin apoyo, lo entregaba luego al ritmo de olas invisibles. A la derecha se alzaba una cordillera de un verde de musgo, difuminada por la lluvia. Allá, en pleno sol, estaba la ciudad. El periodista que se había instalado a mi lado —pues Mouche dormía en toda la anchura del asiento de atrás—, me hablaba con una mezcla de sorna y cariño de aquella capital dispersa, sin estilo, anárquica en su topografía, cuyas primeras calles se dibujaban ya debajo de nosotros. Para seguir creciendo a lo largo del mar, sobre una an-

gosta faja de arena delimitada por los cerros que servían
de asiento a las fortificaciones construidas por orden de
Felipe II, la población había tenido que librar una guerra
de siglos a las marismas, la fiebre amarilla, los insectos y
la inconmovilidad de peñones de roca negra que se alzaban, aquí y allá, inescalables, solitarios, pulidos, con algo
de tiro de aerolito salido de una mano celestial. Esas moles inútiles, paradas entre los edificios, las torres de las
iglesias modernas, las antenas, los campanarios antiguos,
los cimborrios de comienzos del siglo, falseaban las realidades de la escala, estableciendo otra nueva, que no era
la del hombre, como si fueran edificaciones destinadas a
un uso desconocido, obra de una civilización inimagina-
ble, abismada en noches remotas. Durante centenares de
años se había luchado contra raíces que levantaban los pisos y resquebrajaban las murallas; pero cuando un rico
propietario se iba por unos meses a París, dejando la custodia de su residencia a servidumbres indolentes, las raíces aprovechaban el descuido de canciones y siestas para
arquear el lomo en todas partes, acabando en veinte días
con la mejor voluntad funcional de Le Corbusier. Habían arrojado las palmeras de los suburbios trazados por
eminentes urbanistas, pero las palmeras resurgían en los
patios de las casas coloniales, dando un columnal empaque de guardarrayas a las avenidas más céntricas —las primeras que trazaran, a punta de espada, en el sitio más
apropiado, los fundadores de la primitiva villa—. Dominando el hormigueo de las calles de Bolsas y periódicos,
por sobre los mármoles de los Bancos, la riqueza de las
Lonjas, la blancura de los edificios públicos, se alzaba bajo un sol en perenne canícula el mundo de las balanzas,
caduceos, cruces, genios alados, banderas, trompetas de
la Fama, ruedas dentadas, martillos y victorias, con que
se proclamaban, en bronce y piedra, la abundancia y
prosperidad de la urbe ejemplarmente legislada en sus
textos. Pero cuando llegaban las lluvias de abril nunca
eran suficientes los desagües, y se inundaban las plazas
céntricas con tal desconcierto del tránsito, que los vehí-

culos conducidos a barrios desconocidos, derribaban estatuas, se extraviaban en callejones ciegos, estrellándose,
a veces, en barrancas que no se mostraban a los forasteros ni a los visitantes ilustres, porque estaban habitadas
por gente que se pasaba la vida a medio vestir, templando el guitarrico, aporreando el tambor y bebiendo ron en
jarros de hojalata. La luz eléctrica penetraba en todas partes y la mecánica trepidaba bajo el techo de los gotero-
nes. Aquí las técnicas eran asimiladas con sorprendente
facilidad, aceptándose como rutina cotidiana ciertos métodos que eran cautelosamente experimentados, todavía,
por los pueblos de vieja historia. El progreso se reflejaba
en la lisura de los céspedes, en el fausto de las embajadas,
en la multiplicación de los panes y de los vinos, en el contento de los mercaderes, cuyos decanos habían alcanzado
a conocer el terrible tiempo de los anofeles. Sin embargo, había algo como un polen maligno en el aire —polen
duende, carcoma impalpable, moho volante— que se ponía a actuar, de pronto, con misteriosos designios, para
abrir lo cerrado y cerrar lo abierto, embrollar los cálculos, trastocar el peso de los objetos, malear lo garantiza-
do. Una mañana, las ampolletas de suero de un hospital
amanecían llenas de hongos; los aparatos de precisión se
desajustaban; ciertos licores empezaban a burbujear dentro de las botellas; el Rubens del Museo Nacional era
mordido por un parásito desconocido que desafiaba los
ácidos; la gente se lanzaba a las ventanillas de un banco
en que nada había ocurrido; llevada al pánico por los decires de una negra vieja que la policía buscaba en vano.
Cuando esas cosas ocurrían, una sola explicación era
aceptada por buena entre los que estaban en los secretos
de la ciudad: «¡Es el Gusano!» Nadie había visto al Gusano. Pero el Gusano existía, entregado a sus artes de confusión, surgiendo donde menos se le esperaba, para des-
concertar la más probada experiencia. Por lo demás, las
lluvias de rayos en tormenta seca eran frecuentes y, cada
diez años, centenares de casas eran derribadas por un ci-
clón que iniciaba su danza circular en algún lugar del

Océano. Como ya volábamos muy bajo, enfilando la pista del aterrizaje, pregunté a mi compañero por aquella casa tan vasta y amable, toda rodeada de jardines en terrazas, cuyas estatuas y surtidores descendían hasta la orilla del mar. Supe que allí vivía el nuevo Presidente de la República, y que, por muy pocos días, me había faltado de asistir a los festejos populares, con desfiles de moros y romanos, que acompañaran su solemne investidura. Pero ya desaparece la hermosa residencia bajo el ala izquierda del avión. Y es luego el placentero regreso a la tierra, el rodar en firme, y la salida de los sordos a la oficina de los cuños, donde se responde a las preguntas con cara de culpable. Aturdido por un aire distinto, esperando a los que, sin darse prisa, habrán de examinar el contenido de nuestras maletas, pienso que aún no me he acostumbrado a la idea de hallarme tan lejos de mis caminos acostumbrados. Y a la vez hay como una luz recobrada, un olor a espartillo caliente, a un agua de mar que el cielo parece calar en profundidad, llegando a lo más hondo de sus verdes —y también cierto cambio de la brisa que trae el hedor de crustáceos podridos en algún socavón de la costa. Al amanecer, cuando volábamos entre nubes sucias, estaba arrepentido de haber emprendido el viaje; tenía deseos de aprovechar la primera escala para regresar cuanto antes y devolver el dinero a la Universidad. Me sentía preso, secuestrado, cómplice de algo execrable, en este encierro del avión, con el ritmo en tres tiempos, oscilante, de la envergadura empeñada en lucha contra un viento adverso que arrojaba, a veces, una tenue lluvia sobre el aluminio de las alas. Pero ahora, una rara voluptuosidad adormece mis escrúpulos. Y una fuerza me penetra lentamente por los oídos, por los poros: el idioma. He aquí, pues, el idioma que hablé en mi infancia; el idioma en que aprendí a leer y a solfear; el idioma enmohecido en mi mente por el poco uso, dejado de lado como herramienta inútil, en país donde de poco pudiera servirme. *Estos, Fabio, ¡ay dolor!, que ves agora.* Estos Fabio... Me vuelve a la mente, tras de largo olvido, ese verso dado

como ejemplo de interjección en una pequeña gramática
que debe estar guardada en alguna parte con un retrato
de mi madre y un mechón de pelo rubio que me corta-
ron cuando tenía seis años. Y es el idioma de ese verso
el que ahora se estampa en los letreros de los comercios
que veo por los ventanales de la sala de espera; ríe y se
deforma en la jerga de los maleteros negros; se hace ca-
ricatura de un *¡Biva el Precidente!*, cuyas faltas de orto-
grafía señalo a Mouche, con orgullo de quien, a partir de
este instante, será su guía e intérprete en la ciudad desconocida. Esta repentina sensación de superioridad sobre
ella vence mis últimos escrúpulos. No me pesa haber venido. Y pienso en una posibilidad que hasta ahora no había imaginado: en algún lugar de la ciudad deben estar
en venta los instrumentos cuya colección me fue encomendada. Sería increíble que alguien —un vendedor de
objetos curiosos, un explorador cansado de andanzas—
no hubiese pensado en sacar provecho de cosas tan esti-
madas por los forasteros. Yo sabría encontrar a ese alguien, y entonces acallaría al aguafiestas que dentro de
mí llevaba. Tan buena me pareció la idea que, cuando ya
rodábamos hacia el hotel por calles de barrios populares,
hice que nos detuviéramos ante un rastro que tal vez fuera ya la providencia esperada. Era una casa de rejas muy
enrevesadas, con gatos viejos en todas las ventanas, en cuyos balcones dormitaban unos loros plumiparados, como
polvorientos, que parecían una vegetación musgosa nacida de la verdosa fachada. Nada sabía el baratillero-anti-
cuario de los instrumentos que me interesaban, y, por llamar mi atención sobre otros objetos, me mostró una gran
caja de música en que unas mariposas doradas, montadas
en martinetes, tocaban valses y redowas en una especie
de salterio. Sobre mesas cubiertas de vasos sostenidos por
manos de cornalina había retratos de monjas profesas co-
ronadas de flores. Una Santa de Lima, saliendo del cáliz
de una rosa en un alborotoso revuelo de querubines,
compartía una pared con escenas de tauromaquia. Mouche se antojó de un hipocampo hallado entre camafeos y

dijes de coral, aunque le hice observar que podría encontrarlos iguales en cualquier parte. «¡Es el hipocampo negro de Rimbaud!», me respondió, pagando el precio de aquella polvorienta y literaria cosa. Yo hubiera querido comprar un rosario afiligranado, de hechura colonial, que estaba en una vitrina; pero me resultó demasiado costoso, porque la cruz se adornaba de piedras verdaderas. Al salir de aquel comercio, bajo la enseña misteriosa de *Rastro de Zoroastro*, mi mano rozó una albahaca plantada en un tiesto. Me detuve, removido a lo hondo, al hallar el perfume que encontraba en la piel de una niña —María del Carmen, hija de aquel jardinero...— cuando jugábamos a los casados en el traspatio de una casa que sombreaba un ancho tamarindo, mientras mi madre probaba en el piano alguna habanera de reciente edición.

V

(Jueves, 8)

Mi mano sobresaltada busca, sobre el mármol de la mesa de noche, aquel despertador que está sonando, si acaso, muy arriba en el mapa, a miles de kilómetros de distancia. Y necesito de alguna reflexión, echando una larga ojeada a la plaza, entre persianas, para comprender que mi hábito —el de cada mañana, allá— ha sido burlado por el triángulo de un vendedor ambulante. Oyese luego el caramillo de un amolador de tijeras, extrañamente concertado sobre el melismático pregón de un gigante negro que lleva una cesta de calamares en la cabeza. Los árboles, mecidos por la brisa tempranera, nievan de blancas pelusas una estatua de prócer que tiene algo de Lord Byron por el tormentoso encrespamiento de la corbata de bronce, y algo también de Lamartine, por el modo de presentar una bandera a invisibles amotinados. A lo lejos repican las campanas de una iglesia con uno de esos ritmos parroquiales, conseguido en el guindarse de las cuer-

das, que ignoran los carillones eléctricos de las falsas torres góticas de mi país. Mouche, dormida, se ha atravesado en la cama de modo que no queda lugar para mí. A
veces, molesta por un calor inhabitual, trata de quitarse
la sábana de encima, enredando más las piernas en ella.
La miro largamente, algo resquemado por el chasco de la
víspera: aquella crisis de alegría, debida al perfume de un
naranjo cercano, que nos alcanzó en este cuarto piso, acabando con los grandes júbilos físicos que yo me hubiera
prometido para aquella primera noche de convivencia con
ella en un clima nuevo. Yo la había calmado con un somnífero, recurriendo luego a la venda negra para hundir
más pronto mi despecho en el sueño. Vuelvo a mirar entre persianas. Más allá del Palacio de los Gobernadores,
con sus columnas clásicas sosteniendo un cornisamento
barroco, reconozco la fachada Segundo Imperio del teatro donde anoche, a falta de espectáculos de un color más
local, nos acogieran, bajo grandes arañas de cristal, los
marmóreos drapeados de las Musas custodiadas por bus-
tos de Meyerbeer, Donizetti, Rossini y Hérold. Una escalera con curvas y floreo de rococó en el pasamano nos
había conducido a la sala de terciopelos encarnados, con
dentículos de oro al borde de los balcones, donde se afi-
naban los instrumentos de la orquesta, cubiertos por las
alborotosas conversaciones de la platea. Todo el mundo
parecía conocerse. Las risas se encendían y corrían por
los palcos, de cuya penumbra cálida emergían brazos desnudos, manos que ponían en movimiento cosas tan res-
catadas del otro siglo como gemelos de nácar, imperti-
nentes y abanicos de plumas. La carne de los escotes, la
atadura de los senos, los hombros, tenían una cierta abundancia muelle y empolvada que invitaba a la evocación
del camafeo y del cubrecorsé de encajes. Pensaba diver-
tirme con los ridículos de la ópera que iba a representar-
se dentro de las grandes tradiciones de la bravura, la co-
loratura, la floritura. Pero ya se había alzado el telón sobre el jardín del castillo de Lamermoore, sin que lo de-
susado de una escenografía de falsas perspectivas, menti-

deros y birlibirloques, estuviese aguzando mi ironía. Me
sentí dominado más bien por un indefinible encanto, hecho de recuerdos imprecisos y de muy remotas y frag-
mentadas añoranzas. Esta gran rotonda de terciopelo, con
sus escotes generosos, el pañuelo de encajes entibiado entre los senos, las cabelleras profundas, el perfume a veces
excesivo; ese escenario donde los cantantes perfilaban sus
arias con las manos llevadas al corazón, en medio de una
portentosa vegetación de telas colgadas; ese complejo de
tradiciones, comportamientos, maneras de hacer, imposible ya de remozar en una gran capital moderna, era el
mundo mágico del teatro, tal como pudo haberlo conocido mi ardiente y pálida bisabuela, la de ojos a la vez sen-
suales y velados, toda vestida de raso blanco, del retrato
de Madrazo que tanto me hiciera soñar en la niñez, antes
de que mi padre tuviera que vender el óleo en días de penuria. Una tarde en que estaba solo en la casa, yo había
descubierto, en el fondo de un baúl, el libro con cubiertas de marfil y cerradura de plata donde la dama del retrato hubiera llevado su diario de novia. En una página,
bajo pétalos de rosa que el tiempo había vuelto de color
tabaco, encontré la maravillada descripción de una *Gem-
ma di Vergy* cantada en un teatro de La Habana, que en
todo debía corresponder a lo que contemplaba esta noche. Ya no esperaban afuera los cocheros negros de altas
botas y chisteras con escarapela; no se mecerían en el
puerto los fanales de las corbetas, ni habría tonadilla en
fin de fiesta. Pero eran, en el público, los mismos rostros
enrojecidos de gozo ante la función romántica; era la misma desatención ante lo que no cantaban las primeras figuras, y que, apenas salido de páginas muy sabidas, sólo
servía de fondo melodioso a un vasto mecanismo de miradas intencionadas, de ojeadas vigilantes, cuchicheos detrás del abanico, risas ahogadas, noticias que iban y venían, discreteos, desdenes y fintas, juego cuyas reglas me
eran desconocidas, pero que yo observaba con envidia de
niño dejado fuera de un gran baile de disfraces.

Llegado el intermedio, Mouche se había declarado in-

capaz de soportar más, pues aquello —decía— era algo
así como «la *Lucía* vista por Madame Bovary en Rouen».
Aunque la observación no carecía de alguna justeza, me
sentí irritado, súbitamente, por una suficiencia muy habitual en mi amiga, que la ponía en posición de hostili-
dad apenas se veía en contacto con algo que ignorara los
santos y señas de ciertos ambientes artísticos frecuenta-
dos por ella en Europa. No despreciaba la ópera, en este
momento, porque algo chocara realmente su muy escasa
sensibilidad musical, sino porque era consigna de su generación despreciar la ópera. Viendo que de nada servía
la argucia de evocar la Ópera de Parma en días de Stend-
hal para conseguir que volviera a su butaca, salí del teatro muy contrariado. Sentía necesidad de discutir con ella
agriamente, para anticiparme a un tipo de reacciones que
podía aguarme los mejores placeres de este viaje. Quería
neutralizar de antemano ciertas críticas previsibles para
quien conocía las conversaciones —siempre prejuiciadas
en lo intelectual— que en su casa se llevaban. Pero pronto nos vino al encuentro una noche más honda que la noche del teatro: una noche que se nos impuso por sus valores de silencio, por la solemnidad de su presencia cargada de astros. Podía desgarrarla momentáneamente cualquier estridencia del tránsito. Volvía luego a hacerse entera, llenando los zaguanes y portones, espesándose en
casas de ventanas abiertas que parecían deshabitadas, pe-
sando sobre las calles desiertas, de grandes arcadas de piedra. Un sonido nos hizo detenernos, asombrados, teniendo que caminar varias veces para comprobar la maravilla: nuestros pasos resonaban en la acera del frente. En
una plaza, frente a una iglesia sin estilo, toda en sombras
y estucos, había una fuente de tritones en la que un perro velludo, parado en las patas traseras, metía la lengua
con deleitoso somormujo. Las saetas de los relojes no
mostraban prisa, marcando las horas con criterio propio,
de campanarios vetustos y frontis municipales. Cuesta
abajo, hacia el mar, se adivinaba la agitación de los barrios modernos; pero por más que allá parpadearan, en

caracteres luminosos, las invariables enseñas de los esta-
blecimientos nocturnos, era bien evidente que la verdad
de la urbe, su genio y figura, se expresaba aquí en signo
de hábitos y de piedras. Al fin de la calle nos encontra-
mos frente a una casona de anchos soportales y musgoso
tejado, cuyas ventanas se abrían sobre un salón adornado
por viejos cuadros con marcos dorados. Metimos las caras entre las rejas, descubriendo que junto a un magnífico general de ros y entorchados, al lado de una pintura
exquisita que mostraba tres damas paseando en una vo-
lanta, había un retrato de Taglioni, con pequeñas alas de
libélula en el talle. Las luces estaban encendidas en medio de cristales tallados y no se advertía, sin embargo,
una presencia humana en los corredores que conducían
a otras estancias iluminadas. Era como si un siglo antes
se hubiese dispuesto todo para un baile al que nadie hubiera asistido nunca. De pronto, en un piano al que el tró-
pico había dado sonoridad de espineta, sonó la pomposa
introducción de un vals tocado a cuatro manos. Luego,
la brisa agitó las cortinas y el salón entero pareció esfu-
marse en un revuelo de tules y encajes. Roto el sortilegio, Mouche declaró que estaba fatigada. Cuando más me
iba dejando llevar por el encanto de esa noche que me revelaba el significado exacto de ciertos recuerdos borro-
sos, mi amiga rompía la fruición de una paz olvidada de
la hora que hubiera podido conducirme al alba sin cansancio. Allá, más arriba del tejado, las estrellas presentes
pintaban tal vez los vértices de la Hidra, el Navío Argos,
el Sagitario y la Cabellera de Berenice, con cuyas figuraciones se adornaría el estudio de Mouche. Pero hubiera
sido inútil preguntarle, pues ella ignoraba como yo —fuera de las Osas— la exacta situación de las constelaciones.
Al advertir ahora lo burlesco de ese desconocimiento en
quien vivía de los astros, me eché a reír, volviéndome hacia mi amiga. Ella abrió los ojos sin despertarse, me miró
sin verme, suspiró profundamente y se volvió hacia la pared. Me dieron ganas de acostarme de nuevo; pero pensé
que fuera bueno aprovecharse de su sueño para iniciar la

búsqueda de los instrumentos indígenas —la idea me obsesionaba— tal como lo había pensado la víspera. Sabía que al verme tan empeñado en el propósito me trataría, por lo menos, de ingenuo. Por lo mismo, me vestí apresuradamente y salí sin despertarla.

El Sol, metido de lleno en las calles, rebotando en los cristales, tejiéndose en hebras inquietas sobre el agua de los estanques, me resultó tan extraño, tan nuevo, que para comparecer ante él tuve que comprar espejuelos de cristales oscuros. Luego traté de orientarme hacia el barrio de la casona colonial, en cuyos alrededores debía haber baratillos y tiendas raras. Remontando una calle de aceras estrechas me detenía, a veces, para contemplar las muestras de pequeños comercios, cuya apostura evocaba artesanías de otros tiempos: eran las letras floreadas de Tutilimundi, la Bota de Oro, el Rey Midas y el Arpa Melodiosa, junto al Planisferio colgante de una librería de viejo, que giraba al azar de la brisa. En una esquina, un hombre abanicaba el fuego de una hornilla sobre la que se asaba un pernil de ternero, hincado de ajos, cuyas grasas reventaban en humo acre, bajo una rociada de orégano, limón y pimienta. Más allá ofrecíanse sangrías y garapiñas, sobre los aceites rezumos del pescado frito. De súbito, un calor de hogazas tibias, de masa recién horneada, brotó de los respiraderos de un sótano, en cuya penumbra se afanaban, cantando, varios hombres, blancos de pelo a zuecos. Me detuve con deleitosa sorpresa. Hacía mucho tiempo que tenía olvidada esa presencia de la harina en las mañanas, allá donde el pan, amasado no se sabía dónde, traído de noche en camiones cerrados, como materia vergonzosa, había dejado de ser el pan que se rompe con las manos, el pan que reparte el padre luego de bendecirlo, el pan que debe ser tomado con gesto deferente antes de quebrar su corteza sobre el ancho cuenco de sopa de puerros o de asperjarlo con aceite y sal, para volver a hallar un sabor que, más que sabor a pan con aceite y sal, es el gran sabor mediterráneo que ya llevaban pegado a la lengua los compañeros de Ulises.

Este reencuentro con la harina, el descubrimiento de un escaparate que exhibía estampas de zambos bailando la marinera, me distraían del objeto de mi vagar por calles desconocidas. Aquí me detenía ante un fusilamiento de Maximiliano; allá hojeaba una vieja edición de *Los Incas* de Marmontel, cuyas ilustraciones tenían algo de la estética masónica de *La Flauta Mágica*. Escuchaba un *Mambrú* cantado por los niños que jugaban en un patio oloroso a natillas. Y así, atraído ahora por la mañanera frescura de un viejo cementerio, andaba a la sombra de sus cipreses, entre tumbas que estaban como olvidadas en medio de yerbas y campánulas. A veces, tras de un cristal empañado por los hongos, se ostentaba el daguerrotipo de quien yacía bajo el mármol: un estudiante de ojos afiebrados, un veterano de la Guerra de Fronteras, una poetisa coronada de laurel. Yo contemplaba el monumento a las víctimas de un naufragio fluvial, cuando el aire fue desgarrado, en alguna parte, como papel encerado, por una descarga de ametralladoras. Eran los alumnos de una escuela militar, sin duda, que se adiestraban en el manejo de las armas. Hubo un silencio y volvieron a enredarse los arrullos de palomas que hinchaban el buche en torno a los vasos romanos.

Estos, Fabio, ¡ay dolor!, que ves agora,
campos de soledad, mustio collado,
fueron un tiempo Itálica famosa.

Repetía y volvía a repetir estos versos que me regresaban a jirones desde la llegada y por fin se habían reconstruido en mi memoria, cuando se oyó nuevamente, con más fuerza, el tableteo de las ametralladoras. Un niño pasó a todo correr, seguido de una mujer despavorida, descalza, que llevaba una batea de ropas mojadas en brazos, y parecía huir de un gran peligro. Una voz gritó en alguna parte, detrás de las tapias: «¡Ya empezó! ¡Ya empezó!». Algo inquieto salí del cementerio y regresé hacia la parte moderna de la ciudad. Pronto pude darme cuenta de que las calles estaban vacías de transeúntes y los comercios habían cerrado sus puertas y cortinas metálicas con una prisa que nada bueno anunciaba. Saqué mi pasaporte, como si los cuños estampados entre sus tapas tuvieran alguna eficacia protectora, cuando una grita me hizo detener, realmente asustado, al amparo de una columna. Una multitud vociferante, hostigada por el miedo, desembocó de una avenida, derribándolo todo por huir de una recia fusilería. Llovían cristales rotos. Las balas topaban con el metal de los postes del alumbrado, dejándolos vibrantes como tubos de órgano que hubieran recibido una pedrada. El latigazo de un cable de alta tensión acabó de despejar la calle, cuyo asfalto se encendió a trechos. Cerca de mí, un vendedor de naranjas se desplomó de bruces, echando a rodar las frutas que se desviaban y saltaban al ser alcanzadas por un plomo a ras del suelo. Corrí a la esquina más próxima, para guarecerme en un soportal de cuyas pilastras colgaban billetes de lotería dejados en la fuga. Sólo un mercado de pájaros me separaba ya del fondo del hotel. Decidido por el zumbar de una bala que, luego de pasar sobre mi hombro, había agujereado la vitrina de una farmacia, emprendí la carrera. Saltando por encima de las jaulas, atropellando canarios, pateando colibríes, derribando posaderos de cotorras empavorecidas, acabé por llegar a una de las puertas de servicio que había permanecido abierta. Un tucán, que arrastraba un ala rota, venía saltando detrás de mí, como queriendo acogerse a mi protección. Detrás, erguido sobre el manubrio de un velocípedo abandonado, un soberbio guacamayo permanecía en medio de la plaza desierta, solo, calentándose al sol. Subí a nuestra habitación. Mouche seguía durmiendo, abrazada a una almohada, con la camisa por las caderas y los pies enredados entre sábanas. Tranquilizado en cuanto a ella respectaba, bajé al *hall* en busca de explicaciones. Se hablaba de una revolución. Pero esto poco significaba para quien, como yo, ignoraba la historia de aquel país en todo lo que fuera ajeno al Descubrimiento, la Conquista y los viajes de algunos frai-

les que hubieran hablado de los instrumentos musicales
de sus primitivos pobladores. Me puse, pues, a interrogar a cuantos, por mucho comentar y acalorarse, parecían tener una buena información. Pero pronto observé
que cada cual daba una versión particular de los acontecimientos, citando los nombres de personalidades que,
desde luego, eran letra muerta para mí. Traté entonces de
conocer las tendencias, los anhelos de los bandos en pug-
na, sin hallar más claridad. Cuando creía comprender que
se trataba de un movimiento de socialistas contra conser-
vadores o radicales, de comunistas contra católicos, se ba-
rajaba el juego, quedaban invertidas las posiciones, y volvían a citarse los apellidos, como si todo lo que ocurría
fuese más una cuestión de personas que una cuestión de
partidos. Cada vez me veía devuelto a mi ignorancia por
la relación de hechos que parecían historias de güelfos y
gibelinos, por su sorprendente aspecto de ruedo familiar,
de querella de hermanos enemigos, de lucha entablada entre gente ayer unida. Cuando me acercaba a lo que podía
ser, según mi habitual manera de razonar, un conflicto
político propio de la época, caía en algo que más se asemejaba a una guerra de religión. Las pugnas entre los que
parecían representar la tendencia avanzada y la posición
conservadora se me representaban, por el increíble desajuste cronológico de los criterios, como una especie de
batalla librada, por encima del tiempo, entre gentes que
vivieran en siglos distintos. «Muy justo —me respondía
un abogado de levita, chapado a la antigua, que parecía
aceptar los acontecimientos con su sorprendente calma—;
piense que nosotros, por tradición, estamos acostumbrados a ver convivir Rousseau con el Santo Oficio, y los
pendones al emblema de la Virgen con *El Capital...*» En
eso apareció Mouche, muy angustiada, pues había sido
sacada del sueño por las sirenas de ambulancias que pasaban, ahora, cada vez más numerosas, cayendo en pleno
mercado de pájaros, donde, al encontrar de súbito el falso obstáculo de las jaulas amontonadas, los conductores
frenaban brutalmente, aplastando de un bandazo a los úl-

timos sinsontles y turpiales que quedaban. Ante la ingra-
ta perspectiva del encierro forzoso, mi amiga se irritó
grandemente contra los acontecimientos que trastorna-
ban todos sus planes. En el bar, los forasteros habían armado sus malhumoradas partidas de naipes y de dados,
entre copas, rezongando contra los estados mestizos que
siempre tenían un zafarrancho en reserva. En eso supi-
mos que varios mozos del hotel habían desaparecido. Los
vimos pasar, poco después, bajo las arcadas del frente, armados de mausers, con varias cartucheras terciadas. Al
ver que habían conservado las chaquetas blancas del servicio, hicimos chistes del marcial empaque. Pero, al llegar a la esquina más próxima, los dos que marchaban delante se doblaron, de repente, alcanzados en el vientre
por un pase de metralla. Mouche dio un grito de horror,
llevando las manos a su propio viente. Todos retrocedi-
mos en silencio hacia el fondo del *hall,* sin poder quitar
los ojos de aquella carne yacente sobre el asfalto enrojecido, insensible ya a las balas que en ella se encajaban todavía, poniendo nuevos marchamos de sangre en la claridad del dril. Ahora, los chistes hechos un poco antes
me parecieron abyectos. Si en estos países se moría por
pasiones que me fueran incomprensibles, no por ello era
la muerte menos muerte. Al pie de ruinas contempladas
sin orgullo de vencedor, yo había puesto el pie, más de
una vez, sobre los cuerpos de hombres muertos por defender razones que no podían ser peores que las que aquí
se invocaban. En ese momento pasaron varios carros blin-
dados —desechos de nuestra guerra—, y al cabo del trueno de sus cremalleras pareció que el combate de calle hubiera cobrado una mayor intensidad. En las inmediacio-
nes de la fortaleza de Felipe II, las descargas se fundían
por momentos en un fragor compacto que no dejaba oír
ya el estampido aislado, estremeciendo el aire con una
ininterrumpida deflagración que acudía o se alejaba, según soplara el viento, con embates de mar de fondo. A
veces, sin embargo, se producía una pausa repentina. Parecía que todo hubiera terminado. Se escuchaba el llanto

de un niño enfermo en el vecindario, cantaba un gallo, golpeaba una puerta. Pero, de pronto, irrumpía una ametralladora y volvíase al estruendo, siempre apoyado por el desgarrado ulular de las ambulancias. Un mortero acababa de abrir fuego cerca de la Catedral antigua, en cuyas campanas topaba a veces una bala con sonoro martillazo. *«Eh, bien, c'est gai!»*, exclamó a nuestro lado una mujer de voz cantarina y grave, con algo engolado, que se nos presentó como canadiense y pintora, divorciada de un diplomático centroamericano. Aproveché la oportunidad para dejar a Mouche en conversación con alguien, para apurar un alcohol fuerte que me hiciese olvidar la presencia, tan cercana, de los cadáveres que acababan de atiesarse ahí, junto a la acera. Luego de un almuerzo de fiambres que no anunciaba banquetes futuros, transcurrieron las horas de la tarde con increíble rapidez, entre lecturas deshilvanadas, partidas de cartas, conversaciones llevadas con la mente puesta en otra cosa, que mal disimulaban la general angustia. Cuando cayó la noche, Mouche y yo nos dimos a beber desaforadamente, encerrados en nuestra habitación, por no pensar demasiado en lo que nos envolvía; al fin, hallada la despreocupación suficiente para hacerlo, nos dimos al juego de los cuerpos, hallando una voluptuosidad aguda y rara en abrazarnos, mientras otros, en torno nuestro, se entregaban a juegos de muerte. Había algo del frenesí que anima a los amantes de danzas macabras en el afán de estrecharnos más —de llevar mi absorción a un grado de hondura imposible— cuando las balas zumbaban ahí mismo, detrás de las persianas o se incrustaban, con roturas del estuco, en el domo que coronaba el edificio. Al fin quedamos dormidos sobre la alfombra clara del piso. Y fue ésa la primera noche, en mucho tiempo, que dio descanso sin antifaz ni drogas.

VI

(Viernes, 9)

Al día siguiente, impedidos de salir, tratamos de acomodarnos a la realidad de burgo sitiado, de nave en cuarentena, que nos imponían los acontecimientos. Pero, lejos de inducir a la pereza, la trágica situación que reinaba en las calles se había traducido, entre estas paredes que nos defendían del exterior, en una necesidad de hacer algo. Quien tenía un oficio trataba de armar taller u oficina, como para demostrar a los demás que en las situaciones anormales era necesario afincarse en la permanencia de un empeño. En el estrado de música del comedor, un pianista ejecutaba los trinos y mordentes de un rondó clásico, buscando sonoridades de clavicémbalo bajo las teclas demasiado duras. Las segundas partes de una compañía de *ballet* hacían barras a lo largo del bar, mientras la estrella perfilaba lentos arabescos sobre el encerado del piso, entre mesas arrimadas a las paredes. Sonaban máquinas de escribir en todo el edificio. En el salón de correspondencia, los negociantes revolvían el contenido de grandes carteras de becerro. Frente al espejo de su habitación, el Kappelmeister austríaco, invitado por la Sociedad Filarmónica de la ciudad, dirigía el *Requiem* de Brahms con gestos magníficos, dando las entradas fugadas a un vasto coro imaginario. No quedaba una revista, una novela policíaca, una lectura distrayente, en el puesto de periódicos y publicaciones. Mouche fue en busca de su traje de baño, pues se habían abierto las puertas de un patio resguardado, donde unos pocos inactivos tomaban baños de sol en torno a una fuente de mosaicos, entre arecas en tiestos y ranas de cerámica verde. Noté con alguna alarma que los huéspedes precavidos habían hecho provisión de tabaco, vaciando de cigarrillos el expendio del hotel. Me acerqué a la entrada del *hall*, cuya reja de bronce estaba cerrada. Afuera, el tiroteo había disminuido en intensidad. Parecía más bien que hubiera como pequeños grupos, guerrillas, que se enfrentaban en distintos barrios, librando batallas cortas, pero implacables, a juzgar por la precipitación con que las armas eran disparadas. En los techos y azoteas sonaban tiros aislados. Había un gran incendio en la parte norte de la ciudad: algunos afirmaban que era un cuartel lo que así ardía. Ante la inexpresividad que tenían para mí los apellidos que parecían dominar los acontecimientos, renuncié a hacer preguntas. Me sumí en la lectura de periódicos viejos, hallando cierta diversión en las informaciones de localidades lejanas, que a menudo se referían a tormentas, cetáceos arrojados a las playas, sucesos de brujería. Dieron las once —hora que yo esperaba con cierta impaciencia— y observé que las mesas del bar seguían arrimadas a las paredes. Se supo entonces que los últimos sirvientes fieles se habían marchado, poco después del alba, para sumarse a la revolución. Esta noticia, que no me pareció mayormente alarmante, tuvo el efecto de producir un verdadero pánico entre los huéspedes. Abandonando sus ocupaciones, acudieron todos al *hall*, donde el gerente trataba de aplacar los ánimos. Al saber que no habría pan ese día, una mujer rompió a llorar. En eso, un grifo abierto escupió una gárgara herrumbrosa, aspirando luego una suerte de tirolesa que corrió por todos los caños del edificio. Al ver caer el chorro que brotaba de la boca del tritón, en medio de la fuente, comprendimos que desde aquel instante sólo podríamos contar con nuestras reservas de agua, que eran pocas. Se habló de epidemias, de plagas, que serían acrecentadas por el clima tropical. Alguien trató de comunicarse con su Consulado: los teléfonos no tenían corriente, y su mudez los hacía tan inútiles, mancos como estaban, con el bracito derecho colgándoles del gancho de las reclamaciones, que muchos, irritados, los zarandeaban, los golpeaban sobre las mesas, para hacerlos hablar. «Es el Gusano» decía el gerente, repitiendo el chiste que, en la capital, había acabado por ser la explicación de todo lo catastrófico. «Es el Gusano.» Y yo pensaba en lo mucho que se exaspera el hombre, cuando sus máquinas dejan de obedecerle, en tanto que andaba en busca de una escalera de mano, para lanzarme hasta la ventanilla de un baño del cuarto piso, desde la cual podía mirarse afuera sin peligro. Cansado de otear un panorama de tejados, advertí que algo sorprendente ocurría al nivel de mis suelas. Era como si una vida subterránea se hubiera manifestado, de pronto, sacando de las sombras una multitud de bestezuelas extrañas. Por las cañerías sin agua, llenas de hipos remotos, llegaban raras liendres, obleas grises que andaban, cochinillas de caparachos moteados, y, como engolosinados por el jabón unos ciempiés de poco largo, que se ovillaban al menor susto, quedando inmóviles en el piso como una diminuta espiral de cobre. De las bocas de los grifos surgían antenas que avizoraban, desconfiadas, sin sacar el cuerpo que las movía. Los armarios se llenaban de ruidos casi imperceptibles, papel roído, madera rascada, y quien hubiera abierto una puerta, de súbito, habría promovido fugas de insectos todavía inhábiles en correr sobre maderas enceradas, que de un mal resbalón quedaban de patas arriba, haciéndose los muertos. Un pomo de poción azucarada, dejado sobre un velador, atraía una ascensión de hormigas rojas. Había alimañas debajo de las alfombras y arañas que miraban desde el ojo de las cerraduras. Unas horas de desorden, de desatención del hombre por lo edificado, habían bastado, en esta ciudad, para que las criaturas del humus, aprovechando la sequía de los caños interiores, invadieran la plaza sitiada. Una explosión cercana me hizo olvidar los insectos. Volví al *hall*, donde la nerviosidad llegaba a su colmo. El Kappelmeister apareció en lo alto de la escalera, batuta en mano, atraído por las discusiones gritadas de los presentes. Ante su cabeza desmelenada, su mirada severa y cejuda, se hizo el silencio. Lo mirábamos con esperanzada expectación, como si hubiese sido investido de extraordinarios poderes para aliviar nuestra angustia. Usando de una autoridad a que lo tenía acostumbrado su oficio, el maestro afeó la pusilanimidad de los alarmistas, y exigió el nombramiento in-

mediato de una comisión de huéspedes que rindiera exacta cuenta de la situación, en cuanto a la existencia de alimentos en el edificio; en caso necesario, él, habituado a
mandar hombres, impondría el racionamiento. Y para
templar los ánimos, terminó invocando el sublime ejemplo del Testamento de Heiligenstadt. Algún cadáver, algún animal muerto, se estaba pudriendo al sol, cerca del
hotel, pues un hedor de carroña se colaba por los tragaluces del bar, únicas ventanas exteriores que podían tenerse abiertas sin peligro, en la planta baja, por estar más
arriba de la ménsula que remataba el revestimiento de
caoba. Además, desde la media mañana, parecía que las
moscas se hubieran multiplicado, volando con exasperante insistencia en torno a las cabezas. Cansada de estar en
el patio, Mouche entró en el *hall*, anudando el cordón de
su bata de felpa, quejándose de que apenas si le habían
dado medio balde de agua para bañarse, luego de tomar
el sol. La acompañaba la pintora canadiense de voz cantarina y grave, casi fea y sin embargo atractiva, que se
nos hubiera presentado la víspera. Conocía el país y to-
maba los acontecimientos con una despreocupación que
tenía la virtud de aplacar la contrariedad de mi amiga,
afirmando que pronto se produciría el desenlace de la situación. Dejé a Mouche con su nueva amiga, y, respondiendo a la llamada del Kappelmeister, bajé al sótano con
los de la comisión para proceder a un recuento de las sub-
sistencias. Pronto vimos que era posible resistir el asedio
durante unas dos semanas, a condición de no abusar de
lo existente. El gerente, auxiliado por el personal extran-
jero del hotel, se comprometía a preparar para cada co-
mida un guisado sencillo que nosotros mismos iríamos a
servirnos en las cocinas. Pisábamos un serrín húmedo y
fresco, y la penumbra que reinaba en esa dependencia
subterránea, con sus gratos perfumes larderos, invitaba a
la molicie. Puestos de buen humor, fuimos a inspeccio-
nar la bodega de licores, donde había botellas y toneles
para mucho tiempo... Al ver que no regresábamos tan
pronto, los demás bajaron a los corredores del sótano,

hasta encontrarnos al pie de las canillas, bebiendo en
cuanta vasija teníamos a la mano. Nuestro informe pro-
movió una alegría contagiosa. Con un general trasiego de
botellas, el licor fue subiendo al edificio, del basamento
al piso cimero, sustituyendo las máquinas de escribir por
los gramófonos. La tensión nerviosa de las últimas horas
se había transformado, para los más, en un desaforado
afán de beber, mientras el hedor de la carroña se hacía
más penetrante y los insectos estaban en todas partes.
Sólo el Kappelmeister seguía de pésimo talante, impre-
cando contra los agitados que, con su revolución, habían
malogrado los ensayos del *Requiem* de Brahms. En su
despacho evocaba una carta en que Goethe cantaba la naturaleza domada, «por siempre librada de sus locas y fe-
briles conmociones». «¡Aquí, selva!», rugía, estirando sus
larguísimos brazos, como cuando arrancaba un *fortissi-
mo* a su orquesta. La palabra «selva» me hizo mirar hacia
el patio de las arecas en tiestos, que tenían algo de palmeras grandes cuando se las veía así, desde la penumbra,
en la reverberación de paredes cerradas, arriba, por un
cielo sin nubes que surcaba, a veces, el vuelo de un bui-
tre atraído por la carroña. Creía que Mouche hubiera regresado a su silla de extensión; al no verla allí, pensé que
se estaría vistiendo. Pero tampoco estaba en nuestro cuarto. Luego de esperarla un momento, el licor bebido tan
de mañana, en vasos cargados, me impuso la voluntad de
buscarla. Partí del bar, como quien acomete una importante empresa, tomando la escalera que arrancaba del *hall*,
entre dos cariátides, con solemne empaque marmóreo. La
añadidura de un aguardiente local, de sabor amelazado,
a los alcoholes conocidos, me tenía el rostro como insensible, súbitamente ebrio, yendo del pasamanos a la pared
con manos de ciego que tienta en la oscuridad. Cuando
me vi en peldaños más angostos, sobre una especie de es-
cagliola amarilla, comprendí que estaba más arriba del
cuarto piso, después de muchísimo andar, sin tener mayor idea de dónde estaba mi amiga. Pero proseguía la
ruta, sudoroso, obstinado, con una tenacidad que no dis-

traía el gesto de quienes se apartaban burlonamente para dejarme pasar. Recorría interminables corredores sobre una alfombra encarnada con anchura de camino, ante puertas numeradas —intolerablemente numeradas— que iba contando, al paso, como si esto fuese parte del trabajo impuesto. De pronto, una forma conocida me hizo detenerme, titubeando, con la sensación extraña de que no había viajado, de que siempre estaba *allá*, en alguno de mis tránsitos cotidianos, en alguna mansión de lo impersonal y sin estilo. Yo conocía este extinguidor de metal rojo, con su placa de instrucciones; yo conocía, de muy largo tiempo también, la alfombra que pisaba, los modillones del cielo raso, y esos guarismos de bronce detrás de los cuales estaban los mismos muebles, enseres, objetos dispuestos de idéntica manera, junto a algún cromo que representaba la Jungfrau, el Niágara o la Torre Inclinada. Esa idea de no haberme movido pasó el calambre de mi rostro al cuerpo. Vuelto a una noción de colmena, me sentí oprimido, comprimido, entre estas paredes paralelas, donde las escobas abandonadas por la servidumbre parecían herramientas dejadas por galeotes en fuga. Era como si estuviera cumpliendo la atroz condena de andar por una eternidad entre cifras, tablas de un gran calendario empotradas en las paredes —cronología de laberinto, que podía ser la de mi existencia, con su perenne obsesión de la hora, dentro de una prisa que sólo servía para devolverme cada mañana, al punto de partida de la víspera. No sabía ya a quién buscaba, en aquel alineamiento de habitaciones, donde los hombres no dejaban recuerdo de su paso. Me agobiaba la realidad de los peldaños que habría de subir, todavía, hasta llegar al piso donde el edificio se desnudaba de yesos y acantos, hecho de cemento gris con remiendos de papel engomado en los cristales, para guarecer de la intemperie a los criados. El absurdo de este andar a través de lo superpuesto me recordó la Teoría del Gusano, única explicación del trabajo de Sísifo, con peña hembra cargada en el lomo, que yo estaba cumpliendo. La risa que me produjo esta ocu-

rrencia arrojó de mi mente el empeño de buscar a Mouche. Yo sabía que cuando ella bebía se tornaba particularmente vulnerable a toda solicitud de los sentidos, y
aunque esto no significara una voluntad real de vilipen-
diarse, podía llevarla al lindero de las curiosidades más
equívocas. Pero esto dejaba de importarme ante la pesa-
dez de odre que arrastraban mis piernas. Volví a nuestra
habitación en penumbras y me dejé caer en la cama, de
bruces, sumiéndome en un sueño que pronto se atormen-
tó de pesadillas que divagaban en torno a ideas de calor
y de sed.

Tenía la boca seca, en efecto, cuando oí que me llamaban. Mouche estaba de pie, a mi lado, junto a la pintora
canadiense que habíamos conocido el día anterior. Por
tercera vez volvía a encontrarme «con esa mujer de cuerpo un tanto anguloso, cuyo rostro de nariz recta bajo una
frente tozuda tenía una cierta impavidez estatuaria que
contrastaba con una boca a medio hacer, golosa, de adolescente». Pregunté a mi amiga dónde había estado durante aquel mediodía. «Se terminó la revolución», dijo, a
modo de respuesta. Parecía, en efecto, que las estaciones
de radio estaban anunciando la victoria del partido vencedor y el encarcelamiento de los miembros del anterior
gobierno, pues aquí, según me habían dicho, el tránsito
del poder a la prisión era muy frecuente. Iba yo a ale-
grarme del fin de nuestro encierro, cuando Mouche me
avisó que durante un tiempo indefinido regiría el toque
de queda, dado a las seis de la tarde, con severísimas sanciones para quien fuera hallado en las calles después de
esa hora. Ante el engorro que restaba toda diversión a
nuestro viaje, hablé de un regreso inmediato que, además, me permitiría presentarme ante el Curador con las
manos vacías, providencialmente eximido de devolver lo
gastado en la vana empresa. Pero mi amiga sabía ya que
las compañías de aviación, excedidas en solicitudes semejantes, no podrían darnos pasajes antes de una semana,
por lo menos. Por lo demás, no me pareció que estuviera
mayormente contrariada y atribuí esa conformidad fren-

te a los hechos a la impresión de alivio que produce, por fuerza, el desenlace de cualquier situación convulsiva. Fue entonces cuando la pintora, respondiendo a una palabra de ella, me pidió que pasáramos algunos días en su casa de Los Altos, apacible población de veraneo, muy favorecida por los extranjeros, a causa de su clima y de sus talleres de platería, en la que, por lo mismo, se aplicaban blandamente las disposiciones policiales. Allí tenía su estudio, en una casa del siglo XVII, conseguida por una bagatela, cuyo patio principal parecía una réplica del patio de la Posada de la Sangre, de Toledo. Mouche había aceptado ya la invitación, sin consultarme, y hablaba de paseos florecidos de hortensias silvestres, de un convento que tenía altares barrocos, magníficos artesonados, y una sala donde se flagelaban las profesas al pie de un Cristo negro, frente a la horripilante reliquia de la lengua de un obispo, conservada en alcohol para recuerdo de su elocuencia. Permanecí indeciso, sin responder, menos por falta de ganas que un tanto ardido por el desenfado de mi amiga, y, como había cesado el peligro, abrí la ventana sobre un atardecer que ya pasaba a ser noche. Noté entonces que las dos mujeres se habían puesto del más lucido atuendo para bajar al comedor. Iba a hacer mofa de ello cuando advertí en la calle algo que mucho me interesó: una tienda de víveres, que me había llamado la atención por su raro nombre de *La Fe en Dios,* con ristras de ajos colgadas de las vigas, abría su puerta más pequeña para dar entrada a un hombre que se acercaba rasando las paredes, con una cesta colgada del brazo. A poco volvía a salir, cargando panes y botellas, con un veguero recién prendido. Como me había despertado con una lacerante necesidad de fumar y no quedaba tabaco en el hotel, señalé aquello a Mouche, que estaba ya en trance de aprovechar colillas. Bajé las escaleras y, urgido por el temor de que se cerrara aquel comercio, crucé la plaza a todo correr. Ya tenía veinte paquetes de cigarrillos en las manos cuando se abrió una recia fusilería en la bocacalle más próxima. Varios francotiradores, apostados sobre la vertiente interior de un tejado, respondieron con rifles y pistolas por sobre la crestería. El dueño de la tienda cerró apresuradamente la puerta, pasando gruesas trancas detrás de los batientes. Me senté en un escabel, cariacontecido, dándome cuenta de la imprudencia cometida por confiar en las palabras de mi amiga. La revolución había terminado, tal vez, en lo que se refería a la toma de los centros vitales de la ciudad; pero seguía la persecución de grupos rebeldes. En la trastienda, varias voces femeninas abejeaban el rosario. Un olor a salmuera de abadejo se me atravesó en la garganta. Volteé unos naipes dejados sobre el mostrador, reconociendo los bastos, copas, oros y espadas de los juegos españoles, cuya pinta había olvidado. Ahora, los disparos se hacían más espaciados. El tendero me miraba en silencio, fumando una breva, bajo la litografía de la miseria de quien vendió al crédito y la feliz opulencia de quien vendió de contado. La calma que dentro de esta casa reinaba, el perfume de los jazmines que crecían bajo un granado en el patio interior, la gota de agua que filtraba un tinajero antiguo, me sumieron en una suerte de modorra: un dormir sin dormir, entre cabeceadas que me devolvían a lo circundante por unos segundos. Dieron las ocho en el reloj de pared. Ya no se oían tiros. Entreabrí la puerta y miré hacia el hotel. En medio de las tinieblas que lo rodeaban brillaba por todos los tragaluces del bar y las arañas del *hall* que se divisaban a través de las rejas de la puerta de marquesina. Sonaban aplausos. Al oír en seguida los primeros compases de *Les Barriacades Mysterieuses*, comprendí que el pianista estaba ejecutando algunas de las piezas estudiadas aquella mañana en el piano del comedor, y con muchas copas bebidas, sin duda, pues a menudo los dedos se le descarrilaban en los ornamentos y *appogiaturas*. En el entresuelo, detrás de las persianas de hierro, se bailaba. Todo el edificio estaba de fiesta. Estreché la mano al almacenista y me dispuse a correr, cuando sonó un tiro —uno solo— y una bala zumbó a pocos metros, a una altura que pudo ser la de mi pecho. Retrocedí, con un

miedo atroz. Yo había conocido la guerra, ciertamente;
pero la guerra, vivida como intérprete de Estado Mayor,
era cosa distinta: el riesgo se repartía entre varios y el retroceder no dependía de uno. Aquí, en cambio, la muerte había estado a punto de darme la zancadilla por mi propia culpa. Más de diez minutos transcurrieron sin que un
estampido rasgara la noche. Pero cuando me preguntaba
si iba a salir nuevamente, se oyó otro disparo. Había
como un atalayador solitario, apostado en alguna parte,
que, de cuando en cuando, vaciaba su arma —un arma
vieja, de vaqueta, sin duda— para tener la calle despeja-
da. Unos segundos nada más tardaría yo en llegar a la acera del frente; pero esos segundos bastarían para que yo
librara un terrible juego de azar. Pensaba por inesperada
asociación de ideas, en el jugador de Buffon que arroja
una varilla sobre un tablado, con la esperanza de que no
se cruce con las paralelas del tablado. Aquí las paralelas
eran esas balas disparadas sin blanco ni tino, ajenas a mis
designios, que cortaban el espacio externo cuando menos
se esperaba, y me aterraba la evidencia de que yo pudiera
ser la varilla del jugador, y que, en un punto, en un án-
gulo de incidencia posible, mi carne se encontraría sobre
la trayectoria del proyectil. Por otra parte, la presencia
de una fatalidad no intervenía en ese cálculo de posibilidades ya que de mí dependía arriesgarme a perderlo todo
por no ganar nada. Yo debía reconocer, al fin y al cabo,
que no era el deseo de volver al hotel lo que me tenía exasperado en una banda de la calle. Repetíase lo que me había impulsado horas antes, dentro de mi borrachera, a viajar a través de aquel edificio de tantos corredores. Mi impaciencia presente se debía a mi poca confianza en Mouche. Pensándola desde aquí, en este lado del foso, del aborrecible tablado de las posibilidades, la creía capaz de las
peores perfidias físicas, aunque nunca hubiera podido
formular un cargo concreto contra ella, desde que nos co-
nocíamos. Yo no tenía en qué fundar mi suspicacia, mi
eterno recelo; pero demasiado sabía que su formación intelectual, rica en ideas justificadoras de todo, en razona-

mientos-pretextos, podía inducirla a prestarse a cualquier experiencia insólita, propiciada por la anormalidad del medio que esta noche la envolvía. Me decía que, por lo mismo, no valía la pena arrostrar la muerte por quitarme una mera duda de encima. Y, sin embargo, no podía tolerar la idea de saberla allí, en aquel edificio habitado por la ebriedad, libre del peso de mi vigilancia. Todo era posible en aquella casa de la confusión, con sus bodegas oscuras y sus incontables habitaciones, acostumbradas a los acoplamientos que no dejan huella. No sé por qué se insinuó en mi mente la idea de que este cauce de la calle que cada tiro ensanchaba, ese foso, esa hondura que cada bala hacía más insalvable, era como una advertencia, como una prefiguración de acontecimientos por venir. En aquel instante ocurrió algo raro en el hotel. Las músicas, las risas, se quebraron a un tiempo. Sonaron gritos, llantos, llamadas, en todo el edificio. Se apagaron luces, se encendieron otras. Había como una sorda conmoción allí dentro; un pánico sin fuga. Y de nuevo se abrió la fusilería en la bocacalle más cercana. Pero esta vez vi aparecer varias patrullas de infantería, con armas largas y ametralladoras. Los soldados empezaron a progresar lentamente, tras de las columnas de los soportales, alcanzando el lugar en donde estaba la tienda. Los francotiradores habían abandonado el tejado y las tropas regulares cubrían ahora el tramo de calle que me tocaba atravesar. Haciéndome acompañar por un sargento llegué por fin al hotel. Cuando abrieron la reja y entré en el *hall* me detuve estupefacto: sobre una gran mesa de nogal transformada en túmulo, yacía el Kappelmeister, con un crucifijo entre las solapas de su frac. Cuatro candelabros de plata, con adornos de pámpanos, sostenían —a falta de otros más apropiados— las velas encendidas: el maestro había sido derribado por una bala fría, recibida en la sien, al acercarse imprudentemente a la ventana de su cuarto. Miré las caras que lo rodeaban: caras sin rasurar, sucias, estiradas por una borrachera que había pasmado la muerte. Los insectos seguían entrando por los caños y los cuerpos olían a sudor agrio. En el edificio entero reinaba un hedor de letrinas. Flacas, macilentas las bailarinas parecían espectros. Dos de ellas, vestidas aún con los tules y mallas de un adagio bailado poco antes, se hundieron sollozando en las sombras de la gran escalera de mármol. Las moscas, ahora, estaban en todas partes, zumbando en làs luces, corriendo por las paredes, volando a las cabelleras de las mujeres. Afuera, la carroña crecía. Hallé a Mouche desplomada en la cama de nuestra habitación, con una crisis de nervios. «La llevaremos a Los Altos en cuanto amanezca», dijo la pintora. Los gallos empezaron a cantar en los patios. Abajo, sobre la acera de granito, los candelabros de pompas fúnebres eran bajados de un camión negro y plata por hombres vestidos de negro.

VII

(Sábado, 10)

Habíamos llegado a Los Altos, poco después de mediodía, en el pequeño tren de carrilera estrecha, parecido a un ferrocarril de parque de diversiones, y tanto me agradaba el lugar que, por tercera vez en la tarde, me había acodado al puentecillo del torrente para contemplar en su conjunto lo que ya había recorrido palmo a palmo, asomándome indiscretamente a las casas, en mis anteriores paseos. Nada de lo que se ofrecía a la mirada era monumental ni insigne; nada había pasado aún a la tarjeta postal, ni se alababa en guías de viajeros. Y, sin embargo, en este rincón de provincia, donde cada esquina, cada puerta claveteada, respondía a un modo particular de vivir, yo encontraba un encanto que habían perdido, en las poblaciones-museos, las piedras demasiado manoseadas y fotografiadas. Vista de noche, la ciudad se hacía aleluya de ciudad adosada a una sierra, con estampas de edificación y estampas de infierno sacadas de las tinieblas por los focos del alumbrado municipal. Pero aquellos quince focos, siempre aleteados por los insectos, tenían la función aisladora de las luminarias de retablos, de los reflectores de teatros, mostrando en plena luz las estaciones del sinuoso camino que conducía al Calvario de la Cumbre. Como los malos siempre arden abajo en toda alegoría de la vida recta y la vida pródiga, el primer foco alumbraba la pulpería de los arrieros, la de piscos, charandas y aguardientes de berro y mora, lugar de envites y mal ejemplo, con borrachos dormidos sobre los barriles del soportal. El segundo foco se mecía sobre la casa de la Lola, donde Carmen, Ninfa y Esperanza aguardaban, en blanco, rosa y azul bajo faroles chinos, sentadas en el diván de terciopelo raído que había sido de un Oidor de Reales Audiencias. En el ámbito del tercer foco giraban los camellos, leones y avestruces de un tiovivo, en tanto que los asientos colgantes de una estrella giratoria ascendían hacia las sombras y regresaban de ellas —puesto que la luz no alcanzaba a tales alturas— en lo que duraba en plegarse el cartón del *Vals de los Patinadores.* Como caída del cielo de la Fama, la claridad del cuarto foco blanqueaba la estatua del Poeta, hijo preclaro de la ciudad, autor de un laureado *Himno a la Agricultura,* quien seguía versificando sobre una cuartilla de mármol con pluma que destilaba el verdín, guiado por el índice de una Musa manca del otro brazo. Bajo el quinto foco no había cosa notable, fuera de dos burros dormidos. El sexto era el de la Gruta de Lourdes, trabajosa construcción de cemento y piedras traídas de muy lejos, obra tanto más notable si se piensa que, para hacerla, había sido necesario tapiar una gruta verdadera que existiera en aquel lugar. El séptimo foco pertenecía al pino verdinegro y al rosal que trepaba sobre un pórtico siempre cerrado. Luego, era la catedral de espesos contrafuertes acusados en oscuridades por el octavo foco, que, por estar colgado de un alto poste, alcanzaba el disco del reloj, cuyas saetas estaban dormidas, desde hacía cuarenta años, sobre lo que, según la voz de las beatas y santurronas, eran las siete y media de un próximo Juicio Final en el que rendirían cuentas las mujeres

desvergonzadas del vecindario. El noveno foco correspondía al Ateneo de actos culturales y conmemoraciones
patrióticas, con su pequeño museo que guardaba una ar-
golla a que había estado colgada, por una noche, la hamaca del héroe de la Campaña de los Riscos, un grano
de arroz sobre el que se habían copiado varios párrafos
del *Quijote,* un retrato de Napoleón hecho con las *x* de
una máquina de escribir y una colección completa de las
serpientes venenosas de la región, conservadas en pomos.
Cerrado, misterioso, encuadrado por dos columnas salo-
mónicas de color gris negro que sostenían un compás
abierto de capitel a capitel, el edificio de la Logia ocupa-
ba todo el campo del décimo foco. Luego, era el Convento de las Recoletas, con su arboleda mal definida por
el onceno foco, demasiado lleno de insectos muertos. Enfrente era el cuartel, que compartía la luz siguiente con
la glorieta dórica, cuya cúpula había sido abierta por un
rayo, pero servía aún para retretas de verano, con paseo
de la juventud, varones a un lado, mujeres al otro. En el
cono del decimotercer foco se encabritaba un caballo verde, jineteado por un caudillo de bronce muy llovido, cuya
espada en claro solía cortar la neblina en dos corrientes
lentas. Después, era la faja negra, temblequeante de velas
y anafes, de los conucos indios, con sus pequeñas estampas de nacimientos y de velorios. Más arriba, en el pe-
núltimo foco, un pedestal de cemento esperaba el gesto
sagitario del Bravo Flechero, matador de conquistadores,
que los fracmasones y comunistas habían encargado en
talla de piedra para molestar a los curas. Luego, era la noche cerrada. Y al cabo de ella, tan arriba que parecía de
otro mundo, la luz cimera que iluminaba tres cruces de
madera, plantadas en montículos de guijarros, donde más
batía el viento. Ahí terminaba la aleluya urbana, con fondo de estrellas y de nubes, salpicada de luces menores que
apenas si se advertían. Todo el resto era barro de tejados,
que se iba haciendo uno, en sombras, con el barro de la
montaña.
Sobrecogido por el frío que bajaba de las cumbres, yo

regresaba ahora, andando por calles tortuosas, hacia la casa de la pintora. Debo decir que ese personaje, al que no había prestado mayor atención en los días anteriores —aceptando el azar de esta convivencia como hubiera aceptado cualquier otra—, se me estaba haciendo cada vez más irritante, desde la salida de la capital, a causa de su crecimiento en la estimación de Mouche. Quien me pareciera una figura incolora al principio, se me iba afirmando, de hora en hora, como una fuerza contrariante. Cierta lentitud estudiada, que daba peso a sus palabras, orientaba las menudas decisiones que nos afectaban a los tres con una autoridad, apenas afirmada y sin embargo tenaz, que mi amiga acataba con una mansedumbre impropia de su carácter. Ella, tan afecta a hacer ley de sus antojos, daba siempre la razón a quien nos albergaba, aunque minutos antes hubiera estado de acuerdo conmigo en desistir de lo que ahora emprendía con ostentoso gusto. Era un continuo salir cuando quería quedarme, y un descansar cuando yo hablaba de subir hasta las brumas de la montaña, que denotaban el deseo de complacer constantemente a la otra, observando sus reacciones y halagándolas. Estaba claro que Mouche concedía a esa nueva amistad una importancia reveladora de cuanto echaba de menos —al cabo de tan pocos días—, un cierto orden de realidades que habíamos dejado atrás. Mientras los cambios de altitud, la limpidez del aire, el trastorno de las costumbres, el reencuentro con el idioma de mi infancia, estaban operando en mí una especie de regreso, aún vacilante pero ya sensible, a un equilibrio perdido hacía mucho tiempo, en ella se advertían —aunque no lo confesara todavía— indicios de aburrimiento. Nada de lo visto por nosotros hasta ahora correspondía, evidentemente, a lo que ella hubiera querido encontrar en este viaje, en caso de que hubiese querido encontrar algo, en realidad. Y, sin embargo, Mouche solía hablar inteligentemente del recorrido que hiciera por Italia, antes de nuestro encuentro. Por lo mismo, al observar cuán falsas o desafortunadas eran sus reacciones ante este país que nos agarraba

de sorpresa, indocumentados, sin saber de su pasado, sin
formación libresca al respecto, empezaba yo a preguntarme si, en el fondo, sus agudas observaciones acerca de la
misteriosa sensualidad de las ventanas del Palacio Barbe-
rini, la obsesión de los querubines en los cielos de San
Juan de Letrán, la casi femenina intimidad de San Carlos
de las Cuatro Puertas, con su claustro todo en curvas y
penumbras, no eran sino citas oportunas, puestas al ritmo del día, de cosas leídas, oídas, tomadas a sorbos en
las fuentes de uso más generalizado. Por lo pronto, sus
juicios siempre respondían a una consigna estética del
momento. Iba a lo musgoso y umbroso cuando se tenía
por nuevo hablar de musgos y de sombras y, por lo mismo, puesta ante un objeto que le fuera ignorado, un hecho difícilmente asociable, un tipo de arquitectura que no
le hubiese sido anunciado por algún libro, yo la veía, de
pronto, como desconcertada, vacilante, incapaz de formular una opinión válida, comprando un hipocampo pol-
voriento, por literatura, donde hubiera podido adquirir
una tosca miniatura religiosa de Santa Rosa con su palma
florecida. Como la pintora canadiense había sido la amante de un poeta muy conocido por sus ensayos sobre Le-
wis y Ana Radcliff, Mouche, alborozada, volvía a moverse en terrenos de surrealismos, astrología, interpretación
de los sueños, con todo lo que esto acarreaba consigo.
Cada vez que se encontraba —y no era frecuente, sin embargo— con una mujer que, según decía en tales casos,
«hablaba su mismo idioma», se entregaba a esa nueva
amistad con una dedicación de cada hora, un lujo de atenciones, un desasosiego, que llegaban a exasperarme. No
le duraban largo tiempo esas crisis efusivas; concluían el
día menos pensado, tan repentinamente como hubieran
empezado. Pero mientras transcurrían, llegaban a despertar en mí las más intolerables sospechas. Ahora, como
otras veces, era una mera corazonada, una inquietud, una
duda; nada me demostraba que hubiera nada culpable.
Pero la idea lacerante se había apoderado de mí la tarde
anterior, después del entierro del Kappelmeister. Al re-

greso del cementerio, adonde había ido con una comisión de huéspedes, todavía quedaban pétalos de flores mortuorias —demasiado olorosas en este país— en el piso del *hall*. Los barrenderos de calles procedían a llevarse la carroña cuyo hedor se hiciera sentir tan abominablemente durante nuestro encierro, y como las patas del caballo, descarnadas por los buitres, no cabían en el carro, las cortaban a machetazos, haciendo volar los cascos, con huesos y herraduras, en los enjambres de moscas verdes que revoloteaban sobre el asfalto. Adentro, vueltos de la revolución como de un tránsito normal, los sirvientes colocaban los muebles en su lugar y bruñían los picaportes con gamuzas. Mouche, al aparecer, había salido con su amiga. Cuando ambas reaparecieron, pasado el toque de queda, afirmando que habían estado caminando por las calles, extraviadas en la multitud que celebraba el triunfo del partido victorioso, me pareció que algo raro les ocurría. Las dos tenían un no sé qué de indiferencia fría ante todo, de suficiencia —como de gente que regresara de un viaje a dominios vedados—, que no les era habitual. Yo las había observado tenazmente para sorprender alguna mirada entendida; pensaba cada frase dicha por una u otra, buscándoles un sentido oculto o revelador; trataba de sorprenderlas con preguntas desconcertantes, contradictorias, sin el menor resultado. Mi prolongada frecuentación de ciertos ambientes, mis alardes de cinismo, me decían que ese proceder era grotesco. Y, sin embargo, sufría por algo mucho peor que los celos: la insoportable sensación de haber sido dejado fuera de un juego tanto más aborrecible por ello mismo. No podía tolerar la perfidia presente, la simulación, la representación mental de ese «algo» oculto y deleitoso que podía urdirse a mis espaldas por convenio de hembras. De súbito, mi imaginación daba una forma concreta a las más odiosas posibilidades físicas, y, a pesar de haberme repetido mil veces que era un hábito de los sentidos y no amor lo que me unía a Mouche, me veía dispuesto a comportarme como un marido de melodrama. Yo sabía que cuando hubiera

pasado la tormenta y confiara esas torturas a mi amiga,
ella se encogería de hombros, afirmando que era demasiado ridículo para provocar su enojo, y atribuiría la *animalidad* de tales reacciones a mi primera educación,
transcurrida en un ámbito hispanoamericano. Pero, una
vez más, en la quietud de estas calles desiertas, me habían asaltado sospechas. Apreté el paso para llegar cuanto antes a la casa, con el temor y el anhelo, a la vez, de
una evidencia. Pero allá me aguardaba lo inesperado: había un tremendo alboroto en el estudio, con mucho trasiego de copas. Tres artistas jóvenes habían llegado de la
capital un momento antes, huyendo, como nosotros, de
un toque de queda que les obligaba a encerrarse en sus
casas desde el crepúsculo. El músico era tan blanco, tan
indio el poeta, tan negro el pintor, que no pude menos
que pensar en los Reyes Magos al verles rodear la hamaca en que Mouche, perezosamente recostada, respondía
a las preguntas que le hacían, como prestándose a una
suerte de adoración. El tema era uno solo: París. Y yo observaba ahora que estos jóvenes interrogaban a mi amiga
como los cristianos del Medioevo podían interrogar al peregrino que regresaba de los Santos Lugares. No se cansaban de pedir detalles acerca de cómo era el físico de tal
jefe de escuela que Mouche se jactara de conocer; querían saber si determinado café era frecuentado aún por tal
escritor; si otros dos se habían reconciliado después de
una polémica acerca de Kierkegaard; si la pintura no fi-
gurativa seguía teniendo los mismos defensores. Y cuando su conocimiento del francés y del inglés no alcanzaba
para entender todo lo que les contaba mi amiga, eran miradas implorantes a la pintora para que se dignara tradu-
cir alguna anécdota, alguna frase cuya preciosa esencia
podía perderse para ellos. Ahora que, habiendo irrumpi-
do en la conversación con el maligno propósito de quitar
a Mouche sus oportunidades de lucimiento, yo interrogaba a esos jóvenes sobre la historia de su país, los primeros balbuceos de su literatura colonial, sus tradiciones
populares, podía observar cuán poco grato les resultaba

el desvío de la conversación. Les pregunté entonces, por
no dejar la palabra a mi amiga, si habían ido hacia la selva. El poeta indio respondió, encogiéndose de hombros,
que nada había que ver en ese rumbo, por lejos que se
anduviera, y que tales viajes se dejaban para los forasteros ávidos de coleccionar arcos y carcajes. La cultura
—afirmaba el pintor negro— no estaba en la selva. Según
el músico, el artista de hoy sólo podía vivir donde el pensamiento y la creación estuvieran más activos en el presente, regresándose a la ciudad cuya topografía intelectual estaba en la mente de sus compañeros, muy dados,
según propia confesión, a soñar despiertos ante una *Carta Taride,* cuyas estaciones de «metro» estaban figuradas
en espesos círculos azules: *Solferino, Oberkampf, Corvi-
sard, Mouton-Duvernet.* Entre esos círculos, por sobre el
dibujo de las calles, cortando varias veces la arteria clara
del Sena, se pintaban las vías mismas, entretejidas como
los cordeles de una red. En esa red caerían pronto los jóvenes Reyes Magos, guiados por la estrella encendida sobre el gran pesebre de Saint-Germain-des-Prés. Según el
color de los días, les hablarían del anhelo de evasión, de
las ventajas del suicidio, de la necesidad de abofetear cadáveres o de disparar sobre el primer transeúnte. Algún
maestre de delirios les haría abrazar el culto de un Dyonisos, «dios del éxtasis y del espanto, de la salvajada y la
liberación; dios loco cuya sola aparición pone a los seres
vivos en estado de delirio», aunque sin decirles que el in-
vocador de ese Dyonisos, el oficial Nietzche, se hubiera
hecho retratar cierta vez luciendo el uniforme de la
Reichsweher, con un sable en la mano y el casco puesto
sobre un velador de estilo muniquense, como agorera
prefiguración del dios del espanto que habría de desatar-
se, en realidad, sobre la Europa de cierta *Novena Sinfonía.* Los veía yo enflaquecer y empalidecer en sus estudios sin lumbre —oliváceo el indio, perdida la risa el negro, maleado el blanco—, cada vez más olvidados del Sol
dejado atrás, tratando desesperadamente de hacer lo que
bajo la red se hacía por derecho propio. Al cabo de los

años, luego de haber perdido la juventud en la empresa, regresarían a sus países con la mirada vacía, los arrestos quebrados, sin ánimo para emprender la única tarea que me pareciera oportuna en el medio que ahora me iba revelando lentamente la índole de sus valores: la tarea de Adán poniendo nombre a las cosas. Yo percibía esta noche, al mirarlos, cuánto daño me hiciera un temprano desarraigo de este medio que había sido el mío hasta la adolescencia; cuánto había contribuido a desorientarme el fácil encandilamiento de los hombres de mi generación, llevados por teorías a los mismos laberintos intelectuales, para hacerse devorar por los mismos Minotauros. Ciertas ideas me cansaban, ahora, de tanto haberlas llevado, y sentía un obscuro deseo de decir algo que no fuera lo cotidianamente dicho aquí, allá, por cuantos se consideraban «al tanto» de cosas que serían negadas, aborrecidas, dentro de quince años. Una vez más me alcanzaban aquí las discusiones que tanto me hubieran divertido, a veces, en la casa de Mouche. Pero acodado en este balcón, sobre el torrente que bullía sordamente al fondo de la quebrada, sorbiendo un aire cortante que olía a henos mojados, tan cerca de las criaturas de la tierra que reptaban bajo las alfalfas rojiverdes con la muerte contenida en los colmillos; en este momento, cuando la noche se me hacía singularmente tangible, ciertos temas de la «modernidad» me resultaban intolerables. Hubiera querido acallar las voces que hablaban a mis espaldas para hallar el diapasón de las ranas, la tonalidad aguda del grillo, el ritmo de una carreta que chirriaba por sus ejes, más arriba del Calvario de las Nieblas. Irritado contra Mouche, contra todo el mundo, con ganas de escribir algo, de componer algo, salí de la casa y bajé hacia las orillas del torrente, para volver a contemplar las estaciones del retablillo urbano. Arriba, en el piano de la pintora, se inició un tanteo de acordes. Luego, el joven músico —la dureza de la pulsación revelaba la presencia del compositor tras de los acordes— empezó a tocar. Por juego conté doce notas, sin ninguna repetida, hasta regresar al *mi be-*

mol inicial de aquel crispado andante. Lo hubiera apostado: el atonalismo había llegado al país; ya eran usadas
sus recetas en estas tierras. Seguí bajando hasta la taberna
para tomar un aguardiente de moras. Arrebujados en sus
ruanas, los arrieros hablaban de árboles que sangraban
cuando se les hería con el hacha en Viernes Santo, y también de cardos que nacían del vientre de las avispas muertas por el humo de cierta leña de los montes. De pronto,
como salido de la noche, un arpista se acercó al mostrador. Descalzo, con su instrumento terciado en la espal-
da, el sombrero en la mano, pidió permiso para hacer un
poco de música. Venía de muy lejos, de un pueblo del
Distrito de las Tembladeras, donde fuera a cumplir, como otros años, la promesa de tocar frente a la iglesia el
día de la Invención de la Cruz. Ahora sólo pretendía en-
tonarse, a cambio de arte, con un buen alcohol de ma-
guey. Hubo un silencio, y con la gravedad de quien ofi-
cia un rito, el arpista colocó las manos sobre la cuerda,
entregándose a la inspiración de un preludiar, para de-
sentumecerse los dedos, que me llenó de admiración. Había en sus escalas, en sus recitativos de grave diseño, in-
terrumpidos por acordes majestuosos y amplios, algo que
evocaba la festiva grandeza de los *preámbulos* de órgano
de la Edad Media. A la vez, por la afinación arbitraria
del instrumento aldeano, que obligaba al ejecutante a
mantenerse dentro de una gama exenta de ciertas notas,
se tenía la impresión de que todo obedecía a un magistral
manejo de los modos antiguos y los tonos eclesiásticos,
alcanzándose, por los caminos de un primitivismo verdadero, las búsquedas más válidas de ciertos compositores
de la época presente. Aquella improvisación de gran empaque evocaba las tradiciones del órgano, la vihuela y el
laúd, hallando un nuevo pálpito de vida en la caja de resonancia, de cónico diseño, que se afianzaba entre los tobillos escamosos del músico. Y luego, fueron danzas.
Danzas de un vertiginoso movimiento, en que los ritmos
binarios corrían con increíble desenfado bajo compases a
tres tiempos, todo dentro de un sistema modal que jamás

se hubiera visto sometido a semejantes pruebas. Me dieron ganas de subir a la casa y traer el joven compositor
arrastrado por una oreja, para que se informara prove-
chosamente de lo que aquí sonaba. Pero en eso llegaron
las capas de hule y linternas de la ronda; y la policía or-
denó el cierre de la taberna. Fui informado de que aquí
también se iba a observar, durante varios días, el toque
de queda a la puesta del sol. Esa desagradable evidencia
que vendría a estrechar más aún nuestra —para mí ingra-
ta— convivencia con la canadiense, se me tradujo, de súbito, en una decisión que venía a culminar todo un proceso de reflexiones y recapacitaciones. De Los Altos par-
tían precisamente los autobuses que conducían al puerto
desde el cual había modo de alcanzar, por río, la gran Selva del Sur. No seguiríamos viviendo la estafa imaginada
por mi amiga, puesto que las circunstancias la contrariaban a cada paso. Con la revolución, mis dineros habían
subido mucho al cambio con la moneda local. Lo más
sencillo, lo más limpio, lo más interesante, en suma, era
emplear el tiempo de vacaciones que me quedaba cumpliendo con el Curador y con la Universidad, llevando a
cabo, honestamente, la tarea encomendada. Por no darme el tiempo de volver sobre lo resuelto, compré al ta-
bernero dos pasajes para el autobús de la madrugada. No
me importaba lo que pensara Mouche: por vez primera
me sentía capaz de imponerle mi voluntad.

... será el tiempo en que tome camino, en que desate su rostro y hable y vomite lo que tragó y suelte su sobrecarga.

El Libro de Chilam-Balam

VIII

(11 de junio)

La discusión duró hasta más allá de la medianoche. Mouche, de pronto, se sintió resfriada; me hizo tocar su frente, que estaba más bien fresca, quejándose de escalofríos; tosió hasta irritarse la garganta y toser de verdad. Cerré las maletas sin hacerle caso, y no eran las del alba todavía cuando nos instalamos en el autobús, lleno ya de gente envuelta en mantas, con toallas de felpa apretadas al cuello a modo de bufandas. Hasta el último instante estuvo mi amiga hablando con la canadiense, disponiendo encuentros en la capital para cuando regresáramos del viaje, que duraría, a lo sumo, unas dos semanas. Al fin empezamos a rodar sobre una carretera que se adentraba en la sierra por una quebrada tan llena de niebla que sus chopos apenas eran sombras en el amanecer. Sabiendo que

Mouche se fingiría enferma durante varias horas, pues era
de las que pasaban de fingir a creer lo fingido, me ence-
rré en mí mismo, resuelto a gozar solitariamente de cuanto pudiera verse, olvidado de ella, aunque se estuviera
adormeciendo sobre mi hombro con lastimosos suspiros.
Hasta ahora, el tránsito de la capital a Los Altos había sido, para mí, una suerte de retroceso del tiempo a los años
de mi enfancia —un remontarme a la adolescencia y a sus
albores— por el reencuentro con modos de vivir, sabores, palabras, cosas, que me tenían más hondamente marcado de lo que yo mismo creyera. El granado y el tinajero, los oros y bastos, el patio de las albahacas y la puerta de batientes azules habían vuelto a hablarme. Pero ahora empezaba un más allá de las imágenes que se propu-
sieran a mis ojos, cuando hubiera dejado de conocer el
mundo tan sólo por el tacto. Cuando saliéramos de la
bruma opalescente que se iba verdeciendo de alba, se iniciaría, para mí, una suerte de Descubrimiento. El autobús trepaba; trepaba con tal esfuerzo, gimiendo por los
ejes, espolvoreando el cierzo, inclinado sobre los preci-
picios que cada cuesta vencida parecía haber costado sufrimientos indecibles a toda su armazón desajustada. Era
una pobre cosa, con techo pintado de rojo, que subía,
agarrándose con las ruedas, afincándose en las piedras,
entre las vertientes casi verticales de una barranca; una cosa cada vez más pequeña en medio de las montañas que
crecían. Porque las montañas crecían. Ahora que el sol
aclaraba sus cumbres, esas cumbres se sumaban, de un lado y de otro, cada vez más estiradas, más hoscas, como
inmensas hachas negras, de filos parados contra el viento
que se colaba por los desfiladeros con un bramido inacabable. Todo lo circundante dilataba sus escalas en una
aplastante afirmación de proporciones nuevas. Al cabo de
aquella subida de las cien vueltas y revueltas, cuando
creíamos haber llegado a una cima se descubría otra cuesta, más abrupta, más enrevesada, entre picachos helados
que ponían sus alturas magnas sobre las alturas anteriores. El vehículo, en ascensión tenaz, se minimizaba en el

fondo de los desfiladeros, más hermano de los insectos que de las rocas, empujándose con las redondas patas traseras. Era de día ya, y entre las cimas adustas, con asperezas de sílex tallado, se atorbellinaban las nubes en un cielo trastornado por el soplo de las quebradas. Cuando, por sobre las hachas negras, los divisores de ventiscas y los peldaños de más arriba, aparecieron los volcanes, cesó nuestro prestigio humano, como había cesado, hacía tiempo, el prestigio de lo vegetal. Eramos seres ínfimos, mudos, de caras yertas, en un páramo donde sólo subsistía la presencia foliácea de un cacto de fieltro gris, agarrado como un liquen, como una flor de hulla, al suelo ya sin tierra. A nuestras espaldas, muy abajo, habían quedado las nubes que daban sombra a los valles; y menos abajo, otras nubes que jamás verían, por estar más arriba de las nubes conocidas, los hombres que andaban entre cosas a su escala. Estábamos sobre el espinazo de las Indias fabulosas, sobre una de sus vértebras, allí donde los filos andinos, medialunados entre sus picos flanqueantes, con algo de boca de pez sorbiendo las nieves, rompían y diezmaban los vientos que trataban de pasar de un Océano al otro. Ahora llegábamos al borde de los cráteres llenos de escombros geológicos, de pavorosas negruras o erizados de peñas tristes como animales petrificados. Un temor silencioso se había apoderado de mí ante la pluralidad de las cimas y simas. Cada misterio de niebla, descubierto a un lado y otro del increíble camino, me sugería la posibilidad de que, bajo su evanescente consistencia, hubiera un vacío tan hondo como la distancia que nos separaba de nuestra tierra. Porque la tierra, pensada desde aquí, desde el hielo inconmovible y entero que blanquecía los picos, parecía algo distinto, ajeno a esto, con sus bestias, sus árboles y sus brisas: un mundo hecho para el hombre, donde no bramarían, cada noche, en gargantas y abismos los órganos de las tormentas. Un tránsito de nubes separaba este páramo de guijarros negros del verdadero suelo nuestro. Agobiado por la sorda amenaza telúrica que toda forma entrañaba, en estas fal-

das de lava, de limalla de cumbres, observé con inmenso
alivio que la pobre cosa en que rodábamos penaba un poco menos, doblando hacia la primera bajada que yo hubiera visto en varias horas. Ya estábamos en la otra vertiente de la cordillera cuando un frenazo brutal nos de-
tuvo en medio de un pequeño puente de piedra tendido
sobre un torrente de tan hondo lecho que no se veían sus
aguas, si bien resultaban atronadores los borbollones de
su caída. Una mujer estaba sentada en un contén de piedra, con un hato y un paraguas dejados en el suelo, envuelta en una ruana azul. Le hablaban y no respondía, como estupefacta, con la mirada empañada y los labios tem-
blorosos, meciendo levemente la cabeza mal cubierta por
un pañuelo rojo cuyo nudo, bajo la barba, estaba suelto.
Uno de los que con nosotros viajaban se acercó a ella y
le puso en la boca una tableta de maleza, apretando firmemente, para obligarla a tragar. Como entendiendo, la
mujer empezó a mascar con lentitud, y volvieron sus ojos,
poco a poco, a tener alguna expresión. Parecía regresar
de muy lejos, descubriendo el mundo con sorpresa. Me
miró como si mi rostro le fuese conocido, y se puso de
pie, con gran esfuerzo, sin dejar de apoyarse en el contén. En aquel instante, un alud lejano retumbó sobre
nuestras cabezas, arremolinando las brumas que empezaron a salir, como despedidas a empellones, del fondo de
un cráter. La mujer pareció despertar repentinamente; dio
un grito y se agarró de mí, implorando con voz quebrada por el aire delgado, que no la dejaran morir de nuevo.
Había sido traída hasta aquí, imprudentemente, por gentes de otro rumbo, que la creían conocedora de los peligros de cualquier somnolencia a tal altitud, y sólo ahora
comprendía que había estado casi muerta. Con pasos tor-
pes se dejó llevar hacia el autobús, donde acabó de tragar
la maleza. Cuando bajamos un poco más y el aire cobró
más cuerpo, le dieron un sorbo de aguardiente que pronto deshizo su angustia en chanzas. El autobús se llenó de
anécdotas de emparamados, de gente muerta en ese mismo   paso,   sucedidos   que   eran   na-

rrados placenteramente, como quien hablara de percances de la vida diaria. Alguien llegaba a afirmar que cerca de la boca de aquel volcán que iba ocultando cimas menores se encontraban, desde hacía medio siglo, metidos en su propio hielo como dentro de vitrinas, los ocho miembros de una misión científica, sorprendidos por el mal. Allí estaban, sentados en círculo, con el gesto de la vida en suspenso, tal como los inmovilizara la muerte, fijas las miradas bajo el cristal que les cubría las caras como transparentes máscaras funerarias. Ahora descendíamos rápidamente. Las nubes que hubiéramos dejado abajo en la ascensión estaban nuevamente encima de nosotros, y la niebla se desgarraba en flecos, despejando la visión de los valles todavía distantes. Se regresaba al suelo de los hombres y la respiración cobraba su ritmo normal después de haber conocido la hincada de agujas frías. De pronto, apareció un pueblo, puesto sobre una pequeña meseta redonda, rodeada de torrentes, que me pareció de un sorprendente empaque castellano, a pesar de la iglesia muy barroca, por sus tejados enracimados alrededor de la plaza, en la que desembocaban, rematando vericuetos, tortuosas calles de recuas. El rebuzno de un asno me recordó una vista de El Toboso —con asno en primer plano— que ilustraba una lección de mi tercer libro de lectura, y tenía un raro parecido con el caserón que ahora contemplaba. *En un lugar de La Mancha, de cuyo nombre no quiero acordarme, no ha mucho que vivía un hidalgo de los de lanza en astillero, adarga antigua, rocín flaco y galgo corredor...* Estaba orgulloso de recordar lo que con tanto trabajo nos enseñara a recitar, a los veinte rapaces que éramos, el maestro de la clase. Sin embargo, había sabido de memoria el párrafo completo, y ahora no lograba pasar más allá del *galgo corredor*. Me enojaba ante este olvido, volviendo y volviendo al *lugar de La Mancha* para ver si resurgía la segunda frase en mi mente, cuando la mujer que habíamos rescatado de las nieblas señaló una ancha curva, al flanco de la montaña que íbamos a recorrer, afirmando que su ámbito se llamaba *La*

Hoya. Una olla de algo más vaca que carnero, salpicón las más noches, duelos y quebrantos los sábados, lentejas los viernes y algún palomino de añadidura los domingos consumían las tres partes de su hacienda... No podía pasar de allí. Pero mi atención se fijaba ahora en la que había pronunciado tan oportunamente la palabra *Hoya*, llevándome a mirarla con simpatía. Desde donde me hallaba sólo acertaba a ver algo menos de la mitad de su semblante, de pómulo muy marcado bajo un ojo alargado hacia la sien, que se ahondaba en profunda sombra bajo la voluntariosa arcada de la ceja. El perfil era un dibujo muy puro, desde la frente a la nariz; pero, inesperadamente, bajo los rasgos impasibles y orgullosos, la boca se hacía espesa y sensual, alcanzando una mejilla delgada, en fuga hacia la oreja, que acusaba en fuertes valores el modelado de aquel rostro enmarcado por una pesada cabellera negra, recogida, aquí y allá, por peinetas de celuloide. Era evidente que varias razas se encontraban mezcladas en esa mujer, india por el pelo y los pómulos, mediterránea por la frente y la nariz, negra por la sólida redondez de los hombros y una peculiar anchura de la cadera, que acababa de advertir al verla levantarse para poner el hato de ropa y el paraguas en la rejilla de los equipajes. Lo cierto era que esa viviente suma de razas tenía raza. Al ver sus sorprendentes ojos sin matices de negrura evocaba las figuras de ciertos frescos arcaicos, que tanto y tan bien miran, de frente y de costado, con un círculo de tinta pintado en la sien. Esa asociación de imágenes me hizo pensar en la *Parisiense de Creta*, llevándome a notar que esa viajera surgida del páramo y de la niebla no era de sangre más mezclada que las razas que durante siglos se habían mestizado en la cuenca mediterránea. Más aún: llegaba a preguntarme si ciertas amalgamas de razas menores, sin transplante de las cepas, eran muy preferibles a los formidables encuentros habidos en los grandes lugares de reunión de América, entre celtas, negros, latinos, indios y hasta «cristianos nuevos», en la primera hora. Porque aquí no se habían volcado, en realidad, pueblos consan-

guíneos, como los que la historia malaxara en ciertas en-
crucijadas del mar de Ulises, sino las grandes razas del
mundo, las más apartadas, las más distintas, las que durante milenios permanecieron ignorantes de su convivencia en el planeta.

La lluvia empezó a caer de repente, con monótona intensidad, empañando los cristales. El regreso a una atmósfera casi normal había sumido a los viajeros en una
suerte de modorra. Después de comer alguna fruta, me
dispuse a dormir también, notando de paso que al cabo
de una semana de emprendido este viaje recuperaba la facultad de dormir a cualquier hora, que recordaba haber
tenido en la adolescencia. Cuando desperté, al caer de la
tarde, nos encontrábamos en una aldea de casas calizas,
adosadas a la cordillera, bajo una vegetación oscura, de
bosques fríos, en la que los claros conseguidos para la labranza parecían como parados en la espesura. De las copas de los árboles colgaban gruesas lianas que se mecían
sobre los caminos, asperjándolos de un agua de niebla.
Traída por las sombras largas de las montañas, la noche
subía ya a las cumbres. Mouche se prendió de mi brazo,
toda desmadejada, afirmando que la jornada le había resultado extenuante a causa de los cambios de altitud. Tenía dolor de cabeza, se sentía febril y quería acostarse en
el acto, luego de tomar algún remedio. La dejé en una habitación enjalbegada con cal, cuyo lujo se reducía a un
aguamanil y una jofaina, y me fui al comedor de la posada, que no era sino una prolongación y dependencia de
la cocina, donde ardía, en gran chimenea, un fuego de
leña. Luego de comer una sopa de maíz y un recio queso
montañés con olor a chivo, me sentía perezoso y feliz al
claror de la hoguera. Contemplaba el juego de las llamas,
cuando una silueta hizo sombra frente a mí, sentándose
del otro lado de la mesa. Era la rescatada de aquella mañana, y como ahora nos llegaba muy arreglada, me di-
vertí en detallar su gracioso atavío de buen ver. No estaba bien vestida ni mal vestida. Estaba vestida fuera de
la época, fuera del tiempo, con aquella intrincada com-

binación de calados, fruncidos y cintas, en crudo y azul,
todo muy limpio y almidonado, tieso como baraja, con
algo de costurero romántico y de arca de prestidigitador.
Llevaba un lazo de terciopelo, de un azul más oscuro,
prendido en el corpiño. Pidió platos cuyos nombres me
eran desconocidos, y empezó a comer lentamente, sin hablar, sin alzar los ojos del hule, como dominada por una
preocupación penosa. Al cabo de un rato me atreví a in-
terrogarla, y supe entonces que le tocaría hacer un buen
trecho de camino con nosotros, llevada por un piadoso
deber. Venía del otro extremo del país, cruzando desiertos y páramos, atravesando lagos de muchas islas, pasando por selvas y por llanos, para llevar a su padre, muy
enfermo, una estampa de los Catorce Santos Auxiliares,
a cuya devoción debía la familia verdaderos milagros, y
que había estado confiada hasta ahora a la custodia de
una tía con medios para lucirla en altares mejor ilumina-
dos. Como habíamos quedado solos en el comedor, fue
hacia una especie de armario con casillas, del que se desprendía un grato perfume a yerbas silvestres, cuya presencia, en un rincón, me tenía en curiosidad. Junto a frascos de maceraciones y vinagrillos, las gavetas ostentaban
los nombres de plantas. La joven se me acercó y, sacando hojas secas, musgos y retamas, para estrujarlas en la
palma de su mano, empezó a alabar sus propiedades,
identificándolas por el perfume. Era la Sábila Serenada,
para aliviar opresiones al pecho, y un Bejuco Rosa para
ensortijar el pelo; era la Bretónica para la tos, la Albahaca para conjurar la mala suerte, y la Yerba de Oso, el An-
gelón, la Pitahaya y el Pimpollo de Rusia, para males que
no recuerdo. Esa mujer se refería a las yerbas como si se
tratara de seres siempre despiertos en un reino cercano
aunque misterioso, guardado por inquietantes dignata-
rios. Por su boca las plantas se ponían a hablar y pregonaban sus propios poderes. El bosque tenía un dueño,
que era un genio que brincaba sobre un solo pie, y nada
de lo que creciera a la sombra de los árboles debía tomarse sin pago. Al entrar en la espesura para buscar el re-

toño, el hongo o la liana que curaban, había que saludar
y depositar monedas entre las raíces de un tronco anciano, pidiendo permiso. Y había que volverse deferente-
mente al salir, y saludar de nuevo, pues millones de ojos,
vigilaban nuestros gestos desde las cortezas y las frondas.
No sabría decir por qué esa mujer me pareció muy bella,
de pronto, cuando arrojó a la chimenea un puñado de gramas acremente olorosas, y sus rasgos fueron acusados en
poderoso relieve por las sombras. Iba yo a decir alguna
elogiosa trivialidad cuando me dio bruscamente las bue-
nas noches, alejándose de las llamas. Me quedé solo contemplando el fuego. Hacía mucho tiempo que no contemplaba el fuego.

IX

(Más tarde)

A poco de quedar solo frente al fuego oí algo como pequeñas voces en un rincón de la sala. Alguien había dejado prendido un aparato de radio, de viejísima estampa,
entre las mazorcas y cohombros de una mesa de cocina.
Iba a apagarlo cuando sonó, dentro de aquella caja mal-
trecha, una quinta de trompas que me era harto conocida. Era la misma que me hiciera huir de una sala de conciertos no hacía tantos días. Pero esta noche, cerca de los
leños que se rompían en pavesas, con los grillos sonando
entre las vigas pardas del techo, esa remota ejecución cobraba un misterioso prestigio. Los ejecutantes sin rostros,
desconocidos, invisibles, eran como expositores abstrac-
tos de lo escrito. El texto, caído al pie de estas montañas,
luego de volar por sobre las cumbres, me venía de no se
sabía dónde con sonoridades que no eran de notas, sino
de ecos hallados en mí mismo. Acercando la cara, escuché. Ya la quinta de trompas era aleteada en tresillos por
los segundos violines y los violoncellos; pintáronse dos
notas en descenso, como caídas de los arcos primeros y

de las violas, con un desgano que pronto se hizo angustia, apremio de huida, ante una fuerza de súbito desatada. Y fue, en un desgarre de sombras tormentosas, el primer tema de la *Novena Sinfonía*. Creí respirar de alivio en una tonalidad afirmada, pero un rápido apagarse de las cuerdas, derrumbe mágico de lo edificado, me devolvió al desasosiego de la frase en gestación. Al cabo de tanto tiempo sin querer saber de su existencia, la oda musical me era devuelta con el caudal de recuerdos que en vano trataba de apartar del *crescendo* que ahora se iniciaba, vacilante aún y como inseguro del camino. Cada vez que la sonoridad metálica de un corno apoyaba un acorde, creía ver a mi padre, con su barbita puntiaguda, adelantando el perfil para leer la música abierta ante sus ojos, con esa peculiar actitud del cornista que parece ignorar, cuando toca, que sus labios se adhieren a la embocadura de la gran voluta de cobre que da un empaque de capitel corintio a toda su persona. Con ese mimetismo singular que suele hacer flacos y enjutos a los oboístas, jocundos y mofletudos a los trombones, mi padre había terminado por tener una voz de sonoridad cobriza, que vibraba nasalmente cuando, sentándome en una silla de mimbre, a su lado, me mostraba grabados en que eran representados los antecesores de su noble instrumento: olifantes de Bizancio, buxines romanos, añafiles sarracenos y las tubas de plata de Federico Barbarroja. Según él, las murallas de Jericó sólo pudieron haber caído al llamado terrible del *horn*, cuyo nombre, pronunciado con rodada erre, cobraba un peso de bronce en su boca. Formado en conservatorios de la Suiza alemana, proclamaba la superioridad del corno de timbre bien metálico, hijo de la trompa de caza que había resonado en todas las Selvas Negras, oponiéndolo a lo que, con tono peyorativo, llamaba en francés *le cor*, pues estimaba que la técnica enseñada en París asimilaba su instrumento másculo a las femeninas maderas. Para demostrarlo volteaba el pabellón del instrumento y lanzaba el tema de Sigfrido por sobre las paredes medianeras del patio con un ímpetu de heraldo del

Juicio Final. Lo cierto era que a una escena de caza de la *Raymunda* de Glazounoff se debía mi nacimiento de este lado del Océano. Mi padre había sido sorprendido por el atentado de Sarajevo en lo mejor de una temporada wagneriana del Teatro Real de Madrid, y, encolerizado por el inesperado arresto bélico de los socialistas alemanes y franceses, había renegado del viejo continente podrido, aceptando el atril de primera trompa en una gira que Anna Pawlova llevaba a las Antillas. Un matrimonio cuya elaboración sentimental me resultaba obscura hizo que yo gateara mis primeras aventuras en un patio sombreado por un gran tamarinto, mientras mi madre, atareada con la negra cocinera, cantaba el cuento del Señor Don Gato, sentado en silla de oro, al que preguntan que si quiere ser casado con una gata montesa, sobrina de un gato pardo. La prolongación de la guerra, la escasa demanda de un instrumento que sólo se empleaba en temporadas de ópera, cuando soplaban los nortes del invierno, llevó a mi padre a abrir un pequeño comercio de música. A veces, agarrado por la nostalgia de los conjuntos sinfónicos en que había tocado, sacaba una batuta de la vitrina, abría la partitura de la *Novena Sinfonía* y dábase a dirigir orquestas imaginarias, remedando los gestos de Nikisch o de Mahler, cantando la obra entera con las más tremebundas onomatopeyas de percusión, bajos y metales. Mi madre cerraba apresuradamente las ventanas para que no lo creyeran loco, aceptando, sin embargo, con vieja mansedumbre hispánica, que cuanto hiciera ese esposo, que no bebía ni jugaba, debía tomarse por bueno, aunque pudiera parecer algo estrafalario. Precisamente mi padre era muy aficionado a frasear noblemente, con su voz abaritonada, el movimiento ascendente, a la vez lamentoso, fúnebre y triunfal, de la coda que ahora se iniciaba sobre un temblor cromático en la hondura del registro grave. Dos rápidas escalas desembocaron en el unísono de un exordio arrancado a la orquesta como a puñetazos. Y fue el silencio. Un silencio pronto reconquistado por el alborozo de los grillos y el crepitar de las brasas. Pero

yo esperaba, impaciente, el sobresalto inicial del *scherzo*.
Y ya me dejaba llevar, envolver, por el endiablado arabesco que pintaban los segundos violines, ajeno a todo
lo que no fuera la música cuando el «doblado» de trompas, de tan peculiar sonoridad, impuesto por Wagner a
la partitura beethoveniana por enmendar un error de escritura, volvió a sentarme al lado de mi padre en los días
en que no estuviera ya junto a nosotros, con su costurero de terciopelo azul, la que tanto me había cantado la
historia del Señor Don Gato, el romance de Mambrú y
el llanto de Alfonso XII por la muerte de Mercedes: *Cuatro duques la llevaban, por las calles de Aldaví*. Pero entonces las veladas se consagraban a la lectura de la vieja
Biblia luterana que el catolicismo de mi madre tuviera
oculta, por tantos años, en el fondo de un armario. En-
sombrecido por la viudez, amargado por una soledad que
no sabía hallar remedios en la calle, mi padre había roto
con cuanto le atara a la ciudad cálida y bulliciosa de mi
nacimiento, marchando a América del Norte, donde volvió a iniciar su comercio con muy escasa fortuna. La meditación del Eclesiastés, de los Salmos, se asociaban en su
mente a inesperadas añoranzas. Fue entonces cuando comenzó a hablarme de los obreros que escuchaban la *Novena Sinfonía*. Su fracaso en este continente se iba traduciendo, cada vez más, en la saudade de una Europa contemplada en cimas y alturas, en apoteosis y festivales.
Esto, que llamaban el Nuevo Mundo, se había vuelto para
él un hemisferio sin historia, ajeno a las grandes tradiciones mediterráneas, tierra de indios y de negros, poblado
por los desechos de las grandes naciones europeas, sin olvidar las clásicas rameras embarcadas para la Nueva Orleáns por gendarmes de tricornio, despedidas por mar-
chas de pífano —detalle, este último, que me parecía muy
debido al recuerdo de una ópera del repertorio—. Por
contraste evocaba las patrias del continente viejo con devoción, edificando ante mis ojos maravillados una Universidad de Heidelberg que sólo podía imaginarme verdecida de yedras venerables. Iba yo, por la imaginación,

de las tiorbas del concierto angélico a las insignes pizarras de la Gewandhause, de los concursos de *minnesangers* a los conciertos de Potsdam, aprendiendo los nombres de ciudades cuya mera gráfica promovía en mi mente espejismos en ocre, en blanco, en bronce —como Bonn—, en vellón de cisne —como Siena—. Pero mi padre, para quien la afirmación de ciertos principios constituía el haber supremo de la civilización, hacía hincapié, sobre todo, en el respeto que allá se tenía por la sagrada vida del hombre. Me hablaba de escritores que hicieron temblar una monarquía, desde la calma de un despacho, sin que nadie se atreviera a importunarlos. Las evocaciones del *Yo Acuso*, de las campañas de Rathenau, hijas de la capitulación de Luis XVI ante Mirabeau, desembocaban siempre en las mismas consideraciones acerca del progreso irrefrenable, de la socialización gradual, de la cultura colectiva, llegándose al tema de los obreros ilustrados que allá, en su ciudad natal, junto a una catedral del siglo XIII, pasaban sus ocios en las bibliotecas públicas y los domingos, en vez de embrutecerse en misas —pues allá el culto de la ciencia estaba sustituyendo a las supersticiones— llevaban sus familias a escuchar la *Novena Sinfonía*. Y así los había visto yo, desde la adolescencia, con los ojos de la imaginación, esos obreros vestidos de blusa azul y pantalón de pana, noblemente conmovidos por el soplo genial de la obra beethoveniana, escuchando tal vez este mismo trío, cuya frase tan cálida, tan envolvente, ascendía ahora por las voces de los violoncellos y de las violas. Y tal había sido el sortilegio de esa visión que, al morir mi padre, consagré el escaso dinero de su magra herencia, el fruto de una subasta de sonatas y partitas, al empeño de conocer mis raíces. Atravesé el Océano, un buen día, con el convencimiento de no regresar. Pero al cabo de un aprendizaje del asombro que yo hubiera calificado más tarde, en broma, de adoración de las fachadas, fue el encuentro con realidades que contrariaban singularmente las enseñanzas de mi padre. Lejos de mirar hacia la *Novena Sinfonía*, las inteligencias estaban como ávidas de marcar el paso en desfiles que pasaban bajo arcos de triunfo de carpintería y mástiles totémicos de viejos símbolos solares. La transformación del mármol y el bronce de las antiguas apoteosis en gigantescos despilfarros de pinotea, tablas de un día, y emblemas de cartón dorado, hubiera debido hacer más desconfiados a quienes escuchaban palabras demasiado amplificadas por los altavoces, pensaba yo. Pero no parecía que así fuera. Cada cual se creía tremendamente investido, y había muchos que se sentaban a la derecha de Dios para juzgar a los hombres del pasado por el delito de no haber adivinado lo futuro. Yo había visto ya, ciertamente, a un metafísico de Heidelberg haciendo de tambor mayor de una parada de jóvenes filósofos que marchaban, sacándose el tranco de la cadera, para votar por quienes hacían escarnio de cuanto pudiera calificarse de intelectual. Yo había visto a las parejas ascender, en noches de solsticios, al Monte de las Brujas para encender viejos fuegos votivos, desprovistos ya de todo sentido. Pero nada me había impresionado tanto como esa citación a juicio, esa resurrección para castigo y profanación de la tumba de quien hubiera rematado una sinfonía con el coral de la Confesión de Augsburgo, o de aquel otro que había clamado, con una voz tan pura, ante las olas verdegrises del gran Norte: «¡Amo el mar como mi alma!» Cansado de tener que recitar el *Intermezzo* en voz baja y de oír hablar de cadáveres recogidos en las calles, de terrores próximos, de éxodos nuevos, me refugié, como quien se acoge a sagrado, en la penumbra consoladora de los museos, emprendiendo largos viajes a través del tiempo. Pero cuando salí de las pinacotecas las cosas marchaban de mal en peor. Los periódicos invitaban al degüello. Los creyentes temblaban, bajo los púlpitos, cuando sus obispos alzaban la voz. Los rabinos escondían la thorah, mientras los pastores eran arrojados de sus oratorios. Se asistía a la dispersión de los ritos y al quebrantamiento del verbo. De noche, en las plazas públicas, los alumnos de insignes Facultades quemaban li-

bros en grandes hogueras. No podía darse un paso en
aquel continente sin ver fotografías de niños muertos en
bombardeos de poblaciones abiertas, sin oír hablar de sabios confinados en salinas, de secuestros inexplicados, de
acosos y defenestraciones, de campesinos ametrallados en
plazas de toros. Yo me asombraba —despechado, herido
a lo hondo— de la diferencia que existía entre el mundo
añorado por mi padre y el que me había tocado conocer.
Donde buscaba la sonrisa de Erasmo, el Discurso del Método, el espíritu humanístico, el fáustico anhelo y el alma
apolínea, me topaba con el auto de fe, el tribunal de algún Santo Oficio, el proceso político que no era sino or-
dalía de nuevo género. Ya no podía contemplarse un tímpano ilustre, un campanil, gárgola o ángel sonriente sin
oírse decir que ahí estaban previstas ya las banderías del
presente y que los pastores de Nacimientos adoraban algo
que no era, en suma, lo que cabalmente iluminaba el pesebre. La época me iba cansando. Y era terrible pensar
que no había fuga posible, fuera de lo imaginario, en
aquel mundo sin escondrijos, de naturaleza domada hacía siglos, donde la sincronización casi total de las exis-
tencias hubiera centrado las pugnas en torno a dos o tres
problemas puestos en carne viva. Los discursos habían
sustituido a los mitos; las consignas a los dogmas. Hastiado del lugar común fundido en hierro, del texto ex-
purgado y de la cátedra desierta, me acerqué nuevamente
al Atlántico con el ánimo de pasarlo ahora en sentido inverso. Y, dos días antes de mi partida, me vi contemplando una olvidada danza macabra que desarrollaba sus motivos sobre las vigas del osario de San Sinforiano, en Blois.
Era una suerte de patio de granja, invadido por las yerbas, de una tristeza de siglos, encima de cuyos pilares se
conjugaba, una vez más, el inagotable tema de la vanidad
de las pompas, del esqueleto hallado bajo la carne luju-
riante, del costillar podrido bajo la casulla del prelado,
del tambor atronado con dos tibias en medio de un xilo-
fonante concierto de huesos. Pero aquí, la pobreza del establo que rodeaba el eterno Ejemplo, la proximidad del

río revuelto y turbio, la cercanía de granjas y fábricas, la presencia de cochinos gruñendo como el cerdo de San Antón, al pie de las calaveras talladas en una madera engrisada por siglos de lluvias, daban una singular vigencia a ese retablo del polvo, la ceniza, la nada, situándolo dentro de la época presente. Y los timbales que tanto percuten en el *scherzo* beethoveniano cobraban una fatídica contundencia, ahora que los asociaba, en mi mente, a la visión del osario de Blois, en cuya entrada me sorprendieron las ediciones de la tarde con la noticia de la guerra.

Los leños eran rescoldos. En una ladera, más arriba del techo y de los pinos, un perro aullaba en la bruma. Alejado de la música por la música misma, regresaba a ella por el camino de los grillos, esperando la sonoridad de un *si bemol* que ya cantaba en mi oído. Y ya nacía, de una queda invitación de fagote y clarinete, la frase admirable del *Adagio*, tan honda dentro del pudor de su lirismo. Este era el único pasaje de la *Sinfonía* que mi madre —más acostumbrada a la lectura de habaneras y selecciones de ópera— lograba tocar a veces, por su tiempo pausado, en una transcripción para piano que sacaba de una gaveta de la tienda. Al sexto compás, plácidamente rematado en eco por las maderas, acabo de llegar del colegio, luego de mucho correr para resbalar sobre las pequeñas frutas de los álamos que cubren las aceras. Nuestra casa tiene un ancho soportal de columnas encaladas, situado como un peldaño de escalera, entre los soportales vecinos, uno más alto, otro más bajo, todos atravesados por el plano inclinado de la calzada que asciende hacia la Iglesia de Jesús del Monte, que se yergue allá, en lo alto de los tejados, con sus árboles plantados sobre un terraplén cerrado por barandales. La casa fue antaño de gente señora; conserva grandes muebles de madera oscura, armarios profundos y una araña de cristales biselados que se llena de pequeños arcoiris al recibir un último rayo de sol bajado de las lucetas azules, blancas, rojas, que cierran el arco del recibidor como un gran abanico de vidrio. Me siento de piernas tiesas en el fondo de un sillón de mecedora, demasiado alto y ancho para un niño, y abro el Epítome de Gramática de la Real Academia, que esta tarde tengo que repasar. *Estos, Fabio, ¡ay dolor!, que ves agora...* reza el ejemplo que ha poco regresó a mi memoria. *Estos, Fabio, ¡ay dolor!, que ves agora...* La negra, allá en el hollín de sus ollas, canta algo que se habla de los tiempos de la Colonia y de los mostachos de la Guardia Civil. Ya se ha pegado la tecla del *fa* sostenido, como de costumbre, en el piano que toca mi madre. En lo último de la casa hay una habitación a cuya reja trepa un tallo de calabaza. Llamo a María del Carmen, que juega entre las arecas en tiestos, los rosales en cazuela, los semilleros de claveles, de calas, los girasoles del traspatio de su padre el jardinero. Se cuela por el boquete de la cerca de cardón y se acuesta a mi lado, en la cesta de lavandería en forma de barca que es la barca de nuestros viajes. Nos envuelve el olor a esparto, a fibra, a heno, de esta cesta traída, cada semana, por un gigante sudoroso, que devora enormes platos de habas a quien llaman Baudilio. No me canso de estrechar a la niña entre mis brazos. Su calor me infunde una pereza gozosa que quisiera alargar indefinidamente. Como se aburre de estar así, sin moverse, la aquieto diciéndole que estamos en el mar y que falta poco para llegar al muelle; que será aquel baúl de tapa redonda, cubierta de hojalata de muchos colores, a cuya agarradera se amarran las naves. En el colegio me han hablado de sucias posibilidades entre varones y hembras. Las he rechazado con indignación, sabiendo que eran porquerías inventadas por los grandes para burlarse de los pequeños. El día que me lo dijeron no me atreví a mirar a mi madre de frente. Pregunto ahora a María del Carmen si quiere ser mi mujer, y como responde que sí, la aprieto un poco más, imitando con la voz, para que no se aparte de mí, el ruido de las sirenas de barcos. Respiro mal, me lleno de latidos, y este malestar es tan grato, sin embargo, que no comprendo por qué, cuando la negra nos sorprende así, se enoja, nos saca de la cesta, la arroja sobre un armario y grita que estoy muy grande para esos juegos. Sin embargo, nada dice a mi madre. Acabo por quejarme a ella, y me responde que es hora de estudiar. Vuelvo al Epítome de Gramática, pero me persigue el olor a fibra, a mimbre, a esparto. Este olor cuyo recuerdo regresa del pasado, a veces, con tal realidad que me deja todo estremecido. Ese olor que vuelvo a encontrar esta noche; junto al armario de las yerbas silvestres, cuando el *Adagio* concluye sobre cuatro acordes *pianissimo*, el primero arpegiado, y un estremecimiento, perceptible a través de la transmisión, conmueve la masa coral cuya entrada se aproxima. Adivino el gesto enérgico del director invisible, por el cual se entra, de golpe, en el drama que prepara el advenimiento de la Oda de Schiller. La tempestad de bronces y de timbales que se desata para hallar, más tarde, un eco de sí misma, encuadra una recapitulación de los temas ya escuchados. Pero esos temas aparecen rotos, lacerados, hechos jirones, arrojados a una especie de caos que es gestación del futuro, cada vez que pretenden alzarse, afirmarse, volver a ser lo que fueron. Esa suerte de sinfonía en ruinas que ahora se atraviesa en la sinfonía total, serie de dramático acompañamiento —pienso yo, con profesional deformación— para un documental realizado en los caminos que me tocara recorrer como intérprete militar, al final de la guerra. Eran los caminos del Apocalipsis, trazados entre paredes rotas de tal manera que parecían los caracteres de un alfabeto desconocido; camino de hoyos rellenados con pedazos de estatuas, que atravesaban abadías sin techo, se jalonaban de ángeles decapitados, doblaban frente a una Ultima Cena dejada a la intemperie por los obuses, para desembocar en el polvo y la ceniza de lo que fuera, durante siglos, el archivo máximo del canto ambrosiano. Pero los horrores de la guerra son obra del hombre. Cada época ha dejado los suyos burilados en el cobre o sombreados por las tintas del aguafuerte. Lo nuevo aquí, lo inédito, lo moderno, era aquel antro del horror, aquella cancillería del horror, aquel coto vedado del horror que nos tocara conocer en nuestro avance: la Mansión del Calofrío, donde todo era testimonio de torturas, exterminios en masa, cremaciones, entre murallas salpicadas de sangre y de excrementos, montones de huesos, dentaduras humanas arrinconadas a paletadas, sin hablar de las muertes peores, logradas en frío, por manos enguantadas de caucho, en la blancura aséptica, neta, luminosa, de las cámaras de operaciones. A dos pasos de aquí, una humanidad sensible y cultivada —sin hacer caso del humo abyecto de ciertas chimeneas, por las que habían brotado, un poco antes, plegarias aulladas en yiddish— seguía coleccionando sellos, estudiando las glorias de la raza, tocando pequeñas músicas nocturnas de Mozart, leyendo *La Sirenita* de Andersen a los niños. Esto otro también era nuevo, siniestramente moderno, pavorosamente inédito. Algo se derrumbó en mí la tarde en que salí del abominable parque de iniquidades que me esforzara en visitar para cerciorarme de su posibilidad, con la boca seca y la sensación de haber tragado un polvo de yeso. Jamás hubiera podido imaginar una quiebra tan absoluta del hombre de Occidente como la que se había estampado aquí en residuos de espanto. De niño me habían aterrorizado las historias que entonces corrían acerca de las atrocidades cometidas por Pancho Villa, cuyo nombre se asociaba en mi memoria a la sombra velluda y nocturnal de Mandinga. «Cultura obliga», solía decir mi padre ante las fotos de fusilamientos que entonces difundía la prensa, traduciendo, con ese lema de una nueva caballería del espíritu, su fe en el ocaso de la iniquidad por obra de los Libros. Maniqueísta a su manera, veía el mundo como el campo de una lucha entre la luz de la imprenta y las tinieblas de una animalidad original, propiciadora de toda crueldad en quienes vivían ignorantes de cátedras, músicas y laboratorios. El Mal, para él, estaba personificado por quien, al arrimar sus enemigos al paredón de las ejecuciones, remozaba, al cabo de los siglos, el gesto del príncipe asirio cegando a sus prisioneros con una lanza, o del feroz cruzado que emparedara a los cátaros en las cavernas del Mont-Segur. El Mal, del que estaba ya librada   la   Europa

de Beethoven, tenía su último reducto en el Continente-
de-poca-Historia... Pero luego de haberme visto en la
Mansión del Calofrío, en este campo imaginado, creado,
organizado por gente que sabía de tantas cosas nobles,
los disparos de los Charros de Oro, las ciudades tomadas a porfía, los trenes descarrilados entre cactos y chum-
beras, las balaceras en noche de mitote, me parecían alegres estampas de novela de aventura, llenas de sol de ca-
balgatas, de viriles alardes, de muertes limpias sobre el
cuero sudado de las monturas, junto al rebozo de las sol-
daderas recién paridas a orillas del camino. Y lo peor fue
que la noche de mi encuentro con la más fría barbarie de
la historia, los victimarios y guardianes, y también los
que se llevaban los algodones ensangrentados en cubos,
y los que tomaban notas en sus cuadernos forrados de hule negro, que estaban presos en un hangar, se dieron a
cantar después del rancho. Sentado en mi camastro, sacado del sueño por el asombro, les oía cantar lo mismo
que ahora, levantados por un lejano gesto del director,
cantaban los del coro:

> *Freunde, schöner Götterfunken,*
> *Tochter aus Elysium!*
> *Wir betreten feuertrunken,*
> *Himlische, dein Heiligtum.*

Por fin había alcanzado la *Novena Sinfonía*, causa de
mi viaje anterior, aunque no ciertamente donde mi padre
la hubiera situado. *¡Alegría! El más bello fulgor divino,
hija del Elíseo. Ebrios de tu fuego penetramos, ¡oh Celestial!, en tu santuario... Todos los hombres serán hermanos donde se cierne tu vuelo suave.* Las estrofas de Schiller me laceraban a sarcasmos. Eran la culminación de una
ascensión de siglos durante la cual se había marchado sin
cesar hacia la tolerancia, la bondad, el entendimiento de
lo ajeno. La *Novena Sinfonía* era el tibio hojaldre de
Montaigne, el azur de la Utopía, la esencia del Elzevir,
la voz de Voltaire en el proceso Calás. Ahora crecía, hen-

chido de júbilo, el *alle Menschen werden bruder wo deir sanfter Flügel weildt,* como la noche aquella en que perdí la fe en quienes mentían al hablar de sus principios, invocando textos cuyo sentido profundo estaba olvidado. Por pensar menos en la Danza Macabra que me envolvía cobré mentalidad de mercenario, dejándome arrastrar por mis compañeros de armas a sus tabernas y burdeles. Me di a beber como ellos, sumiéndome en una suerte de inconsciencia mantenida del lado de acá del traspié, que me permitió acabar la campaña sin entusiasmarme por palabras ni hechos. Nuestra victoria me dejaba vencido. No logró admirarme siquiera la noche pasada en la utilería del teatro de Bayreuth, bajo una wagneriana zoología de cisnes y caballos colgados del cielo raso, junto a un Fafner deslucido por la polilla, cuya cabeza parecía buscar amparo bajo mi camastro de invasor. Y fue un hombre sin esperanza quien regresó a la gran ciudad y entró en el primer bar para acorazarse de antemano contra todo propósito idealista. El hombre que trató de sentirse fuerte en el robo de la mujer ajena, para volver, en fin de cuentas, a la soledad del hecho no compartido. El hombre llamado Hombre que, la mañana anterior, aceptaba todavía la idea de estafar con instrumentos de rastro a quien hubiera puesto en él su confianza... Y me aburre, de pronto, esta *Novena Sinfonía* con sus promesas incumplidas, sus anhelos mesiánicos, subrayados por el feriante arsenal de la «música turca» que tan populacheramente se desata en el *prestissimo* final. No espero el maestoso *Tochter aus Elysium! Freude schöner Götterfunken* del exordio. Corto la transmisión, preguntándome cómo he podido escuchar la partitura casi completa, con momentos de olvido de mí mismo, cuando las asociaciones de recuerdos no me absorbían demasiado. Mi mano busca un cohombro cuya frialdad parece salirle de tras de la piel; la otra sopesa el verdor de un ají que rompe el pulgar para bañarse del zumo que luego recoge la boca con deleite. Abro el armario de las plantas y saco un puñado de hojas secas, que aspiro largamente. En la chimenea late aún, en negro y rojo, como algo viviente, un último rescoldo. Me asomo a una ventana: los árboles más próximos se han perdido en la niebla. El ganso del traspatio desenvaina la cabeza de bajo el ala y entreabre el pico, sin acabar de despertarse. En la noche ha caído un fruto.

X

(Martes, 12)

Cuando Mouche salió de la habitación, poco después del alba, parecía más cansada que la víspera. Habían bastado las incomodidades de un día de rodar por carreteras difíciles, el lecho duro, la necesidad de madrugar, de someter el cuerpo a una disciplina, para provocar una suerte de descoloramiento de su persona. Quien tan piafante y vivaz se mostraba en el desorden de nuestras noches *de allá*, era aquí la estampa del desgano. Parecía que se hubiera empañado la claridad de su cutis, y mal guardaba un pañuelo sus cabellos que se le iban en greñas de un rubio como verdecido. Su expresión de desagrado la avejentaba de modo sorprendente, adelgazando, con fea caída de las comisuras, unos labios que los malos espejos y la escasa luz no le permitían pintar debidamente. Durante el desayuno, por distraerla, le hablé de la viajera a quien había conocido la noche anterior. En eso llegó la aludida, toda temblorosa, riendo de su temblor, pues había ido a asearse a una fuente cercana con las mujeres de la casa. Su cabellera, torcida en trenzas en torno a la cabeza, goteaba todavía sobre su rostro mate. Se dirigió a Mouche con familiaridad, tuteándola como si la conociera de mucho tiempo, en preguntas que yo iba traduciendo. Cuando subimos al autobús, las dos mujeres había concertado un lenguaje de gestos y palabras sueltas que les bastaba para entenderse. Mi compañera, nuevamente fatigada, descansó la cabeza sobre el hombro de la que —lo sabíamos ahora— llamábase Rosario, y escuchaba sus quejas

por los quebrantos de tan incómodo viaje con una solicitud maternal en la que yo vislumbraba, sin embargo,
un dejo de ironía. Contento por verme algo descargado
de Mouche, emprendí alegremente la jornada, solo en un
ancho asiento. Esta misma tarde llegaríamos al puerto fluvial de donde salían embarcaciones para los linderos de
la Selva del Sur, y de recodo en recodo, siguiendo lade-
ras, descendiendo siempre, íbamos hacia horas más so-
leadas. Nos deteníamos a veces en pueblos apacibles, de
pocas ventanas abiertas, rodeados por una vegetación
cada vez más tropical. Aquí aparecían enredaderas flore-
cidas, cactos, bambúes; allá una palmera brotaba de un
patio, abriéndose sobre el tejado de una casa donde las
zurcidoras trabajaban al fresco. Tan cerrada y continua
fue la lluvia que rompió sobre nosotros a mediodía que,
hasta el final de la tarde, no acerté a ver cosa alguna a través de los cristales engrisados por el agua. Mouche sacó
un libro de su maleta. Rosario, por imitarle, buscó un
tomo en su hato. Era un volumen impreso en papel malo,
lleno de escorias, cuya portada en tricromía mostraba una
mujer cubierta de pieles de oso o algo parecido, que era
abrazada por un magnífico caballero en la entrada de una
gruta, bajo la mirada complacida de una cierva de largo
cuello: *Historia de Genoveva de Brabante*. En mi mente
se hizo al punto un chusco contraste entre tal lectura y
cierta famosa novela moderna que estaba en las manos de
Mouche, y que yo había dejado en el tercer capítulo, agobiado por una especie de vergüenza triste ante su caudal
de obscenidad. Enemigo de toda continencia sexual, de
toda hipocresía en lo que miraba el juego de los cuerpos,
me irritaba, sin embargo, cualquier literatura o vocabulario que encanallara el amor físico, por vías de la burla,
el sarcasmo o la grosería. Me parecía que el hombre debía guardar, en sus acoplamientos, la sencilla impulsivi-
dad, el espíritu de retozo que eran propios del celo de las
bestias, dándose alegremente a su placentera actividad a
sabiendas de que el aislamiento tras de cerrojos, la ausencia de testigos, la complicidad en la busca del deleite, ex-

cluían cuanto pudiera promover la ironía o la chanza
—por el desajuste de los físicos, por la animalidad de ciertos machihembramientos— en las trabazones de una pareja que no podía contemplarse a sí misma con ojos ajenos. Por lo mismo la pornografía me era tan intolerable
como ciertos cuentos verdes, ciertas desinencias sucias,
ciertos verbos metafóricamente aplicados a la actividad
sexual, y no podía considerar sin repulsión una determinada literatura, muy gustada en el presente, que parecía
empeñada en degradar y afear cuanto podía hacer que el
hombre, en momentos de tropiezos y desalientos, hallara
una compensación a sus fracasos en la más fuerte afirmación de su virilidad, sintiendo en la carne por él dividida
su presencia más entera. Yo leía por sobre los hombros
de las dos mujeres, tratando de contrapuntear la prosa negra y la prosa rosa; pero pronto se me hizo imposible el
juego, por la rapidez con que Mouche doblaba las páginas, y la lentitud de lectura de Rosario, que llevaba los
ojos, pausadamente, del comienzo al extremo de los ren-
glones, con el movimiento de labios de quien deletrea, hallando aventuras apasionantes en la sucesión de palabras
que no siempre se ordenaban como ella hubiese querido.
A veces se detenía ante una infamia hecha a la desventu-
rada Genoveva, con un pequeño gesto de indignación;
volvía a comenzar el párrafo, dudando de que tanta mal-
dad fuese posible. Y pasaba nuevamente por sobre el pe-
noso episodio, como consternada de su impotencia ante
los hechos. Su rostro reflejaba una profunda ansiedad,
ahora que se precisaban los sombríos designios de Golo.
«Son cuentos de otros tiempos», le dije, por hacerla hablar. Sobresaltada se volvió hacia mí al saber que había
estado leyendo por encima de su hombro. «Lo que los
libros dicen es verdad», contestó. Miré hacia el tomo de
Mouche, pensando que si era verdad lo que allí se contaba, en una prosa que el editor, aterrado, había tenido
que amputar varias veces, no por ello se había alcanzado
—con laboriosos alardes— una obscenidad que los escultores hindúes o los simples alfareros incaicos habían si-

tuado en un plano de auténtica grandeza. Ahora Rosario
cerraba los ojos. «Lo que dicen los libros es verdad.» Es
probable que, para ella, la historia de Genoveva fuera algo
actual: algo que transcurría, al ritmo de su lectura, en un
país del presente. El pasado no es imaginable para quien
ignora el ropero, decorado y utilería de la historia. Así,
debía imaginarse los castillos del Brabante como las ricas
haciendas de acá, que solían tener paredes almenadas. Los
hábitos de la caza y la monta se perpetuaban en estas tierras, donde el venado y el váquiro eran entregados al acoso de las jaurías. Y en cuanto al traje, Rosario debía ver
su novela como ciertos pintores del temprano Renacimiento veían el Evangelio, vistiendo a los personajes de
la Pasión a la manera de los notables del día, arrojando
al infierno, cabeza abajo, algún Pilato con atuendo de ma-
gistrado florentino... Cayó la noche y la luz se hizo tan
escasa que cada cual se encerró en sí mismo. Hubo un
prolongado rodar en la oscuridad y, de súbito, a la vuelta de un peñasco, salimos a la encendida vastedad del Valle de las Llamas.

Ya me habían hablado algunos, durante el viaje, de la
población nacida allá abajo, en unas pocas semanas, al
brotar el petróleo sobre una tierra encenagada. Pero esa
referencia no me había sugerido la posibilidad del espectáculo prodigioso que ahora se ampliaba a cada vuelta del
camino. Sobre una llanura pelada, era un vasto bailar de
llamaradas que restallaban al viento como las banderas de
algún divino asolamiento. Atadas al escape de gases de
los pozos se mecían, tremolaban, envolviéndose en sí mismas, girando, a la vez libres y sujetas a corta distancia de
los mechurrios —astas de ese fuego enjambre, de ese fuego árbol, parado sobre el suelo, que volaba sin poder volar, todo silbante de púrpuras exasperadas. El aire las
transformaba, de súbito, en luces de exterminio, en teas
enfurecidas, para reunirlas luego en un haz de antorchas,
en un solo tronco rojinegro que tenía fugaces esguinces
de torso humano; pero pronto se rompía lo amasado y
el ardiente cuerpo, sacudido de convulsiones amarillas, se

enroscaba en zarza ardiente, hincada de chispas, sonora
de bramidos, antes de estirarse hacia la ciudad, en mil la-
tigazos zumbantes, como para castigo de una población
impía. Junto a esas piras encadenadas proseguían su trabajo de extracción, incansables, regulares, obsesionantes,
unas máquinas cuyo volante tenía el perfil de una gran
ave negra, con pico que hincaba isócronamente la tierra,
en movimientos de pájaro horadando un tronco. Había
algo impasible, obstinado, maléfico, en esas siluetas que
se mecían sin quemarse, como salamandras nacidas del
flujo y reflujo de las fogaradas que el viento encrespaba,
en marejadas, hasta el horizonte. Daban ganas de darles
nombres que fuesen buenos para demonios y me divertía
en llamarlas Flacocuervo, Buitrehierro o Maltridente,
cuando terminó nuestro camino en un patio donde unos
cochinos negros, enrojecidos por el resplandor de las llamas, chapaleaban en charcos cuyas aguas tenían costras
jaspeadas y ojos de aceite. El comedor de la fonda estaba
lleno de hombres que hablaban a gritos, como aneblados
por el humo de las parrilladas. Con las máscaras antiga-
ses colgadas aún debajo de la barbilla, sin haberse quitado todavía las ropas del trabajo, parecía que sobre ellos
se hubieran fijado, en coladas, borrones y pringues, las
más negras exudaciones de la tierra. Todos bebían desaforadamente con las botellas empuñadas por el gollete,
entre naipes y fichas revueltas sobre las mesas. Pero de
pronto, las briscas quedaron en suspenso y los jugadores
se volvieron hacia el patio en una gira de júbilo. Allí se
producía un golpe de teatro: traídas por no sé qué vehículo, habían aparecido mujeres en traje de baile, con za-
pato de tacón y muchas luces en el pelo y el cuello, cuya
presencia en aquel corral fangoso, orlado de pesebres, me
pareció alucinante. Además, la mostacilla, las cuentas, los
abalorios que adornaban los vestidos, reflejaban a la vez
las llamaradas que a cada cambio de viento daban nuevo
rumbo a su ronda de resplandores. Esas mujeres rojas corrían y trajinaban entre los hombres oscuros, llevando
fardos y maletas, en una algarabía que acababa de ato-

londrarse con el espanto de los burros y el despertar de
las gallinas dormidas en las vigas de los sobradillos. Supe
entonces que mañana sería la fiesta del patrón del pueblo, y que aquellas mujeres eran prostitutas que viajaban
así todo el año, de un lugar a otro, de ferias a procesiones, de minas a romerías, para aprovecharse de los días
en que los hombres se mostraban espléndidos. Así, seguían el itinerario de los campanarios, fornicando por San
Cristóbal o por Santa Lucía, los fieles Difuntos o los Santos Inocentes, a las orillas de los caminos, junto a las tapias de los cementerios, sobre las playas de los grandes
ríos o en los cuartos estrechos, de palangana en tierra,
que alquilaban en la trastienda de las tabernas. Lo que
más me asombraba era el buen humor con que las recién
llegadas eran acogidas por la gente de fundamento, sin
que las mujeres honestas de la casa, la esposa, la joven
hija del posadero, hicieran el menor gesto de menosprecio. Me parecía que se las miraba un poco como a los bo-
bos, gitanos o locos graciosos, y las fámulas de cocina
reían al verlas saltar, con sus vestidos de baile, por sobre
los cochinos y los charcos, cargando sus hatos con ayuda
de algunos mineros ya resueltos a gozarse de sus primi-
cias. Yo pensaba que esas prostitutas errantes, que venían
a nuestro encuentro, metiéndose en nuestro tiempo, eran
primas de las ribaldas del Medioevo, de las que iban de
Bremen a Hamburgo, de Amberes a Gante, en tiempos
de feria, para sacar malos humores a maestros y aprendi-
ces, aliviándose de paso a algún romero de Compostela,
por el permiso de besar la venera de tan lejos traída. Después de recoger sus cosas, las mujeres entraron en el comedor de la fonda con gran alboroto. Mouche, maravillada, me invitó a seguirlas, para observar mejor sus vestidos y peinados. Ella, que hasta ahora había permanecido indiferente y soñolienta, estaba como transfigurada.
Hay seres cuyos ojos se encienden cuando sienten la proximidad del sexo. Insensible, quejosa desde la víspera, mi
amiga parecía revivir en la primera atmósfera turbia que
la salía al paso. Declarando ahora que esas prostitutas

eran *formidables*, únicas, de un estilo que se había perdido, comenzó a acercarse a ellas. Al ver que se sentaba en
uno de los bancos del fondo, junto a una mesa que ocu-
paban las recién llegadas, buscando conversación por gestos con una de las más vistosas, Rosario me miró con extrañeza, como queriendo decirme algo. Por eludir una explicación que probablemente no entendería, cargué con
el equipaje y fui en busca de nuestro cuarto. Sobre las bar-
das del patio danzaba el resplandor de los fuegos. Estaba
sacando cuentas de lo gastado últimamente cuando me
pareció que Mouche me llamaba con voz angustiada. En
el espejo del armario la vi pasar, al otro extremo del corredor, como huyendo de un hombre que la perseguía.
Cuando llegué adonde estaban, el hombre la había agarrado por el talle y la empujaba dentro de una habitación. Al recibir mi puñetazo se volteó bruscamente y su
golpe me arrojó sobre una mesa cubierta de botellas vacías que se estrellaron al caer. Me colgué de mi adversario y rodamos en el piso, sintiendo las hincadas de los vi-
drios en las manos y en los brazos. Al cabo de una rápi-
da lucha, en que el otro me dejó sin fuerzas, me vi preso
entre sus rodillas, de espaldas en el suelo, bajo la anchura
de dos puños que se levantaban para caer mejor, como
una maza, sobre mi cara. En aquel instante, Rosario entró en el cuarto, seguida del posadero. «¡Yannes! —gritó—. ¡Yannes!» Agarrado por las muñecas, el hombre se
levantó lentamente, como avergonzado de lo hecho. El
posadero le explicaba algo que por mi excitación nerviosa no acertaba a oír. Mi adversario parecía humilde; ahora me hablaba con tono compungido: «Yo no sabía...
Equivocación... Debió decir tenía marido.» Rosario me
limpiaba la cara con un paño untado de ron: «La culpa
fue de ella; estaba metida entre las otras.» Lo peor de
todo era que yo no sentía verdadera cólera contra el que
me había golpeado, sino contra Mouche, que, en efecto,
por un alarde muy propio de su carácter, había ido a sentarse con las prostitutas. «No ha pasado nada... No ha pasado nada», proclamaba el posadero ante los curiosos que

llenaban el corredor. Y Rosario, como si nada hubiera
ocurrido, en efecto, me hizo dar la mano al que ahora se
deshacía en excusas. Para acabar de aplacarme, me hablaba de él, afirmando que lo conocía de mucho tiempo,
pues no era de este lugar, sino de Puerto Anunciación,
el pueblo cercano a la Selva del Sur, donde la esperaba su
padre enfermo con el remedio de la milagrosa estampa.
El título de Buscador de Diamantes me hizo interesante,
de pronto, al que poco antes me golpeara. Pronto nos vimos en la cantina, con media botella de aguardiente be-
bida, olvidados de la estúpida pelea. Ancho de pecho, es-
pigado de cintura, con algo de ave de presa en la mirada,
el minero movía un semblante sombreado por un filo de
barba que podía haberse desprendido de un arco de triunfo por la decisión y el empaque del perfil. Al saber que
era griego —explicándoseme así la tremenda eliminación
de artículos que caracterizaba su manera de hablar— estuve a punto de preguntarle, por broma, si era uno de
los Siete contra Tebas. Pero en eso apareció Mouche, con
aire indiferente, como si ignorara lo de la riña que nos había llenado las manos de cortaduras. Le hice algunos reproches a medias palabras que expresaban insuficiente-
mente mi irritación. Ella se sentó del otro lado de la mesa,
sin hacer caso, y se dio a examinar al griego —tan respe-
tuoso ahora, que había apartado su escabel para no estar
demasiado cerca de mi amiga— con un interés que me pareció un reto exasperado en semejante momento. A las
excusas del Buscador de Diamantes, que se calificaba a sí
mismo de «bruto idiota maldecido», respondió que el suceso no tenía importancia. Me volví hacia Rosario. Ella
me miraba soslayadamente, con cierta gravedad irónica
que no había cómo interpretar. Quise iniciar una conversación cualquiera que nos alejara de lo presente, pero las
palabras no me venían a la boca. Mouche, mientras tanto, se había acercado al griego con una sonrisa tan inci-
tante y nerviosa que la ira me encendió las sienes. Apenas habíamos salido de un percance que hubiera podido
tener consecuencias lamentables, se gozaba en aturdir al

minero que la tratara media hora antes como a una prostituta. Esa actitud era tan literaria, debía tanto al espíritu
que había exaltado, en este tiempo, la taberna de marineros y los muelles de brumas, que la hallé increíblemen-
te grotesca, de pronto, en su incapacidad de desasirse,
ante cualquier realidad, de los lugares comunes de su generación. Tenía que elegir un hipocampo, por pensar en
Rimbaud, donde vendían toscos relicarios de artesanía
colonial; había de burlarse de la ópera romántica en el teatro que, precisamente, devolvía su fragancia al jardín de
Lamermoore, y no veía que la prostituta de las novelas
de la Evasión se había trasformado, aquí, en una mezcla
de feriante oportuna y de Egipcíaca sin olor de santidad.
La miré de modo tan ambiguo que Rosario, creyendo tal
vez que iba a pelear de nuevo, por celos, me salió al paso
en maniobra de aplacamiento con una frase oscura que tenía de proverbio y de sentencia: «Cuando el hombre pelea, que sea por defender su casa.» No sé lo que entendía
Rosario por «mi casa»; pero tenía razón si pretendía decir lo que quise comprender: Mouche no era «mi casa».
Era, por el contrario, aquella hembra alborotosa y renci-
llosa de las Escrituras, cuyos pies no podían estar en la
casa. Con la frase se tendía un puente por sobre el ancho
de la mesa entre Rosario y yo, y sentí, en aquel momento, el apoyo de una simpatía que se hubiera dolido, tal
vez, de verme vencido nuevamente. Por lo demás, la joven crecía ante mis ojos a medida que transcurrían las horas, al establecer con el ambiente ciertas relaciones que
me eran cada vez más perceptibles. Mouche, en cambio,
iba resultando tremendamente forastera dentro de un creciente desajuste entre su persona y cuanto nos circunda-
ba. Un aura de exotismo se espesaba en torno a ella, estableciendo distancias entre su figura y las demás figuras;
entre sus acciones, sus maneras, y los modos de actuar
que aquí eran normales. Se tornaba, poco a poco, en algo
ajeno, mal situado, excéntrico, que llamaba la atención,
como llamaba la atención antaño, en las cortes cristianas,
el turbante de los embajadores de la Sublime Puerta. Ro-

sario, en cambio, era como la Cecilia o la Lucía que vuelve a engastarse en sus cristales cuando termina de restaurarse un vitral. De la mañana a la tarde y de la tarde a la noche se hacía más auténtica, más verdadera, más cabalmente dibujada en un paisaje que fijaba sus constantes a medida que nos acercábamos al río. Entre su carne y la tierra que se pisaba se establecían relaciones escritas en las pieles ensombrecidas por la luz, en la semejanza de las cabelleras visibles, en la unidad de formas que daba a los talles, a los hombros, a los muslos que aquí se alababan, una factura común de obra salida de un mismo torno. Me sentía cada vez más cerca de Rosario, que embellecía de hora en hora, frente a la otra que se difuminaba en su distancia presente, aprobando cuanto decía y expresaba. Y, sin embargo, al mirar a la mujer como mujer, me veía torpe, cohibido, consciente de mi propio exotismo, ante una dignidad innata que parecía negada de antemano a la acometida fácil. No eran tan sólo botellas las que se alzaban ahí, en barrera de vidrio que imponía cuidado a las manos: eran los mil libros leídos por mí, ignorados por ella; eran creencias de ella, costumbres, supersticiones, nociones, que yo desconocía y que, sin embargo, alentaban razones de vivir tan válidas como las mías. Mi formación, sus prejuicios, lo que le habían enseñado, lo que sobre ella pasaba, eran otros tantos factores que, en aquel momento, me parecían inconciliables. Me repetía a mí mismo que nada de esto tenía que ver con el siempre posible acoplamiento de un cuerpo de hombre y un cuerpo de mujer, y, no obstante, reconocía que toda una cultura, con sus deformaciones y exigencias, me separaba de esa frente detrás de la cual no debía haber siquiera una noción muy clara de la redondez de la tierra, ni de la disposición de los países sobre el mapa. Eso pensaba yo al recordar sus creencias sobre el espíritu unípedo de los bosques. Y al ver la pequeña cruz de oro que le colgaba del cuello, observé que el único terreno de entendimiento que podíamos tener en común, el de la fe en Cristo, lo habían desertado mis antepasados pater-

nos hacía mucho tiempo: desde que, hugonotes expulsa-
dos de la Saboya por la revocación del Edicto de Nantes,
pasados a la Enciclopedia por un tatarabuelo mío, amigo
del barón de Holbach, conservaran Biblias en la familia,
sin creer ya en las Escrituras, únicamente por aquello de
que no estaban exentas de una cierta poesía... La taberna
se vio invadida por los mineros de otro turno. Las mujeres rojas regresaban de los cuartos del patio, guardán-
dose el dinero de los primeros tratos. Por acabar con la
situación falsa que nos tenía desasosegados en torno a la
mesa, propuse que anduviéramos hacia el río. El Buscador de Diamantes estaba como cohibido ante la insinuante deferencia de Mouche, que le hacía contar sus andanzas en la selva, aunque sin escucharlo, en un francés de
tan pocas palabras que nunca lograba cerrar una frase.
Ante mi propuesta de salir, compró botellas de cerveza
fría, como aliviado, y nos llevó a una calle recta que se
perdía en la noche, alejándose de los fuegos del valle.
Pronto llegamos a la orilla del río que corría en la sombra, con un ruido vasto, continuado, profundo, de masa
de agua dividiendo las tierras. No era el agitado escurrir-
se de las corrientes delgadas, ni el chapoteo de los torrentes, ni la fresca placidez de las ondas de poco cauce que
tantas veces hubiera oído de noche en otras riberas: era
el empuje sostenido, el ritmo genésico de un descenso ini-
ciado a centenares y centenares de leguas más arriba, en
las reuniones de otros ríos venidos de más lejos aún, con
todo su peso de cataratas y manantiales. En la oscuridad
parecía que el agua, que empujaba el agua desde siempre,
no tuviera otra orilla y que su rumor lo cubriera todo,
en lo adelante, hasta los confines del mundo. Andando
en silencio llegamos a una ensenada —un remanso más
bien— que era cementerio de viejos barcos abandonados,
con sus timones dejados al garete y los sollados llenos de
ranas. En medio, encallado en el limo, había un antiguo
velero, de muy noble estampa, con proa de mascarón que
era una Anfitrite de madera tallada, cuyos senos desnudos surgían de velos alargados hasta los escobenes, en

movimiento de alas. Cerca del casco nos detuvimos, casi al pie de la figura que parecía volar sobre nosotros cuando era enrojecida de súbito por la llamarada tornadiza de un mechurrio. Emperezados por el frescor de la noche y el ruido perenne del río en marcha, acabamos por recostarnos en la grava de la orilla. Rosario se soltó el pelo y empezó a peinarlo lentamente, con gesto tan íntimo, tan sabedor de la proximidad del sueño, que no me atreví a hablarle. Mouche, en cambio, contaba nimiedades, interrogaba al griego, celebraba sus respuestas con risas en diapasón agudo, sin advertir, al parecer, que estábamos en un lugar cuyos elementos componían una de esas escenografías inolvidables que el hombre encuentra muy pocas veces en su camino. El mascarón, las llamas, el río, los barcos abandonados, las constelaciones: nada de lo visible parecía emocionarla. Creo que fue ése el momento en que su presencia comenzó a pesar sobre mí como un fardo que cada jornada cargaría de nuevos lastres.

XI

(Miércoles, 13)

Silencio es palabra de mi vocabulario. Habiendo trabajado la música, la he usado más que los hombres de otros oficios. Sé cómo puede especularse con el silencio; cómo se le mide y encuadra. Pero ahora, sentado en esta piedra, vivo el silencio; un silencio venido de tan lejos, espeso de tantos silencios, que en él cobraría la palabra un fragor de creación. Si yo dijera algo, si yo hablara a solas, como a menudo hago, me asustaría a mí mismo. Los marineros han quedado abajo, en la orilla, cortando pasto para los toros sementales que viajan con nosotros. Sus voces no me alcanzan. Sin pensar en ellos contemplo esta llanura inmensa, cuyos límites se disuelven en un leve oscurecimiento circular del cielo. Desde mi punto de vista de guijarro, de grama, abarco, en su casi totalidad, una circunferencia que es parte cabal, entera, del planeta en que vivo. No tengo ya que alzar los ojos para hallar una nube: aquellos cirros inmóviles, que parecen detenidos allá desde siempre, están a la altura de la mano que da sombra a mis párpados. De lejanía en lejanía se yergue un árbol copudo y solitario, siempre acompañado de un cacto, que es como un largo candelabro de piedra verde, sobre el cual descansan los gavilanes, impasibles, pesados, como pájaros de heráldica. Nada hace ruido, nada toca con nada, nada rueda ni vibra. Cuando una mosca da con el vuelo en una telaraña, el zumbido de su horror adquiere el valor de un estruendo. Luego vuelve a estar el aire en calma, de confín a confín, sin un sonido. Llevo más de una hora aquí, sin moverme, sabiendo cuán inútil es andar donde siempre se estará al centro de lo contemplado. Muy lejos asoma un venado entre las junqueras de un ojo de agua. Y se detiene, noblemente erguida la cabeza, tan inmóvil sobre la planicie que su figura tiene algo de monumento y algo, también, de emblema totémico. Es como el antepasado mítico de hombres por nacer; como el fundador de un clan que hará de su cornamenta clavada en un palo, blasón, himno y bandera. Al sentirme en la brisa se aleja a pasos medidos, sin prisa, dejándome solo con el mundo. Me vuelvo hacia el río. Su caudal es tan vasto que los raudales, torbellinos, resabios, que agitan su perenne descenso se funden en la unidad de un pulso que late de estíos a lluvias, con los mismos descansos y paroxismos, desde antes de que el hombre fuese inventado. Embarcamos hoy, al alba, y he pasado largas horas mirando a las riberas, sin apartar mucho la vista de la relación de Fray Servando de Castillejos, que trajo sus sandalias aquí hace tres siglos. La añeja prosa sigue válida. Donde el autor señalaba una piedra con perfil de saurio, erguida en la orilla derecha, he visto la piedra con perfil de saurio, erguida en la orilla derecha. Donde el cronista se asombraba ante la presencia de árboles gigantescos, he visto árboles gigantes, hijos de aquéllos, nacidos en el mismo lugar, habitados por los mismos pája-

ros, fulminados por los mismos rayos. El río entra, en el
espacio que abarcan mis ojos, por una especie de tajo, de
desgarradura hecha al horizonte de los ponientes; se ensancha frente a mí hasta esfumar su orilla opuesta en una
niebla verdecida de árboles, y sale del paisaje como entró, abriendo el horizonte de las albas para derramarse en
la otra vertiente, allá donde comienza la proliferación de
sus islas incontables, a cien leguas del Océano. Junto a
él, que es granero, manantial y camino, no valen agita-
ciones humanas, ni se toman en cuenta las prisas parti-
culares. El riel y la carretera han quedado atrás. Se navega contra la corriente o con ella. En ambos casos hay que
ajustarse a tiempos inmutables. Aquí, los viajes del hombre se rigen por el Código de las Lluvias. Observo ahora
que yo, maniático medidor del tiempo, atento al metrónomo por vocación y al cronógrafo por oficio, he dejado, desde hace días, de pensar en la hora, relacionando
la altura del sol con el apetito o el sueño. El descubrimiento de que mi reloj está sin cuerda me hace reír a solas, estruendosamente, en esta llanura sin tiempo. Hay un
revuelo de codornices a mi alrededor: el patrón del *Manatí* me reclama a bordo, con gritos que parecen salomas,
levantando graznidos en todas partes. Vuelvo a acostarme sobre las pacas de forraje, bajo el ancho toldo de lona, con los sementales a un lado y las negras cocineras al
otro. Por las negras sudorosas que majan ajíes cantando,
los toros en celo y el acre perfume de la alfalfa, reina, donde me hallo, un olor que me tiene como ebrio. Nada hay
en ese olor que pueda calificarse de agradable. Y, sin embargo, me tonifica, como si su verdad respondiera a una
oculta necesidad de mi organismo. Me ocurre algo parecido a lo del campesino que regresa a la granja paterna,
después de pasar algunos años en la ciudad, y se echa a
llorar de emoción al husmear la brisa que huele a estiér-
col. Algo de esto había —reparo en ello ahora— en el
traspatio de mi infancia: también allí una negra sudorosa
majaba ajíes cantando, y había reses que pastaban más lejos. Y había sobre todo —¡sobre todo!— aquella cesta de

esparto, barco de mis viajes con María del Carmen, que
olía como esta alfalfa en que hundo el rostro con un desasosiego casi doloroso. Mouche, cuya hamaca está colgada donde más bate la brisa, charla con el minero griego, sin saber de este lugar que tiene de desván y de es-
condrijo. Rosario, en cambio, se trepa a menudo al mon-
tón de pacas, nada molesta por algún chubasco que tra-
suda de la lona, poniendo frescor en el pasto recién cortado. Se acuesta a alguna distancia de mí y sonríe mor-
diendo una fruta. Me asombra el valor de esa mujer, que
realiza sola, sin vacilaciones ni miedos, un viaje que los
directores del Museo para quienes trabajo consideran como una muy riesgosa empresa. Este sólido temple de las
hembras parece cosa muy corriente aquí. En la popa se
está bañando, con baldes de agua derramados sobre el camisón floreado, una mulata de cuerpo adolescente que va
a reunirse con su amante, buscador de oro, en las cabeceras de un afluente casi inexplorado. Otra, vestida de luto, va a probar fortuna, como prostituta —con la esperanza de pasar de prostituta a «comprometida»— en un
villorrio próximo a la selva, donde todavía se conocen
hambrunas en los meses de crecientes e inundaciones. Me
pesa cada vez más haber traído a Mouche en este viaje.
Yo hubiera querido mezclarme mejor con la tripulación,
comiendo del matalotaje que creen demasiado tosco para
paladares finos; convivir más estrechamente con esas mujeres sólidas y resueltas, haciéndoles contar sus historias.
Pero, sobre todo, hubiera querido acercarme más libremente a Rosario, cuya entidad profunda escapa de mis
medios de indagación aguzados por el trato de las mujeres, bastante semejantes entre sí, que hasta ahora me fuera dado conocer. A cada paso temo ofenderla, molestar-
la, llegar demasiado lejos en la familiaridad o hacerla objeto de atenciones que puedan parecerle tontas o poco viriles. A veces pienso que un rato de aislamiento entre los estrechos corrales de las bestias, allí donde nadie
puede vernos, exige una acometida brutal de mi parte; todo parece invitarme a ello, y, sin embargo, no me atre-

vo. Observo, no obstante, que a bordo, los hombres tratan a las mujeres con una suerte de rudeza irónica y desenfadada que parece agradarles. Pero esa gente tiene reglas, santos y señas, manera de hablar, que yo ignoro. Ayer, al ver una camisa de alta factura, que yo había comprado en una de las tiendas más famosas del mundo, Rosario se echó a reír, afirmando que tales prendas eran más propias de hembras. Junto a ella me desasosiega continuamente el temor al ridículo, ridículo ante el cual no vale pensar que los otros «no saben», puesto que son ellos, aquí, los que saben. Mouche ignora que si aún parezco celarla, si finjo que me importan sus coloquios con el griego, es porque me imagino que Rosario me cree en el deber de vigilar un poco a quien comparte conmigo los azares del viaje. A veces llego a creer que una mirada, un ademán, una palabra cuyo sentido no me resulta claro, fijan una cita. Me trepo a lo alto de las pacas y espero. Pero es precisamente cuando habré de esperar en vano. Braman los toros en celo, cantan las negras para retar y enardecer a los marineros; el olor de la alfalfa me emborracha. Con las sienes y el sexo llenos de latidos, cierro los ojos para caer en el exasperante absurdo de los sueños eróticos.

A la puesta del sol atracamos junto a un tosco muelle de pilones plantados en el barro. Al penetrar en un pueblo donde mucho se hablaba de coleadas y manganas, advertí que habíamos llegado a las Tierras del Caballo. Era, ante todo, ese olor a pista de circo, a sudor de ijares, que por tanto tiempo anduvo por el mundo, pregonando la cultura con el relincho. Era ese martilleo de sonido mate que me anunció la proximidad del herrero, aún atareado sobre sus yunques y fuelles, pintado en sombra, con su mandil de cuero, ante las llamas de la fragua. Era el bullir de la herradura al rojo apagada en el agua fría, y la canción que rimaba la hincada de los clavos en el casco. Y era luego el gualtrapear nervioso del corcel con zapatos nuevos, aún temeroso de resbalar sobre las piedras, y los encabritamientos y resabios, logrados a brida, ante la

joven asomada a su ventana, luciendo una cinta en el pelo. Con el caballo había reaparecido la talabartería, per-
fumada de cueros, fresca de cordobanes, con sus opera-
rios atareados bajo colgaduras de cinchas, estribos vaque-
ros, arciones de guadamecí y cabezadas para domingos
con tachuelas de plata en la frontolera. En las Tierras del
Caballo parecía que el hombre fuera más hombre. Volvía
a ser dueño de técnicas milenarias que ponían sus manos
en trato directo con el hierro y el pellejo, le enseñaban
las artes de la doma y la monta, desarrollando destrezas
físicas de que alardear en días de fiesta, frente a las mujeres admiradas de quien tanto sabía apretar con las piernas, de quien tanto sabía hacer con los brazos. Renacían
los juegos machos de amansar al garañón relinchante y
colear y derribar al toro, la bestia solar, haciendo rodar
su arrogancia en el polvo. Una misteriosa solidaridad se
establecía entre el animal de testículos bien colgados, que
penetraba sus hembras más hondamente que ningún otro,
y el hombre, que tenía por símbolo de universal coraje
aquello que los escultores de estatuas ecuestres tenían que
modelar y fundir en bronce, o tallar en mármol, para que
el corcel de buen ver respondiera por el Héroe sobre él
montado, dando buena sombra a los enamorados que se
daban cita en los parques municipales. Gran reunión de
hombres había en las casas de muchos caballos cabecean-
do en los soportales; pero donde un solo caballo aguardaba en la noche, medio oculto entre malezas, debía el
amo haberse quitado las espuelas para entrar más quedo
en la casa donde le aguardaba una sombra. Me resultaba
interesante observar ahora que, luego de haber sido la máxima fortuna del hombre de Europa, su máquina de guerra, su vehículo, su mensajero, el pedestal de sus próce-
res, el adorno de sus metopas y arcos de triunfo, el caballo alargaba en América su grande historia, pues sólo
en el Nuevo Mundo seguía desempeñando cabalmente y
en tan enorme escala sus oficios seculares. De haberse dejado en claro sobre los mapas, como las tierras ignotas
de medioevo, las Tierras del Caballo blanquearían la cuar-

ta parte del hemisferio, evidenciándose la magna presencia de la Herradura en un ámbito donde la Cruz de Cristo hiciera su entrada a caballo, no arrastrada, sino enhiesta, llevada en alto por hombres que fueron tomados por centauros.

XII

(Jueves, 14)

Reanudamos la navegación con la luna llena, pues el patrón tenía que recoger a un capuchino en el puerto de Santiago de los Aguinaldos, en la orilla opuesta del río, y quería salvar en horas de la mañana un paso de raudales particularmente impetuosos, aprovechándose la tarde para hacer algún alijo. Cumplido el propósito, con magistral manejo del timón y una que otra peña sorteada a la pértiga, me hallé aquel mediodía en una prodigiosa ciudad en ruinas. Eran largas calles, desiertas, de casas deshabitadas, con las puertas podridas, reducidas a las jambas o al cabestrillo, cuyos tejados musgosos se hundían a veces por el mero centro, siguiendo la rotura de una viga maestra, roída por los comejenes, ennegrecida de escarzos. Quedaba la columnata de un soportal cargando con los restos de una cornisa rota por las raíces de una higuera. Había escaleras sin principio ni fin, como suspendidas en el vacío, y balcones ajemizados, colgados de un marco de ventana abierto sobre el cielo. Las matas de campanas blancas ponían ligereza de cortinas en la vastedad de los salones que aún conservaban sus baldosas rajadas, y eran oros viejos de aromos, encarnado de flores de Pascuas en los rincones oscuros, y cactos de brazos en candelero que temblaban en los corredores, en el eje de las corrientes de aire, como alzados por manos de invisibles servidores. Había hongos en los umbrales y cardones en las chimeneas. Los árboles trepaban a lo largo de los paredones, hincando garfios en las hendeduras de

la mampostería, y de una iglesia quemada quedaban algunos contrafuertes y archivoltas y un arco monumental, presto a desplomarse, en cuyo tímpano divisábanse
aún, en borroso relieve, las figuras de un concierto celestial, con ángeles que tocaban el bajón, la tiorba, el órgano de tecla, la viola y las maracas. Esto último me dejó
tan admirado que quise regresar al barco en busca de lápiz y papel, para revelar al Curador, por medio de algunos croquis, esta rara referencia organográfica. Pero en
ese instante sonaron tambores y agudas flautas y varios
Diablos aparecieron en una esquina de la plaza, dirigién-
dose a una mísera iglesia, de yeso y ladrillo, situada frente a la catedral incendiada. Los danzantes tenían las caras
ocultas por paños negros, como los penitentes de cofra-
días cristianas; avanzaban lentamente, a saltos cortos, detrás de una suerte de jefe y bastonero que hubiera podido oficiar de Belcebú de Misterio de la Pasión, de Tarasca y de Rey de los Locos, por su máscara de demonio
con tres cuernos y hocico de marrano. Una sensación de
miedo me demudó ante aquellos hombres sin rostro, como cubiertos por el velo de los parricidas; ante aquellas
máscaras, salidas del misterio de los tiempos, para perpe-
tuar la eterna afición del hombre por el Falso Semblante,
el disfraz, el fingirse animal, monstruo o espíritu nefan-
do. Los extraños danzantes llegaron a la puerta de la iglesia y golpearon repetidas veces con la aldaba. Largo tiempo permanecieron de pie ante la puerta cerrada, llorando
y plañendo. Pero, de súbito, los batientes se abrieron con
estrépito y en una nube de incienso apareció el Apóstol
Santiago, hijo de Zebedeo y Salomé, montado en un caballo blanco que los fieles llevaban en hombros. Ante su
corona de oro retrocedieron los diablos despavoridos, como atacados de convulsiones, tropezando unos con otros,
cayendo, rodando en tierra. Detrás de la imagen había
brotado un himno, apoyado, en vieja sonoridad de sacabuche y chirimía, por un clarinete y un trombón:

Primus ex apostolis
Martir Jerosolimis
Jacobus egregio
Sacer est martirio.

Una campana era volteada arriba, a todo lo que diera, por varios niños montados a horcajadas sobre la espadaña, que la impulsaban a patadas. La procesión dio lentamente la vuelta a la iglesia, siempre llevada por el falsete nasal del párroco, mientras los diablos, remedando tormentos de exorcisados, retrocedían en grupo gimiente bajo las aspersiones del hisopo. Al fin, la figura de Santiago Apóstol, el de *Campus Stellae*, sombreado por un palio de terciopelo raído, volvió a engolfarse en el templo, cuyas puertas se cerraron con rudo encontronazo de los batientes sobre un tembloroso escarceo de luminarias y cirios. Entonces los diablos, dejados afuera, echaron a correr, riendo y brincando, pasados de demonios a bufones, y se perdieron entre las ruinas de la ciudad preguntando por las ventanas, a gritos groseros, si allí las mujeres seguían pariendo. Los fieles se dispersaron. Y quedé solo en medio de la plaza triste, cuyo embaldosado era levantado y roto por raíces de árboles. Rosario, que había ido a encender una vela por el restablecimiento de su padre, apareció poco después en compañía del capuchino barbudo que iba a embarcar con nosotros, y se me presentó como fray Pedro de Henestrosa. Usando de muy pocas palabras, en un hablar sentencioso y lento, el fraile me explicó que era costumbre singular sacar aquí el Santiago en la festividad del Corpus, porque en tarde de Corpus había llegado a esta villa, a poco de fundada, la imagen del santo tutelar, y desde entonces se observaba la tradición. Pronto se nos juntaron dos punteadores negros, de bandolas terciadas, quejosos de que este año la fiesta se hubiera reducido a meras salvas y procesiones, prometiendo no regresar más. Supe entonces que esto había sido antaño una ciudad de arcas repletas, próspera en ajuares, en armarios llenos de sábanas de Holan-

da; pero los continuos saqueos de una larga guerra local
habían arruinado sus palacios y heredades, colgando la
yedra de los blasones. Quien lo pudo emigró, deshaciéndose de las casas solariegas a cualquier precio. Luego había sido el azote de las plagas surgidas de arrozales que,
por abandono, se volvieron pantanos. Esa vez, la muerte
acabó por entregar los palacios a las gramas y guisaseras,
iniciándose la ruina de los arcos, techos y dinteles. Hoy
no era sino una población de sombras, en la sombra de
lo que hubiera sido, un tiempo, la rica villa de Santiago
de los Aguinaldos. Muy interesado por el relato del misionero, estaba pensando en ciudades arruinadas por guerras de Barones, asoladas por la peste, cuando los punteadores, invitados por Rosario a distraernos con alguna
música de su antojo, preludiaron en las bandolas. Y de
súbito, su canto me llevó mucho más allá de mis evocaciones. Aquellos dos juglares de caras negras cantaban décimas que hablaban de Carlomagno, de Rolando, del
obispo Turpin, de la felonía de Ganelón y de la espada
que tajara moros en Roncesvalles. Cuando llegamos al
atracadero se dieron a evocar la historia de unos Infantes
de Lara, que me era desconocida, pero cuyo añejo acento tenía algo sobrecogedor al pie de tantos paredones res-
quebrajados y cubiertos de hongos, como los de muy antiguos castillos abandonados. Al fin zarpamos cuando el
crepúsculo alargó las sombras de las ruinas. Acodada en
la borda, Mouche acertó a decir que la vista de aquella
ciudad fantasmal aventajaba en misterio, en sugerencia de
lo maravilloso, a lo mejor que hubieran podido imaginar
los pintores que más estimaba entre los modernos. Aquí,
los temas del arte fantástico eran cosas de tres dimensio-
nes; se les palpaba, se les vivía. No eran arquitecturas
imaginarias, ni piezas de baratillo poético: se andaba en
sus laberintos reales, se subía por sus escaleras, rotas en
el rellano, alargadas por algún pasamanos sin balaustres
que se hundía en la noche de un árbol. No eran tontas
las observaciones de Mouche; pero yo había llegado,
frente a ella, al grado de saturación en que el hombre, has-

tiado de una mujer, se aburre hasta de oírle decir cosas
inteligentes. Con su carga de toros bramantes, gallinas en-
jauladas, cochinos sueltos en cubierta, que corrían bajo
la hamaca del capuchino, enredándose en su rosario de semillas; con el canto de las cocineras negras, la risa del
griego de los diamantes, la prostituta de camisón de luto
que se bañaba en la proa, el alboroto de los punteadores
que hacían bailar a los marineros, este barco nuestro me
hacía pensar en la Nave de los Locos del Bosco: nave de
locos que se desprendía, ahora, de una ribera que no podía situar en parte alguna, pues aunque las raíces de lo visto se hincaran en estilos, razones, mitos, que me eran fácilmente indetificables, el resultado de todo ello, el árbol
crecido en este suelo, me resultaba desconcertante y nuevo como los árboles enormes que comenzaban a cerrar
las orillas, y que, reunidos por grupos en las entradas de
los caños, se pintaban sobre el poniente —con redondez
de lomo en las frondas y algo de hocico perruno en las
copas— como concilios de gigantescos cinocéfalos. Yo
identificaba los elementos de la escenografía, ciertamente. Pero en la humedad de este mundo, las ruinas eran
más ruinas, las enredaderas dislocaban las piedras de distinta manera, los insectos tenían otras mañas y los diablos eran más diablos cuando bajo sus cuernos gemían
danzantes negros. Un ángel y una maraca no eran cosas
nuevas en sí. Pero un ángel maraquero, esculpido en el
tímpano de una iglesia, incendiada, era algo que no había
visto en otras partes. Me preguntaba ya si el papel de estas tierras en la historia humana no sería el de hacer posibles, por vez primera, ciertas simbiosis de culturas,
cuando fui distraído de mis reflexiones por algo que me
sonaba a cosa a la vez muy próxima y muy lejana. A mi
lado, para refrescarse la memoria en día de Corpus Chris-
ti, fray Pedro de Henestrosa salmodiaba a media voz un
canto gregoriano que se imprimía en neumas sobre las páginas amarillas, picadas de insectos, de un *Liber Usualis*
de muy larga historia:

Sumite psalmum, et date tympanum:
Psalterium jocundum cum cítara.
Buccinate in Neomenia tuba
In insigni dei solemnitatis vestrae.

XIII

(Viernes, 15 de junio)

Cuando llegamos a Puerto Anunciación —a la ciudad húmeda, siempre asediada por vegetaciones a las que se libraba, desde hacía centenares de años, una guerra sin ventajas— comprendí que habíamos dejado atrás las Tierras del Caballo para entrar en las Tierras del Perro. Ahí, detrás de los últimos tejados, se erguían los primeros árboles de la selva aún distante, sus avanzadas, sus centinelas soberbios, más obeliscos que árboles, todavía esparcidos, alejados unos de otros, sobre la vastedad fragosa del arcabuco enrevesado de maniguas, cuya rastrera feracidad borraba los senderos en una noche. Nada tenía que hacer el caballo en un mundo ya sin caminos. Y más allá de la verde masa que cerraba los rumbos del sur, las veredas y picas se hundían bajo un tal peso de ramas que no admitían el paso de un jinete. El Perro, en cambio, cuyos ojos estaban a la altura de las rodillas del hombre, veía cuanto se ocultaba al pie de las malangas engañosas, en la oquedad de los troncos caídos, entre las hojas podridas; el Perro de hocico tenso, de olfato agudo, en cuyo lomo se escribía el peligro en signos de pelo erizado, había mantenido, a través del tiempo, los términos de su alianza primera con el Hombre. Porque era ya un pacto el que ligaba aquí al Perro con el Hombre: un mutuo complemento de poderes, que les hacía trabajar en hermandad. El Perro aportaba los sentimientos que su compañero de caza tenía atrofiados, los ojos de su nariz, su andar en cuatro patas, su socorrido aspecto de animal ante los otros animales, a cambio del espíritu de empresa, de

las armas, del remo, de la verticalidad, que el otro ma-
niobraba. El Perro era el único ser que compartía con el
Hombre los beneficios del fuego, arrogándose, en este
acercamiento a Prometeo, el derecho de tomar el partido
del Hombre en cualquier guerra librada al Animal. Por
ello, aquella ciudad era la Ciudad del Ladrido. En los zaguanes, detrás de las rejas, debajo de las mesas, los perros estiraban las patas, husmeaban, escarbaban, avisaban.
Se sentaban en la proa de las barcas, corrían por los tejados, vigilaban el punto de los asados, asistían a todas
las reuniones y actos colectivos, iban a la iglesia: y tanto
iban que una vieja ordenanza colonial, nunca observada
porque a nadie interesaba, erigía un cargo de perrero para
que arrojara a los perros del templo «en todos los sábados y en las vigilias de fiestas que las tuvieran». En noches de luna, los perros se entregaban a su adoración en
un vasto coro de aullidos que no se interpretaba ya, por
costumbre, como lúgubre presagio, aceptándose el con-
siguiente develo con la tolerancia resignada que ha de tenerse frente a los ritos algo engorrosos de parientes que
practican una religión distinta de la nuestra.

El lugar que llamaban posada, en Puerto Anunciación,
era un antiguo cuartel de paredes resquebrajadas, cuyas
habitaciones daban a un patio lleno de lodo donde se
arrastraban grandes tortugas, presas allí en previsión de
días de penuria. Dos catres de lona y un banco de madera constituían todo el moblaje, con un pedazo de espejo
sujeto al dorso de la puerta por tres clavos mohosos.
Como la luna acababa de aparecer sobre el río, había vuelto a levantarse, luego de un descanso, la ululante antífo-
na de los canes —desde los gigantescos árboles plateados
de la misión franciscana hasta las islas pintadas en negro—, con inesperados responsos en la otra orilla. Mouche, de pésimo humor, no se resolvía a admitir que habíamos dejado la electricidad a nuestras espaldas, que aquí
se estaba todavía en época del quinqué y de la vela, y que
no había siquiera una farmacia donde comprar cosas útiles al cuidado de su persona. Mi amiga tenía la astucia

de callarse las atenciones que prodigaba constantemente a su semblante y a su cuerpo, para que los extraños la creyeran por encima de tales vanidades femeninas, indignas de una intelectual, con lo que daba a entender, de paso, que su juventud y natural belleza le bastaban para ser atractiva. Conociendo esa estrategia suya, me había divertido en observarla muchas veces desde lo alto de las pacas de esparto, notando con maligna ironía cuán a menudo se examinaba en un espejo, frunciendo el ceño con despecho. Ahora me asombraba de cómo la materia misma de su figura, la carne de que estaba hecha, parecía haberse marchitado desde el despertar de aquella última jornada de navegación. El cutis, maltratado por aguas duras, se le había enrojecido, descubriendo zonas de poros demasiado abiertos en la nariz y en las sienes. El pelo se le había vuelto como de estopa, de un rubio verde, desigualmente matizado, revelándome lo mucho que debía su cobrizo relumbre habitual al manejo de inteligentes coloraciones. Bajo una blusa manchada por resinas raras, caídas de las lonas, su busto parecía menos firme, y mal sostenían el barniz unas uñas rotas por el constante agarrarse de algo que nos impusiera la vida en una cubierta atestada de baldes y barriles, del galpón flotante que había sido nuestro barco. Sus ojos de un castaño lindamente jaspeado en verde y amarillo, reflejaban un sentimiento que era mezcla de aburrimiento, cansancio, asco a todo, latente cólera por no poder gritar hasta qué punto le resultaba intolerable este viaje emprendido por ella, sin embargo, con frases de alto júbilo literario. Porque la víspera de nuestra partida —lo recordaba yo ahora— había invocado el consabido *anhelo de evasión*, dotando la gran palabra *Aventura* de todas sus implicaciones de «invitación al viaje», fuga de lo cotidiano, encuentros fortuitos, visión de Increíbles Floridas de poeta alucinado. Y hasta ahora —para ella, que permanecía ajena a las emociones que tanto me deleitaban cada día, devolviéndome sensaciones olvidadas desde la infancia—, la palabra *Aventura* sólo había significado un encierro forzoso en el hotel ciu-

dadano, la visión de panoramas de una grandeza monótona y reiterada, un trasladarse sin peripecias, arrastrándose la fatiga de noches sin lámpara de cabecera, rotas en
el primer sueño por el canto de los gallos. Ahora, abrazada a sus propias rodillas, sin molestarse por lo que el
desorden de sus faldas dejaba al desgaire, se mecía suavemente en medio del camastro, tomando pequeños sorbos de aguardiente en un jarro de hojalata. Hablaba de
las pirámides de México y de las fortalezas incaicas —que
sólo conocía por imágenes—, de las escalinatas de Monte
Albán y de las aldeas de barro cocido de los Hopi, la-
mentando que, en este país, los indios no hubieran levantado semejantes maravillas. Luego, adoptando el lenguaje «enterado», categórico, poblado de términos técnicos,
tan usado por la gente de nuestra generación —y que yo
calificaba, para mí, de «tono economista»—, comenzó a
hacer un proceso de la manera de vivir de la gente de acá,
de sus prejuicios y creencias, del atraso de su agricultura,
de las falacias de la minería, que la llevó, desde luego, a
hablar de la plusvalía y de la explotación del hombre por
el hombre. Por llevarle la contraria, le dije que, precisamente, si algo me estaba maravillando en este viaje era el
descubrimiento de que aún quedaban inmensos territo-
rios en el mundo cuyos habitantes vivían ajenos, a las fiebres del día, y que aquí, si bien muchísimos individuos
se contentaban con un techo de fibra, una alcarraza, un
budare, una hamaca y una guitarra, pervivía en ellos un
cierto animismo, una conciencia de muy viejas tradiciones, un recuerdo vivo de ciertos mitos que eran, en suma,
presencia de una cultura más honrada y válida, probablemente, que la que se nos había quedado *allá*. Para un pueblo era más interesante conservar la memoria de la *Canción de Rolando* que tener agua caliente a domicilio. Me
agradaba que aún quedaran hombres poco dispuestos a
trocar su alma profunda por algún dispositivo automático que, al abolir el gesto de la lavandera, se llevaba también sus canciones, acabando, de golpe, con un folklore
milenario. Fingiendo que no me hubiera oído, o que mis

palabras no tenían el menor interés, Mouche afirmó que
aquí no había cosa de mérito que ver o estudiar; que este
país no tenía historia ni carácter, y, dando su decisión
por sentencia, habló de partir mañana al alba, ya que
nuestro barco, navegando esta vez a favor de la corriente, podía cubrir la jornada del regreso en poco más de un
día. Pero ahora me importaban poco sus deseos. Y como
esto era muy nuevo en mí, cuando le declaré secamente
que pensaba cumplir con la Universidad, llegando hasta
donde pudiera encontrar los instrumentos musicales cuya
busca me era encomendada, mi amiga, de súbito, montó
en cólera, tratándome de *burgués*. Ese insulto —¡bien lo
conocía yo!— era un recuerdo de la época en que muchas mujeres de su formación se hubieran proclamado re-
volucionarias para gozar de las intimidades de una mili-
tancia que arrastraba a no pocos intelectuales interesan-
tes, y entregarse a los desafueros del sexo con el respaldo
de ideas filosóficas y sociales, luego de haberlo hecho al
amparo de las ideas estéticas de ciertas capillas literarias.
Siempre atenta a su bienestar, colocando por encima de
todo sus placeres y pequeñas pasiones, Mouche me resultaba el arquetipo de la burguesa. Sin embargo, calificaba de *burgués*, como supremo denuesto, a todo el que
intentara oponer a su criterio algo que pudiera vincularse
con ciertos deberes o principios molestos, no transigiera
con ciertas licencias físicas, encerrara preocupaciones de
tipo religioso o reclamara un orden. Ya que mi empeño
de quedar bien con el Curador y, por ende, con mi conciencia, se atravesaba en su camino, tal propósito tenía,
por fuerza, que ser calificado por ella de *burgués*. Y se
levantaba ahora del camastro, con las greñas en la cara,
alzando sus pequeños puños a la altura de mis sienes en
una gesticulación rabiosa que yo veía por primera vez.
Gritaba que quería estar en Los Altos cuanto antes; que
necesitaba el frío de las cumbres para reponerse; que allí
es donde pasaríamos el tiempo que me quedara de vacaciones. De súbito, el nombre de Los Altos me enfureció,
recordándome la turbia solicitud con que la pintora ca-

nadiense hubiera rodeado a mi amiga. Y aunque yo solía cuidarme de proferir palabras excesiva en las discusiones con ella, esta noche, gozándome de verla fea a la luz del quinqué, sentía una nerviosa necesidad de herirla, de vapulearla, para largar un lastre de viejos rencores acumulados en lo más hondo de mí mismo. A modo de comienzo empecé por insultar a la canadiense, calificándola de algo que tuvo el efecto de actuar sobre Mouche como una hincada de alfiler al rojo. Dio un paso atrás y me arrojó el jarro de aguardiente a la cabeza, fallándome por un canto de baraja. Asustada de lo hecho volvía ya hacia mí con las manos arrepentidas, pero mis palabras, autorizadas por su violencia, habían roto las amarras: le gritaba que había dejado de amarla, que su presencia me era intolerable, que hasta su cuerpo me asqueaba. Y tan tremenda debió sonarle esa voz desconocida, asombrosa para mí mismo, que huyó al patio corriendo, como si algún castigo hubiera de suceder a las palabras. Pero, olvidada del fango, resbaló brutalmente, y cayó en la charca llena de tortugas. Al sentirse sobre los carapachos mojados, que empezaron a moverse como las armaduras de guerreros sorbidos por una tembladera, dio un aullido de terror que despertó a las jaurías por un tiempo calladas. En medio del más universal concierto de ladridos metí a Mouche en la habitación, le quité las ropas hediondas a cieno y la bañé de pies a cabeza con un grueso paño roto. Y luego de hacerle beber un gran trago de aguardiente la arropé en su catre y marché a la calle sin hacer caso de sus llamadas ni sollozos. Quería —necesitaba— olvidarme de ella por algunas horas.

En una taberna cercana hallé al griego bebiendo enormemente en compañía de un hombrecito de cejas enmarañadas, a quien me presentó como el Adelantado, advirtiéndome que el perro amarillo que a su lado lamía cerveza en una jícara era un notable sujeto que atendía al nombre de Gavilán. Ahora, el minero celebraba la suerte que me ponía en relación, tan fácilmente, con individuo muy poco visible en Puerto Anunciación. Cubriendo te-

rritorios inmensos —me explicaba—, encerrando montañas, abismos, tesoros, pueblos errantes, vestigios de civilizaciones desaparecidas, la selva era, sin embargo, un
mundo compacto entero, que alimentaba su fauna y sus
hombres, modelaba sus propias nubes, armaba sus me-
teoros, elaboraba sus lluvias: nación escondida, mapa en
clave, vasto país vegetal de muy pocas puertas. «Algo así
como el Arca de Noé, donde cupieron todos los animales de la tierra, pero sólo tenía una puerta pequeña», aco-
tó el hombrecito. Para penetrar en ese mundo, el Adelantado había tenido que conseguirse las llaves de secre-
tas entradas; sólo él conocía cierto paso entre dos troncos, único en cincuenta leguas, que conducía a una an-
gosta escalinata de lajas por la que podía descenderse al
vasto misterio de los grandes barroquismos telúricos.
Sólo él sabía dónde estaba la pasarela de bejucos que per-
mitía andar por debajo de la cascada, la poterna de hojarasca, el paso por la caverna de los petroglifos, la ensenada oculta, que conducían a los corredores practicables.
El descifraba el código de las ramas dobladas, de las in-
cisiones en las cortezas, de la rama-no-caída-sino-colo-
cada. Desaparecía durante muchos meses, y cuando menos se le recordaba surgía por un boquete abierto en la
muralla vegetal, trayendo cosas. Era, alguna vez, un car-
gamento de mariposas, o pieles de lagartos, sacos llenos
de plumas de garza, pájaros vivos que silbaban de extraña manera, o piezas de alfarería antropomorfa, enseres lí-
ricos, cesterías raras, que podían interesar a algún foras-
tero. Cierta vez había reaparecido, tras de una larga ausencia, seguido por veinte indios que traían orquídeas. El
nombre de Gavilán se debía a la habilidad del perro en
agarrar aves que llevaba al amo sin arrancarles una pluma, a fin de ver si presentaban algún interés para el negocio común. Aprovechando que el Adelantado, llamado desde la calle, se separara de nosotros para saludar al
Pescador de Toninas, que andaba de diligencias con algunos de sus cuarenta y dos hijos naturales, el griego, hablando ligero, me dijo que, según la opinión general, el

extraordinario personaje había dado, en sus andanzas, con un prodigioso yacimiento de oro cuyo arrumbamiento, desde luego, tenía en gran secreto. Nadie se explicaba por qué, cuando aparecía con cargadores, éstos regresaban en seguida con más fardaje que el requerido por el sustento de pocos hombres, llevando, además, algún verraco de cría, telas, peines, azúcar y otras cosas de escasa utilidad para quien navega por caños remotos. Esquivaba las preguntas de cuantos lo interrogaban al respecto y volvía a meter a sus indios en la maleza, a gritos, sin dejarlos vagar por la población. Se decía que debía estar explotando una veta con ayuda de gente perseguida por la justicia, o que se valía de cautivos comprados a una tribu guerrera, o que se había hecho el rey de un palenque de negros huidos al monte hacía trescientos años, y que, según afirmaban algunos, tenían un pueblo defendido por estacadas donde siempre retumbaba un trueno de tambores. Pero ya regresaba el Adelantado, y el minero, para mudar rápidamente de conversación, habló del objeto de mi viaje. Acostumbrado al trato de personas animadas por propósitos singulares, amigo de un raro herborizador llamado Montsalvatje, de quien hacía grandes elogios, el Adelantado me dijo que podría hallar los instrumentos requeridos en las primeras aldehuelas de una tribu que vivía, a tres jornadas de río, en las orillas de un caño llamado El Pintado, por el siempre tornadizo color de sus aguas revueltas. Como lo interrogaba ahora acerca de ciertos ritos primitivos, me enumeró todos los objetos para hacer música que llevaba en la memoria, haciendo sonar, con onomatopeyas afinadas por el aguardiente y gestos de quien los tocara, una serie de tambores de tronco, flautas de hueso, trompas de cuerno y cráneo, jarraspara-bramar-en-funerales y panderos de medicina. En eso estábamos, cuando apareció fray Pedro de Henestrosa con la noticia de que el padre de Rosario acababa de morir. Algo afectado por la brusquedad de la nueva, aunque espoleado, a la vez, por el deseo de ver a la joven, de quien nada sabía desde nuestra llegada, me encaminé ha-

cia la esquina del deceso, por calles en cuyo centro corrían arroyos turbios, en compañía del griego, el capuchino y el Adelantado, seguidos de Gavilán, que nunca
faltaba a un velorio cuando estaba en la población. En mi
boca demoraba el sabor avellanado del aguardiente de
agave que acababa de probar con deleite en la taguara
cuya enseña floreada ostentaba un nombre graciosamen-
te absurdo: *Los Recuerdos del Porvenir*.

XIV

(Noche del viernes)

En aquel caserón de ocho ventanas enrejadas seguía trabajando la muerte. Estaba en todas partes, diligente, so-
lícita, ordenando sus pompas, agrupando los llantos, encendiendo los cirios, velando por que cupiera el pueblo
entero en las vastas estancias de poyos profundos y anchos umbrales para contemplar mejor su obra. Ya se alzaba, sobre un túmulo de viejos terciopelos mordidos por
los hongos, el ataúd aún resonante de martillazos, hincado de gruesos clavos plateados, recién traído por el Carpintero, que nunca fallaba en lo de dar la exacta medida
de un difunto, pues su memoria precavida conservaba la
humana mensuración de todos los vivos que moraban en
la villa. De la noche surgían flores demasiado olorosas,
que eran flores de patios, de alféizares, de jardines reco-
brados por la selva —nardos y jazmines de pétalos pesados, lirios silvestres, cerosas magnolias— apretados en ramos, con cintas que ayer adornaban peinados de bailar.
En el zaguán, en el recibidor, los hombres, de pie, hablaban gravemente, mientras las mujeres rezaban en antífo-
na en los dormitorios, con la obsesionante repetición por
todas de un *Dios te salve María, llena eres de gracia; el
Señor es contigo, bendita tú eres entre todas las mujeres*,
cuyo rumor se levantaba en los rincones oscuros, entre
imágenes de santos y rosarios colgados de ménsulas, hin-

chándose y cayendo, con el tiempo invariable de olas apacibles que hicieran rodar las gravas de un arrecife. Los espejos todos, en cuyas honduras había vivido el muerto, estaban velados con crespones y lienzos. Varios notables: el Práctico de Raudales, el Alcalde y el Maestro, el Pescador de Toninas, el Curtidor de Pieles, acababan de inclinarse sobre el cadáver, luego de echar la colilla de tabaco en el sombrero. En aquel momento, una muchacha flacuchenta, vestida de negro, dio un grito agudo y cayó al suelo, como sacudida de convulsiones. En brazos fue sacada de la habitación. Pero era Rosario la que ahora se acercaba al túmulo. Toda enlutada, con el pelo lustroso apretado a la cabeza, pálidos los labios, me pareció de una sobrecogedora belleza. Miró a todos con los ojos agrandados por el llanto, y, de súbito, como herida en las entrañas, crispó sus manos junto a la boca, lanzó un aullido largo, inhumano, de bestia flechada, de parturienta, de endemoniada, y se abrazó al ataúd. Decía ahora con voz ronca, entrecortada de estertores, que iba a lacerar sus vestidos, que iba a arrancarse los ojos, que no quería vivir más, que se arrojaría a la tumba para ser cubierta de tierra. Cuando quisieron apartarla se resistió enrabecida, amenazando a los que trataban de desprender sus dedos del terciopelo negro, en un lenguaje misterioso, escalofriante, como surgido de las profundidades de la videncia y de la profecía. Con la garganta rajada por los sollozos hablaba de grandes desgracias, del fin del mundo, del Juicio Final, de plagas y expiaciones. Al fin la sacaron de la estancia, como desmayada, con las piernas inertes, la cabellera deshecha. Sus medias negras, rotas en la crisis; sus zapatos de tacón gastado, recién teñidos, arrastrados sobre el piso con las puntas hacia dentro, me causaron un desgarramiento atroz. Pero ya otra de las hermanas se estaba abrazando al ataúd... Impresionado por la violencia de ese dolor, pensé, de pronto, en la tragedia antigua. En esas familias tan numerosas, donde cada cual tenía sus ropas de luto plegadas en las arcas, la muerte era cosa bien corriente. Las Madres que parían mucho sabían a menudo de su presencia. Pero esas mujeres que se repartían tareas consabidas en torno a una agonía, que desde la infancia sabían de vestir difuntos, velar espejos, rezar lo apropiado, *protestaban* ante la muerte, por rito venido de lo muy remoto. Porque esto era, ante todo, una suerte de protesta desesperada, conminatoria, casi mágica, ante la presencia de la Muerte en la casa. Frente al cadáver, esas campesinas clamaban en diapasón de coéforas, soltando sus cabelleras espesas, como velos negros, sobre rostros terribles de hijas de reyes: perras sublimes, aullantes troyanas, arrojadas de sus palacios incendiados. La persistencia de esa desesperación, el admirable sentido dramático con que las nueve hermanas —pues eran nueve— fueron apareciendo por puerta derecha y puerta izquierda, preparando la entrada de una Madre que fue Hécuba portentosa, maldiciendo su soledad, sollozando sobre las ruinas de su casa, gritando que no tenía Dios, me hicieron sospechar que había bastante teatro en todo ello. Un deudo, realmente admirado, observó —cerca de mí— que esas mujeres lloraban a su muerto que era un gusto. Y, sin embargo, me sentía envuelto, arrastrado, como si todo ello despertara en mí oscuras remembranzas de ritos funerarios que hubieran observado los hombres que me precedieron en el reino de ese mundo. Y de algún pliegue de mi memoria surgía ahora el verso de Shelley, que se repetía a sí mismo, como ovillado en su propio sentido:

... How canst thou hear
Who knowest not the language of the dead?

Los hombres de las ciudades en que yo había vivido siempre no conocían ya el sentido de esas voces, en efecto, por haber olvidado el lenguaje de quienes saben hablar a los muertos. El lenguaje de quienes saben del horror último de quedar solos y adivinan la angustia de los que imploran que no los dejen solos en tan incierto camino. Al gritar que se arrojarían a la tumba del padre, las nueve hermanas cumplían con una de las más nobles formas del rito milenario, según el cual se dan cosas al muerto, se le hacen promesas imposibles, para burlar su soledad —se le ponen monedas en la boca, se le rodea de figuras de servidores, de mujeres, de músicos—; se le dan santos y señas, credenciales, salvoconductos, para Barqueros y Señores de la Otra Orilla, cuyas tarifas y exigencias ni siquiera se conocen. Recordaba, a la vez, cuán mezquina y mediocre cosa se había vuelto la muerte para los hombres de mi Orilla —mi gente—, con sus grandes negocios fríos, de bronces, pompas y oraciones, que mal ocultaban, tras de sus coronas y lechos de hielo, una mera agremiación de preparadores enlutados, con solemnidades de cumplido, objetos usados por muchos, y algunas manos tendidas sobre el cadáver, en espera de monedas. Pudieron sonreír algunos ante la tragedia que aquí se representaba. Pero, a través de ella, se alcanzaban los ritos primeros del hombre. Pensaba yo en esto, cuando el Buscador de Diamantes se me acercó con una expresión singularmente maliciosa, para aconsejarme que buscara a Rosario, que se hallaba en la cocina, sola, calentando café para las mujeres. Molesto por el tono irónico de sus palabras, le respondí que me parecía inoportuno el momento para distraerla de su pena. «Vete adentro y no se turbe tu ánimo —dijo entonces el griego, como recitando una lección—, que el hombre, si es audaz, es más afortunado en lo que emprende, aunque haya venido de otra tierra.» Iba yo a replicarle que no necesitaba de tan chocante consejo, cuando el minero, con tono repentinamente declamado, añadió: «Entrando en la sala hallarás primero a la reina, cuyo nombre es Arete y procede de los mismos que engendraron al rey Alcinóo.» Y para poner término a mi estupefacción ante palabras que me habían agarrado por sorpresa, fijó en mi rostro ojos de ave, y concluyó riendo: *Homer Odissevs*, empujándome hacia la cocina de un sólido empellón. Allí, entre tinajas y tinajeros, ollas de barro y fogones de fuego de leña, estaba Rosario atareada en verter agua hirviente en un gran cono

de paño teñido por años de borra. Parecía como aliviada
del dolor por la violencia de su crisis. Con voz apacible
me explicó que la oración a los Catorce Santos Auxiliares había llegado tarde para salvar al padre. Me habló luego de su enfermedad en modo legendario, que revelaba
un concepto mitológico de la fisiología humana. La cosa
había comenzado por un disgusto con un compadre,
complicado de un exceso de sol al cruzar un río, que había promovido una ascensión de humores al cerebro plas-
mada a medio subir por una corriente de aire, que le había dejado medio cuerpo sin sangre, provocándole esto
una inflamación de los muslos y de las partes que, .por
fin, se había transformado, luego de cuarenta días de fiebre, en un endurecimiento de las paredes del corazón.
Mientras Rosario hablaba, me iba acercando a ella, atraído por una suerte de calor que se desprendía de su cuerpo y alcanzaba mi piel a través de la ropa. Estaba adosada a una enorme tinaja puesta en el suelo, con los codos
apoyados en los bordes, de tal modo que la comba del
barro arqueaba su cintura hacia mí. El fuego de los fogones le daba de frente, moviendo remotas luces en sus
ojos sombríos. Avergonzándome de mí mismo, sentí que
la deseaba con un ansia olvidada desde la adolescencia.
No sé si en mí se tejía el abominable juego, asunto de tantas fábulas, que nos hace apetecer la carne viva en la vecindad de la carne que no tornará a vivir, pero tan afa-
nosa debió ser la mirada que la desnudó de sus lutos, que
Rosario puso la tinaja por el medio, dándole vuelta con
sesgado paso, como quien se estrecha al brocal de un pozo, y apoyó sus codos en el borde, nuevamente, pero de
frente a mí, mirándome desde la otra orilla de un hoyo
negro, lleno de agua, que daba un eco de nave de catedral a nuestras voces. A ratos me dejaba solo, iba a la sala del velorio, y regresaba, secándose las lágrimas, a donde yo la esperaba con impaciencia de amante. Poco nos
decíamos. Ella se dejaba contemplar, por sobre el agua
de la tinaja, con una pasividad halagada que tenía algo de
entrega. A poco dieron los relojes la hora del amanecer,

pero no amaneció. Extrañados, salimos todos a la calle, a los patios. El cielo estaba cerrado, en donde debía alzarse el sol, por una extraña nube rojiza, como de humo, como de cenizas candentes, como de un polen pardo que subiera rápidamente, abriéndose de horizonte a horizonte. Cuando la nube estuvo sobre nosotros, comenzaron a llover mariposas sobre los techos, en las vasijas, sobre nuestros hombros. Eran mariposas pequeñas, de un amaranto profundo, estriadas de violado, que se habían levantado por miríadas y miríadas, en algún ignoto lugar del continente, detrás de la selva inmensa, acaso espantadas, arrojadas, luego de una multiplicación vertiginosa, por algún cataclismo, por algún suceso tremendo, sin testigos ni historia. El Adelantado me dijo que esos pasos de mariposas no eran una novedad en la región, y que, cuando ocurrían, difícil era que en todo el día se viese el sol. El entierro del padre se haría, pues, a la luz de los cirios, en una noche diurna, enrojecida de alas. En este rincón del mundo se sabía aún de grandes migraciones semejantes a aquéllas, narradas por cronistas de Años Oscuros, en que el Danubio se viera negro de ratas, o los lobos, en manadas, penetraran hasta el mercado de las ciudades. La semana anterior —me contaban—, un enorme jaguar había sido muerto por los vecinos, en el atrio de la iglesia.

XV

(Sábado, 16 de junio)

Medio invadido por una maleza que ha vencido sus tapias, el cementerio donde dejamos enterrado al padre de Rosario, es algo como una prolongación y dependencia de la iglesia, separado de ella, tan sólo, por un tosco portón y un embaldosado que es zócalo de una cruz espesa, de brazos cortos, en cuya piedra gris aparecen enumerados, a cincel, los instrumentos de la Pasión. La iglesia es chata, de paredes espesísimas, con grandes volúmenes de piedra acusados por la hondura de las hornacinas y la tozudez de contrafuertes que más parecen espolones de fortaleza. Sus arcos son bajos y toscos; el techo de madera con vigas al descanso sobre ménsulas apenas artesonadas, evoca el de las primitivas iglesias románicas. Dentro reina, pasada la media mañana, una noche enrojecida por el éxodo de mariposas que aún se atraviesa entre la tierra y el sol. Así, rodeados de sus luminarias y cirios, se hacen más personajes de retablo, más figuras de aleluya, los viejos santos que aparecen entregados a sus Oficios, como si el templo fuese ante todo un taller: Isidro, a quien han puesto azada en la mano para que labre, de verdad, su pedestal vestido de grama fresca y cañas de maíz; Pedro, que lleva un llavero enorme, al que cada día cuelgan una nueva llave; Jorge, alanceando al dragón con tal saña que más parece garrocha que arma lo que así le tiene volando sobre el enemigo; Cristóbal, asido a una palma, tan gigante que el Niño apenas le mide el tramo del hombro al oído; Lázaro, sobre cuyos canes han pegado pelos de perro verdadero, para que más verdaderamente parezcan lamerle las llagas. Ricos en poderes atributivos, agobiados de exigencias, pagados en cabal moneda de exvotos, sacados en procesión a cualquier hora, esos santos cobraban, en la vida cotidiana de la población, una categoría de funcionarios divinos, de intercesores a destajo, de burócratas celestiales, siempre disponibles en una especie de Ministerio de Ruegos y Reclamaciones. A diario recibían presentes y luces que solían ser otras tantas rogativas por el perdón de una blasfemia de las grandes. Se les interpelaba; se les sometían problemas de reumatismos, granizadas, extravíos de bestias. Los jugadores los invocaban en un descarte y la prostituta les prendía una vela en día de buen trato. Esto —que me contaba el Adelantado riendo— me reconciliaba con el mundo divino que, con el desteñimiento de las leyendas áureas en capillas de metal, con los amaneramientos plásticos del vitral reciente, había perdido toda vitalidad en las ciudades de donde yo venía. Ante el Cristo de madera negra que parecía desangrarse sobre el altar mayor, hallaba la atmósfera de auto sacramental, de misterio, de hagiografía tremebunda, que me hubiera sobrecogido, cierta vez, en una viejísima capilla de factura bizantina, ante imágenes de mártires con alfanjes encajados en el cráneo de oreja a oreja, de obispos guerreros cuyos caballos asentaban las herraduras ensangrentadas sobre cabezas de paganos. En otros momentos hubiera demorado un poco más en la rústica iglesia, pero la penumbra de mariposas que nos envolvía comenzaba a tener, para mí, la acción enervante de un eclipse que se prolongaba más allá de lo posible. Esto, y las fatigas de la noche, me llevaron al albergue donde Mouche, creyendo que aún no había amanecido, seguía durmiendo, abrazada a una almohada. Cuando desperté al cabo de algunas horas, ya no se encontraba en la habitación, y el sol, acabando el gran éxodo pardo, había reaparecido. Contento por verme librado de una posible disputa, me encaminé a la casa de Rosario, deseando intensamente que estuviera ya despierta. Allí todo había vuelto al ritmo cotidiano. Las mujeres, vestidas de luto, estaban plácidamente entregadas a sus quehaceres —con vieja costumbre de seguir viviendo luego del percance habitual de la muerte—. En el patio lleno de perros dormidos, concertaba el Adelantado con fray Pedro una muy próxima entrada en la selva. En eso apareció Mouche, seguida del griego. Parecía que hubiera olvidado su voluntad de regresar, tan rabiosamente expresada la noche anterior. Por el contrario: había en su expresión una suerte de alegría maligna y desafiante que Rosario, atareada en coser ropas de luto, observó al mismo tiempo que yo. Mi amiga se creyó obligada a explicar que se había encontrado con Yannes en el embarcadero, junto a la curiara de vela de unos caucheros que se aprestaban a pasar río arriba, burlando el raudal de Piedras Negras por el atajo de un angosto caño navegable en este tiempo. Ella había rogado al minero que la llevara a contemplar esa barrera de granito, límite de toda navegación de importancia desde

que los primeros descubridores lloraran de despecho,
frente a su pavorosa realidad de pailones espumosos, de
aguas levantadas a empellones, de troncos atravesados en
tragantes llenos de bramidos. Ya empezaba a hacer literatura en torno al grandioso espectáculo, mostrando unas
flores raras, especie de lirios salvajes, que decía haber re-
cogido al borde de las gargantas fragorosas, cuando el
Adelantado, que nunca prestaba atención a lo que decían
las mujeres, tajó el discurso —que, además, no entendía—
con gesto impaciente. Era su parecer que debíamos aprovechar la barca de los caucheros para adelantar un buen
trecho de boga con mayor comodidad. Yannes aseguraba
que podríamos alcanzar la mina de diamantes de sus hermanos aquella misma noche. Contra todo lo que yo esperaba, Mouche, al oír hablar de «mina de diamantes»
—deslumbrada, me imagino, por la visión de una gruta
rutilante de gemas—, aceptó la idea con alborozo. Se col-
gó del cuello de Rosario, rogándole que nos acompañara
en esta etapa, tan fácil, de nuestro viaje. Mañana descan-
saríamos en el lugar de la mina. Allí podría esperar nuestro regreso, cuando siguiéramos adelante. Me figuro que
Mouche, en realidad, quería enterarse de lo que ahora nos
esperaba, en cuanto a engorros, sin más riesgo que una
jornada corta, asegurándose de una compañía para la
vuelta a Puerto Anunciación, en caso de abandonar la
partida. De todos modos, me era sumamente grato que
Rosario viniera con nosotros. La miré y hallé sus ojos en
suspenso sobre el costurero, como en espera de mi voluntad. Al encontrar mi aquiescencia, se reunió en el acto
con sus hermanas, que armaron un gran concertante de
protestas en los cuartos y fregaderos, afirmando que tal
propósito era una locura. Pero ella, sin hacer caso, apareció al punto con un hatillo de ropas y un tosco rebozo.
Aprovechando que Mouche anduviera delante de nosotros por el camino de la fonda, me dijo rápidamente,
como quien revela un grave secreto, que las flores traídas
por mi amiga no crecían en los peñones de Piedras Negras, sino en una isla frondosa, primitivo asiento de una

misión abandonada, que me señalaba con la mano. Iba a
pedirle mayores aclaraciones, pero ella, a partir de ese instante, cuidó de no permanecer sola conmigo, hasta que
nos vimos instalados en la curiara de los caucheros. Luego de salvar el atajo a la pértiga, la barca avanzaba ahora,
río arriba, bordeando un tanto para esquivar el empuje
poderoso de la corriente. Sobre la vela triangular, de ga-
lera antigua, muy desprendida del mástil, se reflejaban las
luces del poniente. En esta antesala de la Selva, el paisaje
se mostraba a la vez solemne y sombrío. En la orilla izquierda se veían colinas negras, pizarrosas, estriadas de
humedad, de una sobrecogedora tristeza. En sus faldas
yacían bloques de granito en forma de saurios, de dan-
tas, de animales petrificados. Una mole de tres cuerpos
se erguía en la quietud de un estero con empaque de ce-
notafio bárbaro, rematada por una formación oval que
parecía una gigantesca rana en trance de saltar. Todo res-
piraba el misterio en aquel paisaje mineral, casi huérfano
de árboles. De trecho en trecho había amontonamientos
basálticos, monolitos casi rectangulares, derribados entre
matojos escasos y esparcidos, de menhires y dólmenes
—restos de una necrópolis perdida, donde todo era silencio e inmovilidad—. Era como si una civilización extraña, de hombres distintos a los conocidos, hubiera flore-
cido allí, dejando, al perderse en la noche de las edades,
los vestigios de una arquitectura creada con fines ignorados. Y es que una ciega geometría había intervenido en
la dispersión de esas lajas erguidas o derribadas que descendían, en series, hacia el río: series rectangulares, series
en colada plana, series mixtas, unidas entre sí por caminos de baldosas jalonadas de obeliscos rotos. Había islas,
en medio de la corriente, que eran como amontonamientos de bloques erráticos, como puñados de inconcebibles
guijarros dejados aquí, allá, por un fantástico despedaza-
dor de montañas. Y cada una de esas islas reavivaba en
mí el latido de una idea fija —dejada por la rara aclara-
ción de Rosario—. Al fin pregunté, como distraídamente, por la isla de la misión abandonada. «Es Santa Pris-

ca», dijo fray Pedro, con ligero rubor. «San Príapo debían llamarla», carcajeó al punto el Adelantado, entre las risas de los caucheros. Supe así que, desde hacía años, las paredes ruinosas del antiguo asiento franciscano albergaban las parejas que en el pueblo no hallaban donde holgarse. Tantas fornicaciones se habían sucedido en aquel lugar —afirmaba el del timón— que el mero hecho de aspirar el olor a humedad, a hongos, a lirios salvajes, que allí reinaba, bastaba para enardecer al hombre más austero, aunque fuese capuchino. Me fui a la proa, junto a Rosario, que parecía leer la historia de Genoveva de Brabante. Mouche, acostada sobre un saco de sarrapia, en medio de la barca, y que nada había entendido de lo dicho, ignoraba que acababa de ocurrir algo gravísimo en lo que se refería a nuestra vida en común. Y era que ni siquiera me sentía enojado ni tenía impulsos —en aquel instante, al menos— de castigarla por lo hecho. Por el contrario: en ese anochecer que llenaba las junqueras de sapos cantores, envuelto en el zumbido de los insectos que relevaban a los del día, me sentía ligero, suelto, aliviado por la infamia sabida, como un hombre que acaba de arrojar una carga por demasiado tiempo llevada. En la orilla se pintaron las flores de una magnolia. Pensé en el camino que mi esposa seguía cada día. Pero su figura no acabó de dibujarse claramente en mi memoria, deshaciéndose en formas imprecisas, como difuminadas. El regazo acunado de la barca me recordaba la cesta que, en mi infancia, hiciera las veces de barca verdadera en portentosos viajes. Del brazo de Rosario, cercano al mío, se desprendía un calor que mi brazo aceptaba con una rara y deleitosa sensación de escozor.

XVI

(Noche del sábado)

En la obra de construir la vivienda revela el hombre su prosapia. La casa de los griegos está hecha con los mis-

mos materiales que sirven a los indios para levantar sus
bohíos, y esa fibra, esa hoja de palmera, ese bahareque,
han dictado sus normas, en función de resistencia, como
ha ocurrido con todas las arquitecturas del mundo. Pero
ha bastado un menor empinamiento de los aleros, una
mayor anchura de las vigas de sostén, para que el hastial
cobrara empaque de frontis y quedara inventado el ar-
quitrabe. Para servir de pilastras se eligieron troncos de
un mayor diámetro en la base, en virtud de una instinti-
va voluntad de remedar el fuste dórico. El paisaje de piedras que nos rodea añade algo, también, a ese inesperado
helenismo del ambiente. En cuanto a los tres hermanos
de Yannes, que ahora conozco, éstos reproducen, en caras de años más o menos, el mismo perfil de bajorrelieve
para un arco de triunfo. Se me anuncia que en una choza
cercana, que sirve de resguardo a las cabras durante la noche, se encuentra el doctor Montsalvatje —de quien ya
me hablara el Adelantado la víspera—, ordenando y re-
frescando sus colecciones de plantas raras. Y ya viene hacia nosotros, gesticulando, hablando con engolado acento, este científico aventurero, colector de curare, de yopo,
de peyotles y de cuantos tósigos y estupefacientes selváticos, de acción mal conocida aún, pretende estudiar y ex-
perimentar. Sin interesarse mayormente por saber quié-
nes somos, el herborizador nos agobia bajo una termino-
logía latina que destina a la clasificación de hongos nunca vistos, de los que tritura una muestra con los dedos,
explicándonos por qué cree haberlos bautizado acertada-
mente. De pronto repara en que no somos botánicos, se
burla de sí mismo, calificándose del Señor-de-los-Vene-
nos, y pide noticias del mundo de donde venimos. Algo
cuento en respuesta, pero es evidente —lo noto en la desatención de las gentes— que mis nuevas no interesan a
nadie aquí. El doctor Montsalvatje quería saber, en realidad, de hechos relacionados con la vida misma del río.
Ahora traga un comprimido de quinina que pide a fray
Pedro de Henestrosa. El lunes bajará a Puerto Anunciación con sus herbarios, para regresar muy pronto, pues

ha dado con una clavaria desconocida cuyo solo olor produce alucinaciones visuales, y una crucífera cuya proximidad enmohece ciertos metales. Los griegos se llevan el índice a la sien, como buscándose la piedra de la locura. El adelantado se mofa de la sonoridad extraña que cobran, en su boca, ciertos vocablos indígenas. Los caucheros, en cambio, dicen que es un gran médico, y cuentan de una bolsa de humor aliviada por él con la punta de un cuchillo mellado. Rosario lo conoce, y considera su inagotable deseo de hablar, tras de larguísimos silencios, como muy propio del personaje. Mouche, que le ha puesto el mote de Señor Macbeth y se entiende con él en francés, acaba por cansarse de sus historias de plantas y pide a Yannes que cuelgue su hamaca dentro de la casa. Fray Pedro me explica que el herborizador, nada loco, pero muy dado a fantasear, en descanso de sus soledades de meses en la espesura, se ha forjado una divertida prosapia de alquimistas y herejes que le hace proclamarse descendiente directo de Raimundo Lulio —a quien llama obstinadamente Ramón Llull—, afirmando que la obsesión del árbol, en los tratados del Doctor Iluminado, le daban ya, en los días del *Ars Magna*, un aire de familia. Pero el alboroto de la llegada y los primeros encuentros se aplaca en torno a las toscas bateas en que los mineros traen el queso de sus cabras, los rábanos y tomates de una diminuta huerta, junto al casabe, la sal y el aguardiente que ofrecen primero —en remembranza, tal vez involuntaria, del rito secular de la sal, el pan y el vino—. Y estamos sentados, ahora, alrededor de la hoguera, unidos por la necesidad ancestral de saber el fuego vivo en la noche. Unos apoyados en un codo, otros con el mentón en las manos, el capuchino arrodillado en su hábito, las mujeres recostadas sobre una manta, Gavilán con la lengua de fuera, junto a Polifemo, el dogo tuerto de los griegos: todos miramos las llamas que crecen a saltos entre las ramas demasiado húmedas, muriendo en amarillo aquí, para renacer azules sobre una astilla propicia, mientras, abajo, los leños primeros se van haciendo brasas. Las grandes lajas paradas en el repecho pizarroso que ocupamos cobran una fantástica apostura de estelas, de cipos, de monolitos, erguidos en una escalinata cuyos peldaños cimeros se pierden en las tinieblas. La jornada fue fatigosa. Y, sin embargo, ninguno se decide a morir. Estamos ahí, como ensalmados por el fuego, un poco ebrios de su calor, cada cual encerrado en sí mismo, pensando sin pensar, solidario de los demás por una sensación de bienestar, de sosiego, que compartimos y gozamos por una razón primordial. A poco, sobre el horizonte de bloques erráticos, se pinta una claridad fría, y la luna aparece tras de un árbol copudo, de muchas lianas, que empieza a cantar por todos sus grillos. Pasan, graznando, dos pájaros blancos, de un volar cayéndose. Prendido el hogar, se desatan las palabras: uno de los griegos se queja de que la mina parezca exhausta. Pero Montsalvatje se encoge de hombros, afirmando que más adelante, hacia las Grandes Mesetas, hay diamantes en todos los cauces. Con sus antiparras de ancha armadura, su calva requemada por el sol, sus manos cortas, cubiertas de pecas, de dedos carnosos que tienen algo de estrellas de mar, el Herborizador se hace un poco espíritu de la tierra, gnomo guardián de cavernas, en mi imaginación que encienden sus palabras. Habla del Oro, y al punto todos callan, porque agrada al hombre hablar de Tesoros. El narrador —narrador junto al fuego, como debe ser— ha estudiado en lejanas bibliotecas todo lo que al oro de este mundo se refiere. Y pronto aparece, remoto, teñido de luna, el espejismo del Dorado. Fray Pedro sonríe con sorna. El Adelantado escucha con cazurra máscara, arrojando ramillas a la lumbre. Para el recolector de plantas, el mito sólo es reflejo de una realidad. Donde se buscó la ciudad de Manoa, más arriba, más abajo, en todo lo que abarca su vasta y fantasmal provincia, hay diamantes en los lodos orilleros y oro en el fondo de las aguas. «Aluviones», objeta Yannes. «Luego —arguye Montsalvatje—, hay un macizo central que desconocemos, un laboratorio de alquimia telúrica, en el inmenso escalonamiento de montañas de formas extrañas, todas empavesadas de cascadas, que cubren esta zona —la menos explorada del planeta—, en cuyos umbrales nos hallamos. Hay lo que Walter Raleigh llamara "la veta madre", madre de las vetas, paridora de la inacabable grava de material precioso arrojada a centenares de ríos.» El nombre de aquel a quien los españoles llamaban Serguaterale lleva al Herborizador, de inmediato, a invocar los testimonios de prodigiosos aventureros que surgen de las sombras, llamados por sus nombres, para calentar sus cotas y escaupiles a las llamas de nuestro fuego. Son los Federmann, los Belalcázar, los Espira, los Orellana, seguidos de sus capellanes, atabaleros y sacabuches; escoltados por la nigromante compañía de los algebristas, herbolarios y tenedores de difuntos. Son los alemanes rubios y de barbas rizadas, y los extremeños enjutos de barbas de chivo, envueltos en el vuelo de sus estandartes, cabalgando corceles que, como los de Gonzalo Pizarro, calzaron herraduras de oro macizo a poco de asentar el casco en el movedizo ámbito del Dorado. Y es sobre todo Felipe de Hutten, el Urre de los castellanos, quien, una tarde memorable, desde lo alto de un cerro, contempló alucinado la gran ciudad de Manoa y sus portentosos alcázares, mudo de estupor, en medio de sus hombres. Desde entonces había corrido la noticia, y durante un siglo había sido un tremebundo tanteo de la selva, un trágico fracaso de expediciones, un extraviarse, girar en redondo, comerse las monturas, sorber la sangre de los caballos, un reiterado morir de Sebastián traspasado de dardos. Esto, en cuanto a las entradas conocidas; pues las crónicas habían olvidado los nombres de quienes, por pequeñas partidas, se habían quemado al fuego del mito, dejando el esqueleto dentro de la armadura, al pie de alguna inaccesible muralla de rocas. Irguiéndose en sombra ante las llamas, el Adelantado arrimó al fuego un hacha que me había llamado la atención, aquella tarde, por la extrañeza de su perfil: era una segur de forja castellana, con un astil de olivo que había ennegrecido sin desabrazarse del metal. En esa madera se estampaba una fecha escrita a punta de cuchillo por algún campesino soldado —fecha que era de tiempos de los Conquistadores. Mientras nos pasábamos el arma de mano en mano, acallados por una misteriosa emoción, el Adelantado nos narró cómo la había encontrado en lo más cerrado de la selva, revuelta con osamentas humanas, junto a un lúgubre desorden de morriones, espadas, arcabuces, que las raíces de un árbol tenían agarrados, alzando una alabarda a tan humana estatura que aún parecían sostenerla manos ausentes. La frialdad de la segur ponía el prodigio en la yema de nuestros dedos. Y nos dejábamos envolver por lo maravilloso, anhelantes de mayores portentos. Ya aparecían junto al hogar llamados por Montsalvatje, los curanderos que cerraban heridas recitando el Ensalmo de Bogotá, la Reina gigante Cicañocohora, los hombres anfibios que iban a dormir al fondo de los lagos, y los que se alimentaban con el solo olor de las flores. Ya aceptábamos a los Perrillos Carbunclos que llevaban una piedra resplandeciente entre los ojos a la Hidra vista por la gente de Federmann, a la Piedra Bezar, de prodigiosas virtudes, hallada en las entrañas de los venados, a los tatunachas, bajo cuyas orejas podían cobijarse hasta cinco personas, o aquellos otros salvajes que tenían las piernas rematadas por pezuñas de avestruz —según fidedigno relato de un santo prior—. Durante dos siglos habían cantado los ciegos del Camino de Santiago los portentos de una Arpía Americana exhibida en Constantinopla, donde murió rabiando y rugiendo... Fray Pedro de Henestrosa se creyó obligado a endosar tales consejas a la obra del Maligno, cuando las relaciones, por ser de frailes, tenían alguna seriedad de acento, y al afán de difundir embustes, cuando de cuentos de soldados se trataba. Pero Montsalvatje se hizo entonces el Abogado de los Prodigios, afirmando que la realidad del Reino de Manoa había sido aceptada por misioneros que fueron en su busca en pleno Siglo de las Luces. Setenta años antes, en científica narración, un geógrafo reputado afirmaba haber divisado, en el ámbito de las Grandes Me-

setas, algo como la ciudad fantasmal contemplada un día
por el Urre. Las Amazonas habían existido: eran las mujeres de los varones muertos por los caribes, en su misteriosa migración hacia el Imperio del Maíz. De la selva
de los Mayas surgían escalinatas, atracaderos, monumentos, templos llenos de pinturas portentosas, que representaban ritos de sacerdotes-peces y de sacerdotes-lan-
gostas. Unas cabezas enormes aparecían de pronto, tras
de los árboles derribados, mirando a los que acababan de
hallarla con ojos de párpados caídos, más terribles aún
que dos pupilas fijas, por su contemplación interior de la
Muerte. En otra parte había largas Avenidas de Dioses,
erguidos frente a frente, lado a lado, cuyos nombres quedarían por siempre ignorados —dioses derrocados, fene-
cidos, luego de que, por siglos y siglos, hubiesen sido la
imagen de una inmortalidad negada a los hombres. Des-
cubríanse en las costas del Pacífico unos dibujos gigantescos, tan bastos que se había transitado sobre ellos desde siempre sin saber de su presencia bajo los pasos, trazados como para ser vistos desde otro planeta por los
pueblos que hubieran escrito con nudos, castigando toda
invención de alfabetos con la pena máxima. Cada día aparecían nuevas piedras talladas en la selva; la Serpiente Emplumada se pintaba en remotos acantilados, y nadie había logrado descifrar los millares de petroglifos que hablaban, por formas de animales, figuraciones astrales, signos misteriosos, en las orillas de los Grandes Ríos. El
doctor Montsalvatje, erguido junto a la hoguera, señalaba las mesetas lejanas que se pintaban en azul profundo
hacia donde iba la luna: «Nadie sabe lo que hay detrás
de esas Formas», decía, con un tono que nos devolvió
una emoción olvidada desde la infancia. Todos tuvimos
ganas de pararnos, de echar a andar, de llegar antes del
alba a la puerta de los prodigios. Una vez más rebrilla-
ban las aguas de la Laguna de Parima. Una vez más se
edificaban, en nosotros, los alcázares de Manoa. La posibilidad de su existencia quedaba nuevamente planteada,
ya que su mito vivía en la imaginación de cuantos mora-

ban en las cercanías de la selva —es decir: de lo Desconocido—. Y no pude menos que pensar que el Adelantado, los mineros griegos, los dos caucheros y todos los
que, cada año, tomaban los rumbos de la Espesura, al
cabo de las lluvias, no eran sino buscadores del Dorado,
como los primeros que marcharon al conjuro de su nombre. El doctor destapó un tubo de cristal, lleno de pie-
drecitas oscuras que al punto amarillearon en nuestras
manos, a la claridad del fuego. Palpábamos el Oro. Lo
acercábamos a los ojos, para hacerlo crecer. Lo sopesá-
bamos con gesto alquimista. Mouche lo tentó con la lengua, para conocer su sabor. Y cuando sus pepitas volvieron al cristal, pareció que el fuego alumbraba menos y
que la noche se tornaba más fría. En el río mugían enormes ranas. De súbito, fray Pedro arrojó su bastón al fuego, y el bastón se hizo vara de Moisés al levantar la serpiente que acababa de matar.

XVII

(Domingo, 17 de junio)

Regreso ahora de la mina y me regocijo de antemano
al pensar en la decepción de Mouche cuando vea que la
caverna maravillosa, rutilante de gemas, el tesoro de Aga-
menón que ella se esperaba seguramente, es un lecho de
torrente, cavado, escarbado, revuelto; un lodazal que las
palas han interrogado lateralmente, en profundidad, de
arriba abajo, regresando veinte veces al lugar del hallazgo primero, con la esperanza de haber dejado en el barro, por un mero desvío de la mano, por un margen de
milímetros, la portentosa Piedra de la Riqueza. El más joven de los buscadores de diamantes me habla, por el camino, de las grandes miserias del oficio, de las desespe-
ranzas de cada día y de la rara fatalidad que siempre hace
regresar al descubridor de una gran gema, pobre y endeudado, al lugar de su encuentro. Sin embargo, la ilu-

sión se reaviva cada vez que surge de la tierra el diamante singular, y su fulgor futuro, adivinado antes de la talla, salta por encima de selvas y cordilleras, desacompasando el pulso de quienes, al cabo de una jornada infructuosa, se desprenden del cuerpo la costra de fango que lo cubre. Pregunto por las mujeres, y me dicen que se están bañando en un caño cercano, cuyas pocetas no albergan alimañas peligrosas. Sin embargo, he aquí que se oyen sus voces. Voces que, al acercarse, me hacen salir de la vivienda, extrañado por la violencia del tono y lo inexplicable de la grita. Al punto pensamos que alguien hubiera ido a sorprender su desnudez en la orilla o las afrentara con el propósito villano. Pero Mouche aparece ahora, con la ropa empapada, pidiendo ayuda, como huyendo de algo terrible. Antes de haber podido dar un paso, veo a Rosario, mal cubierta por un grueso refajo, que alcanza a mi amiga, la arroja al suelo de un empellón y la golpea bárbaramente con una estaca. Con la cabellera suelta sobre los hombros, escupiendo insultos, pegando a la vez con los pies, la madera y la mano libre, nos ofrece una tal estampa de ferocidad que corremos todos a agarrarla. Todavía se retuerce, patea, muerde a quienes la sujetan, con un furor que se traduce en gruñidos roncos, en bufidos, por no encontrar la palabra. Cuando levanto a Mouche, apenas si puede tenerse en pie. Un golpe le ha roto dos dientes. Le sangra la nariz. Está cubierta de arañazos y desollones. El doctor Montsalvatje la lleva a la choza de los herbarios, para curarla. Mientras tanto, rodeando a Rosario, tratamos de saber qué ha ocurrido. Pero ahora se sume en un mutismo obstinado, negándose a responder. Está sentada en una piedra, con la cabeza gacha, repitiendo, con exasperante testarudez, un gesto de denegación que arroja su cabellera negra a un lado y otro, cerrándole cada vez el semblante aún enfurecido. Voy a la choza. Hedionda a farmacia, rubricada de esparadrapos, Mouche gimotea en la hamaca del Herborizador. A mis preguntas responde que ignora el motivo de la agresión; que la otra se había vuelto como loca, y sin

insistir más sobre esto, rompe a llorar, diciendo que quiere regresar en el acto, que no soporta más, que este viaje
la agota, que se siente en el borde de la demencia. Ahora
suplica y sé que, hace muy poco todavía, la súplica, por
inhabitual en su boca, lo hubiera logrado todo en mí.
Pero en este momento, junto a ella, viendo su cuerpo sacudido por los sollozos de una desesperación que parece
sentida, permanezco frío, acorazado por una dureza que
me admira y alabo, como pudiera alabarse, por oportuna
y firme, una voluntad ajena. Nunca hubiera pensado que
Mouche, al cabo de una tan prolongada convivencia, llegara un día a serme tan extraña. Apagado el amor que tal
vez le tuviera —hasta dudas me asaltaban ahora acerca de
la realidad de ese sentimiento—, hubiera podido subsis-
tir, al menos, el vínculo de una amistosa ternura. Pero los
retornos, cambios, recapacitaciones, que se habían sucedido en mí, en menos de dos semanas, añadidos al descubrimiento de la víspera me tenían insensible a sus ruegos. Dejándola gemir su desamparo, regresé a la casa de
los griegos, donde Rosario, algo calmada, se había ovillado, silenciosa, con los brazos atravesados sobre la cara,
en un chinchorro. Una suerte de malestar fruncía el ceño
a los hombres, aunque parecieran pensar en otra cosa.
Los griegos ponían demasiada nerviosidad en el adobo de
una sopa de pescados que hervía en una enorme olla de
barro, dándose a discusiones en torno al aceite, y el ají y
el ajo, que sonaban en falsete. Los caucheros remenda-
ban sus alpargatas en silencio. El Adelantado estaba bañando a Gavilán, que se había regodeado sobre una carroña, y como el perro se sentía agraviado por las jícaras
de agua que le caían encima, enseñaba los dientes a quienes lo miraban. Fray Pedro desgranaba las cuentas de su
rosario de semillas. Y yo sentía, en todos ellos, una tácita
solidaridad con Rosario. Aquí, el factor de disturbios,
que todos repelían por instinto, era Mouche. Todos adi-
vinaban que la violenta reacción de la otra se debía a algo
que le confería el derecho de haber agredido con tal furia
—algo que los caucheros, por ejemplo, podían atribuir al

despecho de Rosario, tal vez enamorada de Yannes y enardecida por el insinuante comportamiento de mi amiga. Transcurrieron varias horas de sofocante calor, durante las cuales cada cual se encerró en sí mismo. A medida que nos acercábamos a la selva, yo advertía, en los hombres, una mayor aptitud para el silencio. A ello se debía, acaso, el tono sentencioso, casi bíblico, de ciertas reflexiones formuladas con muy pocas palabras. Cuando se hablaba era en tiempo pausado, cada cual escuchando y concluyendo antes de responder. Cuando la sombra de las piedras comenzó a espesarse, el doctor Montsalvatje nos trajo de la choza de los herbarios la más inesperada noticia: Mouche tiritaba de fiebre. Al salir de un sueño profundo, se había incorporado, delirando, para hundirse luego en una inconsciencia estremecida de temblores. Fray Pedro, autorizado por la larga experiencia de sus andanzas, diagnosticó la crisis de paludismo —enfermedad a la cual, por lo demás, no se concedía gran importancia en estas regiones—. Se deslizaron comprimidos de quinina en la boca de la enferma, y quedé a su lado rezongando de rabia. A dos jornadas del término de mi encomienda, cuando hollábamos las fronteras de lo desconocido y el ambiente se embellecía con la cercanía de posibles maravillas, tenía Mouche que haber caído así, estúpidamente, picada por un insecto que la eligiera a ella, la menos apta para soportar la enfermedad. En pocos días, una naturaleza fuerte, honda y dura, se había divertido en desarmarla, cansarla, afearla, quebrarla, asestándole, de pronto, el golpe de gracia. Me asombraba ante la rapidez de la derrota, que era como un ejemplar desquite de lo cabal y auténtico. Mouche, aquí, era un personaje absurdo, sacado de un futuro en que el arcabuco fuera sustituido por la alameda. Su tiempo, su época, eran otros. Para los que con nosotros convivían ahora, la fidelidad al varón, el respeto a los padres, la rectitud de proceder, la palabra dada, el honor que obligaba y las obligaciones que honraban, eran valores constantes, eternos, insoslayables, que excluían toda posibilidad de discusión. Faltar

a ciertas leyes era perder el derecho a la estimación ajena,
aunque matar por hombría no fuese culpa mayor. Como
en los más clásicos teatros, los personajes eran, en este
gran escenario presente y real, los tallados en una pieza
del Bueno y el Malo, la Esposa Ejemplar o la Amante
Fiel, el Villano y el Amigo Leal, la Madre digna o indig-
na. Las canciones ribereñas cantaban, en décimas de romance, la trágica historia de una esposa violada y muerta
de vergüenza, y la fidelidad de la zamba que durante diez
años esperó el regreso de un marido a quien todos daban
por comido de hormigas en lo más remoto de la selva.
Era evidente que Mouche estaba de más en tal escenario,
y yo debía reconocerlo así, a menos de renunciar a toda
dignidad, desde que había sido avisado de su ida a la isla
de Santa Prisca, en compañía del griego. Sin embargo,
ahora que había sido derribada por la crisis palúdica, su
regreso implicaba el mío; lo cual equivalía a renunciar a
mi única obra, a volver endeudado, con las manos vacías,
avergonzado ante la sola persona cuya estimación me fuera preciosa —y todo por cumplir una tonta función de
escolta junto a un ser que ahora aborrecía. Adivinando
tal vez la causa de la tortura que debía reflejarse en mi
semblante, Montsalvatje me trajo el más providencial alivio, diciendo que no tendría inconveniente en llevarse a
Mouche, mañana. La conduciría hasta donde pudiera
aguardarme con toda comodidad: forzarla a seguir más
adelante, débil como quedaría después del primer acceso,
era poco menos que imposible. Ella no era mujer para tales andanzas. *Anima, vágula, blándula* —concluyó iró-
nicamente—. Le respondí con un abrazo.

La luna ha vuelto a alzarse. Allá, al pie de una piedra
grande muere el fuego que reunió a los hombres en las
primeras horas de la noche. Mouche suspira más que respira y su sueño febril se puebla de palabras que más parecen estertores y garrasperas. Una mano se posa sobre
mi hombro: Rosario se sienta a mi lado en la estera, sin
hablar. Comprendo, sin embargo, que una explicación se
aproxima, y espero en silencio. El graznido de un pájaro

que vuela hacia el río, despertando a las chicharras del techo, parece decidirla. Empezando con voz tan queda que
apenas si la oigo, me cuenta lo que demasiado sospecho.
El baño en la orilla del río. Mouche, que presume de la
belleza de su cuerpo y nunca pierde oportunidad de pro-
barlo, que la incita, con fingidas dudas sobre la dureza
de su carne, a que se despoje del refajo conservado por
aldeano pudor. Luego, es la insistencia, el hábil reto, la
desnudez que se muestra, las alabanzas a la firmeza de
sus senos, a la tersura de su vientre, el gesto de cariño, y
el gesto de más que revela a Rosario, repentinamente, una
intención que subleva sus instintos más profundos. Mouche, sin imaginárselo, ha inferido una ofensa que es, para
las mujeres de aquí, peor que el peor epíteto, peor que
el insulto a la madre, peor que arrojar de la casa, peor
que escupir las entrañas que parieron, peor que dudar de
la fidelidad al marido, peor que el nombre de perra, peor
que el nombre de puta. Tanto se encienden sus ojos en
la sombra al recordar la riña de aquella mañana, que llego a temer nueva irrupción de violencias. Agarro a Rosario por las muñecas para tenerla quieta, y, con la brusquedad del gesto, mi pie derriba una de las cestas en que
el Herborizador guarda sus plantas secas, entre camadas
de hojas de malanga. Un heno espeso y crujiente se nos
viene encima, envolviéndonos en perfumes que recuerdan, a la vez, el alcanfor, el sándalo y el azafrán. Una repentina emoción deja mi resuello en suspenso: así —casi
así— olía la cesta de los viajes mágicos, aquella en que
yo estrechaba a María del Carmen, cuando éramos niños,
junto a los canteros donde su padre sembraba la albahaca
y la yerbabuena. Miro a Rosario de muy cerca, sintiendo
en las manos el pálpito de sus venas, y, de súbito, veo
algo tan ansioso, tan entregado, tan impaciente, en su
sonrisa —más que sonrisa, risa detenida, crispación de espera—, que el deseo me arroja sobre ella, con una voluntad ajena a todo lo que no sea el gesto de la posesión. Es
un abrazo rápido y brutal, sin ternura, que más parece
una lucha por quebrarse y vencerse por una trabazón de-

leitosa. Pero cuando volvemos a hallarnos, lado a lado, jadeantes aún, y cobramos conciencia cabal de lo hecho, nos invade un gran contento, como si los cuerpos hubieran sellado un pacto que fuera el comienzo de un nuevo modo de vivir. Yacemos sobre las yerbas esparcidas, sin más conciencia que la de nuestro deleite. La claridad de la luna que entra en la cabaña por la puerta sin batiente se sube lentamente a nuestras piernas: la tuvimos en los tobillos, y ahora alcanza las corvas de Rosario, que ya me acaricia con mano impaciente. Es ella, esta vez, la que se echa sobre mí, arqueando el talle con ansioso apremio. Pero aún buscamos el mejor acomodo, cuando una voz ronca, quebrada, escupe insultos junto a nuestros oídos, desemparejándonos de golpe. Habíamos rodado bajo la hamaca, olvidados de la que tan cerca gemía. Y la cabeza de Mouche estaba asomada sobre nosotros, crispada, sardónica, de boca babeante, con algo de cabeza de Gorgona en el desorden de las greñas caídas sobre la frente «¡Cochinos! —grita—. ¡Cochinos!» Desde el suelo, Rosario dispara golpes a la hamaca con los pies, para hacerla callar. Pronto la voz de arriba se extravía en divagaciones de delirio. Los cuerpos desunidos vuelven a encontrarse, y, entre mi cara y el rostro mortecino de Mouche, que cuelga fuera del chinchorro con un brazo inerte, se atraviesa, en espesa caída, la cabellera de Rosario, que afinca los codos en el suelo para imponerme su ritmo. Cuando volvemos a tener oídos para lo que nos rodea, nada nos importa ya la mujer que estertora en la oscuridad. Pudiera morirse ahora mismo, aullando de dolor, sin que nos conmoviera su agonía. Somos dos, en un mundo distinto. Me he sembrado bajo el vellón que acaricio con mano de amo, y mi gesto cierra una gozosa confluencia de sangres que se encontraron.

XVIII

(Lunes, 18 de junio)

Hemos despachado a Mouche con la concertada fero-cidad de amantes que acaban de descubrirse, inseguros aún de la maravilla, insaciados de sí mismos, y proceden a romper todo lo que pueda oponerse a su próximo aco-plamiento. La hemos metido en la canoa de Montsalvat-je, envuelta en una manta, llorosa, casi inconsciente, ha-ciéndola creer que la sigo en otra embarcación. He dado al Herborizador mucho más dinero del necesario para que la atienda, pague sus traslados, la instale, costee los tratamientos necesarios, quedándome apenas con unos billetes sucios y unas monedas —que de nada sirven, ade-más, en la Selva, donde todo comercio se reduce a true-ques de objetos simples y útiles, como agujas, cuchillos, leznas. En la liberalidad de mi donación hay, además, un secreto ritual de adormecimiento del último crepúsculo de conciencia: de todos modos, Mouche no puede seguir-nos, y así, en lo material, cumplo con mi último deber. Es muy probable, por otra parte, que en la solicitud de Montsalvatje por llevarse a la enferma haya una maligna esperanza de aliviarse de varios meses de continencia con una mujer nada fea. No sólo me tiene indiferente esta idea, sino que para mis adentros deploro que la poca pres-tancia física del botánico lo vaya a agobiar con un fraca-so. La barca ha desaparecido ahora en la lejanía de un es-tero, cerrando con su partida una etapa de mi existencia. Jamás me he sentido tan ligero, tan bien instalado en mi cuerpo, como esta mañana. La palmada irónica que doy a Yannes, a quien veo melancólico, le hace interrogarme con una expresión interrogante y remordida, que es nue-va excusa a mi rigor. Por lo demás, todo el mundo se da cuenta de que Rosario —como aquí se dice—se ha *com-prometido conmigo*. Me rodea de cuidados, trayéndome de comer, ordeñando las cabras para mí, secándome el su-dor con paños frescos, atenta a mi palabra, mi sed, mi si-

lencio o mi reposo, con una solicitud que me hace enor-
gullecerme de mi condición de hombre: aquí, pues, la
hembra «sirve» al varón en el más noble sentido del término, creando la casa con cada gesto. Porque, aunque
Rosario y yo no tengamos un techo propio, sus manos
son ya mi mesa y la jícara de agua que acerca a mi boca,
luego de limpiarla de una hoja caída en ella, es vajilla mar-
cada con mis iniciales de amo. «A ver cuándo se forma-
liza con una sola mujer», musita fray Pedro tras de mí,
dándome a entender que con él no valen pueriles disimu-
los. Desvío la conversación para no confesar que estoy casado ya y por rito hereje, y me acerco al griego, que recoge sus cosas para seguir con nosotros río arriba. Seguro de que el yacimiento de acá está agotado, viéndose burlado por la fortuna una vez más, quiere emprender un viaje de prospección, más allá del Caño Pintado, en una zona
de montañas de la que muy poco se sabe. Reserva el mejor lugar de su hato para el único libro que lleva consigo
a todas partes: una modesta edición bilingüe de *La Odisea*, forrada de hule negro, cuyas páginas han sido moteadas de verde por la humedad. Antes de separarse nuevamente del tomo, sus hermanos, que saben largos tránsitos del texto de memoria, buscan su versión castellana
en la página de enfrente, leyendo fragmentos con un acento anguloso y duro, en que mucho se sustituye la *u* por
la *v*. En una escuelita de Kalamata les enseñaron los nombres de los trágicos y el sentido de los mitos, pero una
oscura afinidad de caracteres los acercó al aventurero Ulises, visitador de países portentosos, nada enemigo del
oro, capaz de ignorar a las sirenas por no perder su hacienda de Itaca. Al haber sido entortado por un váquiro,
el perro de los mineros fue llamado Polifemo, en recuerdo del cíclope cuya lamentable historia leyeron cien veces, en voz alta, junto a la hoguera de sus campamentos.
Pregunto a Yannes por qué abandonó la tierra a que le
ata una sangre cuyos remotos manantiales conoce. El minero suspira, y hace del mundo mediterráneo un paisaje
de ruinas. Habla de lo que dejó atrás, como podría ha-

blar de las murallas de Micenas, de las tumbas vacías, de
los peristilos habitados por las cabras. El mar sin peces,
los múrices inútiles, la confusión de los mitos, y una gran
esperanza rota. Luego, el mar, secular remedio de los suyos: un mar más vasto, que llevaba más lejos. Me cuenta
que cuando divisó la primera montaña, de este lado del
Océano, se echó a llorar, pues era una montaña roja y
dura, parecida a sus duras montañas de cardos y abrojos.
Pero aquí lo agarró la afición a los metales preciosos, la
llamada de los negocios y de los rumbos, que hiciera car-
gar tantos remos a sus antepasados. El día que encuentre
la gema que sueña se construirá, a la orilla del mar y donde haya montañas de flancos abruptos, una casa cuyo soportal tenga columnas —afirma— como un templo de
Poseidón. Vuelve a lamentarse sobre el destino de su pueblo, abre el tomo en su comienzo y clama: «¡Ah, miseria! Escuchad cómo los mortales enjuician a los dioses.
dicen que de nosotros vienen sus males, cuando son ellos
quienes, por su tontería, agravan las desdichas que les
asigna el destino.» *Zevs habla*, concluye el minero por su
cuenta, y presto deja el libro, pues los caucheros traen,
colgado de una rama, un extraño animal de pezuña, que
acaban de matar. Creo, por un instante, que se trata de
un cerdo salvaje de gran tamaño. «¡Una danta! ¡Una danta!», grita fray Pedro, uniendo las manos en asombrado
ademán, antes de echar a correr hacia los cazadores, con
un júbilo que revela su hartura del manioco diluido en
agua con que se alimenta habitualmente en la selva. Es,
luego, la fiesta de encender la hoguera; la escaldadura de
la bestia y su descuartizamiento; la vista de los perniles,
menudos y lomos, que atiza en nosotros el desaforado
apetito que suele atribuirse a los salvajes. Con el torso
desnudo, puesta toda su seriedad en la tarea, el minero
se me hace, de pronto, tremendamente arcaico. Su gesto
de arrojar al fuego algunas cerdas de la cabeza del animal
tiene un sentido propiciatorio que tal vez pudiera expli-
carme una estrofa de *La Odisea*. El modo de ensartar las
carnes, luego de untarlas de grasa; el modo de servirlas

en una tabla, luego de rociarlas de aguardiente, responde
a tan viejas tradiciones mediterráneas que, cuando me es
ofrecido el mejor filete, veo a Yannes, por un segundo,
transfigurado en el porquerizo Eumeo... No bien hemos
terminado el festín, cuando se levanta el Adelantado y
baja hacia el río a grandes trancos, seguido de Gavilán,
que ladra alborotosamente. Dos canoas muy primitivas
—dos troncos vaciados— descienden la corriente, con-
ducidas por remeros indios. Se aproxima el momento de
la partida, y cada cual procede a juntar sus hatos al fardaje. Me llevo a Rosario a la cabaña, donde nos abrazamos una vez más sobre el piso de tierra, que Montsalvatje, al ordenar sus colecciones, ha dejado cubierto de plantas secas, exhaladoras del acre y enervante perfume que
conocimos ayer. Esta vez enmendamos las torpezas y
premuras de los primeros encuentros, haciéndonos más
dueños de la sintaxis de nuestros cuerpos. Los miembros
van hallando un mejor ajuste; los brazos precisan un más
cabal acomodo. Estamos eligiendo y fijando, con maravillados tanteos, las actitudes que habrán de determinar,
para el futuro, el ritmo y la manera de nuestros acoplamientos. Con el mutuo aprendizaje que implica la fragua
de una pareja, nace su lenguaje secreto. Ya van surgiendo
del deleite aquellas palabras íntimas, prohibidas a los demás, que serán el idioma de nuestras noches. Es invención a dos voces, que incluye términos de posesión, de
acción de gracia, desinencias de los sexos, vocablos ima-
ginados por la piel, ignorados apodos —ayer imprevisi-
bles— que nos daremos ahora, cuando nadie pueda oírnos. Hoy, por vez primera, Rosario me ha llamado por
mi nombre, repitiéndolo mucho, como si sus sílabas tuvieran que tornar a ser modeladas —y mi nombre, en su
boca, ha cobrado una sonoridad tan singular, tan inesperada, que me siento como ensalmado por la palabra que
más conozco, al oírla tan nueva como si acabara de ser
creada. Vivimos el júbilo impar de la sed compartida y
saciada, y cuando nos asomamos a lo qué nos rodea, cree-
mos recordar un país de sabores nuevos. Me arrojo al

agua para soltar las yerbas secas que el sudor me ha pegado a las espaldas, y río al pensar que cierta tradición es contrariada por lo que ahora ocurre, puesto que, para nosotros, el tiempo del celo ha caído a medio verano. Pero mi amante desciende ya hacia las embarcaciones. Nos despedimos de los caucheros, y es la partida. En la primera canoa, acurrucados entre las bordas, salimos el Adelantado, Rosario y yo. En la otra, fray Pedro, con Yannes y el fardaje. «¡Vamos con Dios!», dice el Adelantado al sentarse al lado de Gavilán, que olfatea el aire con hocico de mascarón de proa. De ahora en adelante ignoraremos ya la navegación a vela. El sol, la luna, la hoguera —y a veces el rayo— serán las únicas luces que iluminarán nuestras caras.

Capítulo cuarto

> ¿No habrá más que silencio, inmovilidad, al pie
> de los árboles, de los bejucos? Bueno es, pues, que
> haya guardianes.
>
> POPOL-VUH

XIX

(Tarde del lunes)

Al cabo de dos horas de navegación entre lajas, islas de lajas, promontorios de lajas, montes de lajas, que conjugan sus geometrías con una diversidad de invención que ya ha dejado de asombrarnos, una vegetación mediana, tremendamente tupida —tiesura de gramíneas, dominada por la constante, en ondulación y danza, del macizo de bambúes— sustituye la presencia de la piedra por la inacabable monotonía de lo verde cerrado. Me divierto con un juego pueril sacado de las maravillosas historias narradas, junto al fuego, por Montsalvatje: somos Conquistadores que vamos en busca del Reino de Manoa. Fray Pedro es nuestro capellán, al que pediremos confesión si quedamos malheridos en la entrada. El Adelantado bien puede ser Felipe de Utre. El griego es Micer Codro, el astrólogo. Gavilán pasa a ser Leoncico, el perro de Balboa. Y yo me otorgo, en la empresa, los cargos del trompeta Juan de San Pedro, con mujer tomada a bragas en el saqueo de un pueblo. Los indios son indios, y aunque parezca extraño, me he habituado a la rara distinción de condiciones hecha por el Adelantado, sin poner en ello, por cierto, la menor malicia, cuando, al narrar alguna de sus andanzas, dice muy naturalmente: «Eramos tres *hombres* y doce *indios*.» Me imagino que una cuestión de bautizo rige ese reparo, y esto da visos de realidad a la novela que, por la autenticidad del decorado, estoy fraguando. Ahora los bambusales han cedido la orilla izquierda, que estamos bordeando, a una suerte de selva baja, sin manchas de color, que hunde sus raíces en el agua, alzando un valladar inabordable, absolutamente recto, recto como una empalizada, como una inacabable muralla de árboles erguidos, tronco a tronco, hasta el lindero de la corriente, sin un paso aparente, sin una hendedura, sin una grieta. Bajo la luz del sol que se difumina en vahos sobre las hojas húmedas, esa pared vegetal se prolonga hasta el absurdo, acabando por parecer obra de hombres, hecha a teodolito y plomada. La curiara se va aproximando cada vez más a esa ribera cerrada y hosca, que el Adelantado parece examinar tramo a tramo, con acuciosa atención. Me parece imposible que estemos buscando algo en aquel lugar, y, sin embargo, los indios palanquean cada vez más despacio, y el perro, con el lomo erizado, lleva los ojos adonde los fija el amo. Adormecido por la espera y el balanceo de la barca, cierro los párpados. De pronto, me despierta un grito del Adelantado: «¡Ahí está la puerta!»... Había, a dos metros de nosotros, un tronco igual a todos los demás: ni más ancho, ni más escamoso. Pero en su corteza se estampaba una señal semejante a tres letras V superpuestas verticalmente, de tal modo que una penetraba dentro de la otra, una sirviendo de vaso a la segunda, en un diseño que hubiera podido repetirse hasta el infinito, pero que sólo se multiplicaba aquí al reflejarse en las aguas. Junto a ese árbol se abría un pasa-

dizo abovedado, tan estrecho, tan bajo, que me pareció
imposible meter la curiara por ahí. Y, sin embargo, nuestra embarcación se introdujo en ese angosto túnel, con
tan poco espacio para deslizarse que las bordas rasparon
duramente unas raíces retorcidas. Con los remos, con las
manos, había que apartar obstáculos y barreras para llevar adelante esa navegación increíble, en medio de la maleza anegada. Un madero puntiagudo cayó sobre mi hombro con la violencia de un garrotazo, sacándome sangre
del cuello. De las ramazones llovía sobre nosotros un intolerable hollín vegetal, impalpable a veces, como un
plancton errante en el espacio —pesado, por momentos,
como puñados de limalla que alguien hubiera arrojado de
lo alto—. Con esto, era un perenne descenso de hebras
que encendían la piel, de frutos muertos, de simientes ve-
lludas que hacían llorar, de horruras, de polvos cuya fe-
tidez enroñaba las caras. Un empellón de la proa promo-
vió el súbito desplome de un nido de comejenes, roto en
alud de arena parda. Pero lo que estaba abajo era tal vez
peor que las cosas que hacían sombra. Entre dos aguas
se mecían grandes hojas agujereadas, semejantes a antifa-
ces de terciopelo ocre, que eran plantas de añagaza y en-
cubrimiento. Flotaban racimos de burbujas sucias, endu-
recidas por un barniz de polen rojizo, a las que un ale-
tazo cercano hacía alejarse, de pronto, por el tragante de
un estancamiento, con indecisa navegación de holoturia.
Más allá eran como gasas, opalescentes, espesas, detenidas en los socavones de una piedra larvada. Una guerra
sorda se libraba en los fondos erizados de garfios barbu-
dos —allí donde parecía un cochambroso enrevesamien-
to de culebras—. Chasquidos inesperados, súbitas ondu-
laciones, bofetadas sobre el agua, denunciaban una fuga
de seres invisibles que dejaban tras de sí una estela de tur-
bias podredumbres —remolinos grisáceos, levantados al
pie de las cortezas negras moteadas de liendres—. Se adivinaba la cercanía de toda una fauna rampante, del lodo
eterno, de la glauca fermentación, debajo de aquellas
aguas oscuras que olían agriamente, como un fango que

hubiera sido amasado con vinagre y carroña, y sobre cuya aceitosa superficie caminaban insectos creados para andar sobre lo líquido: chinches casi transparentes, pulgas blancas, moscas de patas quebradas, diminutos cínifes que eran apenas un punto vibrátil en la luz verde —pues tanto era el verdor atravesado por unos pocos rayos de sol, que la claridad se teñía, al bajar de las frondas, de un color de musgo que se tornaba color de fondo de pantanos al buscar las raíces de las plantas. Al cabo de algún tiempo de navegación en aquel caño secreto, se producía un fenómeno parecido al que conocen los montañeses extraviados en las nieves: se perdía la noción de la verticalidad, dentro de una suerte de desorientación, de mareo de los ojos. No se sabía ya lo que era del árbol y lo que era del reflejo. No se sabía ya si la claridad venía de abajo o de arriba, si el techo era de agua, o el agua suelo; si las troneras abiertas en la hojarasca no eran pozos luminosos conseguidos en lo anegado. Como los maderos, los palos, las lianas, se reflejaban en ángulos abiertos o cerrados, se acababa por creer en pasos ilusorios, en salidas, corredores, orillas, inexistentes. Con el trastorno de las apariencias, en esa sucesión de pequeños espejismos al alcance de la mano, crecía en mí una sensación de desconcierto, de extravío total, que resultaba indeciblemente angustiosa. Era como si me hicieran dar vueltas sobre mí mismo, para atolondrarme, antes de situarme en los umbrales de una morada secreta. Me preguntaba ya si los remeros conservaban una noción cabal de las esloras. Empezaba a tener miedo. Nada me amenazaba. Todos parecían tranquilos en torno mío; pero un miedo indefinible, sacado de los trasmundos del instinto, me hacía respirar a lo hondo, sin hallar nunca el aire suficiente. Además, se agravaba el desagrado de la humedad prendida de las ropas, de la piel, de los cabellos; una humedad tibia, pegajosa, que lo penetraba todo, como un unto, haciendo más exasperante aún la continua picada de zancudos, mosquitos, insectos sin nombre, dueños del aire en espera de los anofeles que llegarían con el crepúsculo. Un sapo que cayó sobre mi frente me dejó, luego del sobresalto, una casi deleitosa sensación de frescor. De no saber que se trataba de un sapo, lo hubiera tenido preso en el hueco de la mano, para aliviarme las sienes con su frialdad. Ahora eran pequeñas arañas rojas las que se desprendían de lo alto sobre la canoa. Y eran millares de telarañas las que se abrían en todas partes, a ras del agua, entre las ramas más bajas. A cada embate de la curiara, las bordas se llenaban de aquellos escarzos grisáceos, enredados de avispas secas, restos de élitros, antenas, carapachos a medio chupar. Los hombres estaban sucios, pringosos; las camisas ensombrecidas desde adentro por el sudor, habían recibido escupitajos de barro, resinas, savias; las caras tenían ya el color ceroso, de mal asoleamiento, de los semblantes de la selva. Cuando desembocamos en un pequeño estanque interno, que moría al pie de una laja amarilla, me sentí como preso, apretado por todas partes. El Adelantado me llamó a poca distancia de donde habían atracado las canoas, para hacerme mirar una cosa horrenda: un caimán muerto, de carnes putrefactas, debajo de cuyo cuero se metían, por enjambres, las moscas verdes. Era tal el zumbido que dentro de la carroña resonaba, que, por momentos, alcanzaba una afinación de queja dulzona, como si alguien —una mujer llorosa, tal vez— gimiera por las fauces del saurio. Huí de lo atroz, buscando el calor de mi amante. Tenía miedo. Las sombras se cerraban ya en un crepúsculo prematuro, y apenas hubimos organizado un campamento somero, fue la noche. Cada cual se aisló en el ámbito acunado de su hamaca. Y el croar de enormes ranas invadió la selva. La tinieblas se estremecían de sustos y deslizamientos. Alguien, no se sabía dónde, empezó a probar la embocadura de un oboe. Un cobre grotesco rompió a reír en el fondo de un caño. Mil flautas de dos notas, distintamente afinadas, se respondieron a través de las frondas. Y fueron peines de metal, sierras que mordían leños, lengüetas de harmónicas, tremulantes y rasca-rasca de grillos, que parecían cubrir la tierra entera. Hubo como gritos de pavo real, borbo-

rigmos errantes, silbidos que subían y bajaban, *cosas* que
pasaban debajo de nosotros, pegadas al suelo; *cosas* que
se zambullían, martillaban, crujían, aullaban como niños,
relinchaban en la cima de los árboles, agitaban cencerros
en el fondo de un hoyo. Estaba aturdido, asustado, febril. Las fatigas de la jornada, la expectación nerviosa, me
habían extenuado. Cuando el sueño venció el temor a las
amenazas que me rodeaban, estaba a punto de capitular
—de clamar mi miedo—, para oír voces de hombres.

XX

(Martes, 19 de junio)

Cuando fue la luz otra vez, comprendí que había pasado la Primera Prueba. Las sombras se habían llevado
los temores de la víspera. Al lavarme el pecho y la cara
en un remanso del caño, junto a Rosario que limpiaba
con arena los enseres de mi desayuno, me pareció que
compartía en esta hora, con los millares de hombres que
vivían en las inexploradas cabeceras de los Grandes Ríos,
la primordial sensación de belleza, de belleza físicamente
percibida, gozada igualmente por el cuerpo y el entendimiento, que nace de cada renacer de sol —belleza cuya
conciencia, en tales lejanías, se transforma para el hombre en orgullo de proclamarse dueño del mundo, supremo usufructuario de la creación. El amanecer de la selva
es mucho menos hermoso, si en colores pensamos, que
el crepúsculo. Sobre un suelo que exhala una humedad
milenaria, sobre el agua que divide las tierras, sobre una
vegetación que se envuelve en neblinas, el amanecer se in-
sinúa con grisallas de lluvia, en una claridad indecisa que
nunca parece augurar un día despejado. Habrá que esperar varias horas antes de que el sol, alto ya, liberado por
las copas, pueda arrojar un rayo de franca luz por sobre
las infinitas arboledas. Y, sin embargo, el amanecer de la
selva renueva siempre el júbilo entrañado, atávico, lleva-

do en venas propias, de ancestros que, durante milenios, vieron en cada madrugada el término de sus espantos nocturnos, el retroceso de los rugidos, el despeje de las sombras, la confusión de los espectros, el delinde de lo malévolo. Con el inicio de la jornada, siento como una necesidad de excusarme ante Rosario por las pocas oportunidades de estar solos que nos ofrece esta fase del viaje. Ella se echa a reír, canturreando algo que debe ser un romancillo: *Yo soy la recién casada — que lloraba sin cesar — de verme tan mal casada — sin poderlo remediar.* Y aún sonaban sus coplas maliciosas, llenas de alusiones a la continencia que el viaje nos imponía, cuando ya, bogando otra vez, desembocamos a un caño ancho que se internaba en lo que el Adelantado me anunció como la selva verdadera. Como el agua, salida de su cauce, anegaba inmensas porciones de tierra, ciertos árboles retorcidos, de lianas hundidas en el légamo, tenían algo de naves ancladas, en tanto que otros troncos, de un rojo dorado, se alargaban en espejismos de profundidad, y los de antiquísimas selvas muertas, blanquecidos, más mármol que madera, emergían como los obeliscos cimeros de una ciudad abismada. Detrás de los sujetos identificables, de los morichales, de los bambúes, de los anónimos sarmientos orilleros, era la vegetación feraz, entretejida, trabada en intríngulis de bejucos, de matas, de enredaderas, de garfios, de matapalos, que, a veces, rompía a empellones el pardo cuero de una danta, en busca de un caño donde refrescar la trompa. Centenares de garzas, empinadas en sus patas, hundiendo el cuello entre las alas, estiraban el pico a la vera de los lagunatos, cuando no redondeaba la giba algún garzón malhumorado, caído del cielo. De pronto, una empinada ramazón se tornasolaba en el alborozo de un graznante vuelo de guacamayos, que arrojaban pinceladas violentas sobre la acre sombra de abajo, donde las especies estaban empeñadas en una milenaria lucha por treparse unas sobra otras, ascender, salir a la luz, alcanzar el sol. El desmedido estiramiento de ciertas palmeras escuálidas, el despunte de ciertas maderas que

sólo lograban asomar una hoja, arriba, luego de haber
sorbido la savia de varios troncos, eran fases diversas de
una batalla vertical de cada instante, dominada señeramente por los árboles más grandes que yo hubiera visto
jamás. Árboles que dejaban muy abajo, como gente rastreante, a las plantas más espigadas por las penumbras, y
se abrían en cielo despejado, por encima de toda lucha,
armando con sus ramas unos boscajes aéreos, irreales,
como suspendidos en el espacio, de los que colgaban
musgos transparentes, semejantes a encajes lacerados. A
veces, luego de varios siglos de vida, uno de esos árboles
perdía las hojas, secaba sus líquenes, apagaba sus orquídeas. Las maderas le encanecían, tomando consistencia de
granito rosa y quedaba erguido, con su ramazón monumental en silenciosa desnudez, revelando las leyes de una
arquitectura casi mineral, que tenía simetrías, ritmos,
equilibrios, de cristalizaciones. Chorreado por las lluvias,
inmóvil en las tempestades, permanecía allí, durante algunos siglos más, hasta que, un buen día, el rayo acababa de derribarlo sobre el deleznable mundo de abajo. Entonces, el coloso, nunca salido de la prehistoria, acababa
por desplomarse, aullando por todas las astillas, arrojando palos a los cuatro vientos, rajado en dos, lleno de carbón y de fuego celestial, para mejor romper y quemar
todo lo que estaba a sus pies. Cien árboles perecían en
su caída, aplastados, derribados, desgajados, tirando de
lianas que, al reventar, se disparaban hacia el cielo como
cuerdas de arcos. Y acababa por yacer sobre el humus milenario de la selva, sacando de la tierra unas raíces tan intrincadas y vastas que dos caños, siempre ajenos, se veían
unidos, de pronto, por la extracción de aquellos arados
profundos que salían de sus tinieblas destrozando nidos
de termes, abriendo cráteres a los que acudían corriendo,
con la lengua melosa y los garfios de fuera, los lamedores de hormigas.

Lo que más me asombraba era el inacabable mimetismo de la naturaleza virgen. Aquí todo parecía otra cosa,
creándose un mundo de apariencias que ocultaba la rea-

lidad, poniendo muchas verdades en entredicho. Los cai-
manes que acechaban en los bajos fondos de la selva anegada, inmóviles, con las fauces en espera, parecían maderos podridos, vestidos de escaramujos; los bejucos parecían reptiles y las serpientes parecían lianas, cuando sus
pieles no tenían nervaduras de maderas preciosas, ojos de
ala de falena, escamas de ananá o anillas de coral; las plantas acuáticas se apretaban en alfombra tupida, escondien-
do el agua que les corría debajo, fingiéndose vegetación
de tierra muy firme: las cortezas caídas cobraban muy
pronto una consistencia de laurel en salmuera, y los hongos eran como coladas de cobre, como espolvoreos de
azufre, junto a la falsedad de un camaleón demasiado
rama, demasiado lapizlázuli, demasiado plomo estriado
de un amarillo intenso, simulación, ahora, de salpicadu-
ras de sol caídas a través de hojas que nunca dejaban pasar el sol entero. La selva era el mundo de la mentira, de
la trampa y del falso semblante; allí todo era disfraz, es-
tratagema, juego de apariencias, metamorfosis. Mundo
del lagarto-cohombro, la castaña-erizo, la crisálida-ciem-
piés, la larva con carne de zanahoria y el pez eléctrico
que fulminaba desde el poso de las linazas. Al pasar cerca de las orillas, las penumbras logradas por varias techumbres vegetales arrojaban vaharadas de frescor hasta
las curiaras. Bastaba detenerse unos segundos para que
este alivio se transformara en un intolerable hervor de insectos. En todas partes parecía haber flores; pero los colores de las flores eran mentidos, casi siempre, por la vida
de hojas en distinto grado de madurez o decrepitud. Parecía haber frutos; pero la redondez, la madurez de las
frutas, eran mentidas por bulbos sudorosos, terciopelos
hediondos, vulvas de plantas insectívoras que eran como
pensamientos rociados de almíbares, cactáceas moteadas
que alzaban, a un palmo de la tierra, un tulipán de esper-
ma azafranada. Y cuando aparecía una orquídea, allá,
muy alto, más arriba del bambusal, más arriba de los yo-
pos, se hacía algo tan irreal, tan inalcanzable, como el más
vertiginoso edelweis alpestre. Pero también estaban los

árboles que no eran verdes, y jalonaban las orillas de macizos de amaranto o se encendían con amarillos de zarza ardiente. Hasta el cielo mentía a veces, cuando, invirtiendo su altura en el azogue de los lagunatos, se hundía en profundidades celestemente abisales. Sólo las aves estaban en hora de verdad, dentro de la clara identidad de sus plumajes. No mentían las garzas cuando inventaban la interrogación con el arco del cuello, ni cuando, al grito del garzón vigilante, levantaban su espanto de plumas blancas. No mentía el martín pescador de gorro encarnado, tan frágil y pequeño en aquel universo terrible, que su sola presencia, junto a la prodigiosa vibración del colibrí, era cosa de milagro. Tampoco mentían, en el eterno barajarse de las apariencias y los simulacros, en esa barroca proliferación de lianas, los alegres monos araguatos que, de repente, escandalizaban las frondas con sus travesuras, indecencias y carantoñas de grandes niños de cinco manos. Y encima de todo, como si lo asombroso de abajo fuera poco, yo descubría un nuevo mundo de nubes: esas nubes tan distintas, tan propias, tan olvidadas por los hombres, que todavía se amasan sobre la humedad de las inmensas selvas, ricas en agua como los primeros capítulos del Génesis; nubes hechas como de un mármol desgastado, rectas en su base, y que se dibujaban hasta tremendas alturas, inmóviles, monumentales, con formas que eran las de la materia en que empieza a redondearse la forma de un ánfora a poco de girar el torno del alfarero. Esas nubes, rara vez enlazadas entre sí, estaban detenidas en el espacio, como edificadas en el cielo, semejantes a sí mismas, desde los tiempos inmemoriales en que presidieran la separación de las aguas y el misterio de las primeras confluencias.

XXI

(Tarde del martes)

Aprovechándose de que nos hubiésemos detenidos, a mediodía, en una ensenada boscosa, para dar algún descanso a los remeros y desentumecer las piernas, Yannes se alejó de nosotros con el ánimo de reconocer el lecho de un torrente que, según él, debe acaudalar diamantes. Pero hace ya dos horas que lo llamamos a gritos, sin hallar más respuesta que el eco de nuestras voces en las vueltas del cauce fangoso. En el creciente enojo de la espera, fray Pedro vapulea a los que se dejan cegar por la fiebre de las piedras y del metal precioso. Oigo sus palabras con cierto malestar, pensando que el Adelantado —a quien se atribuye el hallazgo de un yacimiento fabuloso— acabará por ofenderse. Pero el hombre sonríe bajo sus cejas enmarañadas, y pregunta socarronamente al misionero por qué relumbran tanto el oro y la pedrería en las custodias de Roma. «Porque justo es —responde fray Pedro— que las más hermosas materias de la Creación sirvan para honrar a quien las creó.» Luego, para demostrarme que si pide pompas para el ara exige humildad al oficiante, la emprende acremente con los párrocos mundanos, a los que califica de nuevos vendedores de indulgencias, rumiantes de nunciaturas y tenores del púlpito. «La eterna rivalidad entre la infantería y la caballería», exclama el Adelantado, riendo. Es evidente —pienso yo— que cierto clero urbano debe parecer singularmente ocioso, por no decir tarado, a un ermitaño con cuarenta años de apostolado en la selva; y queriendo serle grato me doy a apoyar sus decires con ejemplos de sacerdotes indignos y mercaderes del templo. Pero fray Pedro me corta la palabra con tono abrupto: «Para hablar de los malos, hay que saber de los otros.» Y comienza a contarme de gente para mí desconocida; de padres despedazados por los indios del Marañón; de un beato Diego bárbaramente torturado por el último Inca; de un Juan de Lizardi, traspa-

sado por las saetas paraguayas, y de cuarenta frailes de-
gollados por un pirata hereje, a quien la Doctora de Avi-
la, en estática visión, viera llegar al cielo, a paso de carga,
asustando a los ángeles con sus terribles caras de santos.
A todo esto se refiere como si hubiese sucedido ayer;
como si tuviera el poder de andarse por el tiempo al derecho y al revés. «Tal vez porque su misión se cumple en
un paisaje sin fecha», me digo. Pero ahora se percata fray
Pedro de que el sol se oculta tras de los árboles, e interrumpe su hagiografía misionera para llamar a Yannes,
nuevamente, en una grita conminatoria que no excluye el
epíteto de arrieros buscando una bestia huida. Y cuando
reaparece el griego, son tales los bastonazos que pega el
fraile en una laja que, en el acto, nos vemos acurrucados
en las curiaras. Al reanudarse la navegación, comprendo
la causa del enojo de fray Pedro ante la demora del minero. Ahora el caño se estrecha cada vez más entre riberas inabordables que son como acantilados negros, anunciadores de paisajes distintos. Y, de pronto, la corriente
nos arroja a toda la anchura de un río amarillo que desciende, atormentado de raudales y remolinos, hacia el Río
Mayor, en cuyo costado habrá de prenderse, llevándole
el caudal de torrentes de toda una vertiente de las Grandes Mesetas. El empuje del agua se acrece hoy, peligro-
samente, con el peso de lluvias caídas en alguna parte. Tomando el oficio de baqueano, fray Pedro, con un pie
afianzado en cada borde, va arrumbando las canoas con
el bastón. Pero la resistencia es tremenda y la noche se
nos viene encima sin que hayamos salido de lo más trabado de la lucha. De pronto, hay turbamulta en el cielo:
baja un viento frío que levanta tremendas olas, los árboles sueltan torbellinos de hojas muertas, se pinta una man-
ga de aire, y, sobre la selva bramante, estalla la tormenta.
Todo se enciende en verde. El rayo amarilla con tal se-
guimiento que no termina una centella de alumbrar el horizonte cuando ya otra se le desprende enfrente, abriéndose en garfios que se hunden tras de montes nuevamente reaparecidos. La parpadeante claridad que viene de

atrás, de adelante, de los lados, deslindada a veces por la tenebrosa silueta de islas cuyas marañas de árboles se yerguen sobre las aguas bullentes —esa luz de cataclismo, de lluvia de aerolitos, me produce un repentino espanto, al mostrarme la cercanía de los obstáculos, la furia de las corrientes, la pluralidad de los peligros. No hay salvación posible para quien caiga en el tumulto que golpea, levanta, zarandea, nuestra barca. Perdida toda razón, incapaz de sobreponerme al miedo, me abrazo de Rosario, buscando el calor de su cuerpo, no ya con gesto de amante, sino de niño que se cuelga del cuello de la madre, y me dejo yacer en el piso de la curiara, metiendo el rostro en su cabellera, para no ver lo que ocurre y escapar, en ella, al furor que nos circunda. Pero difícil es olvidarlo, con el medio palmo de agua tibia que empieza a chapotear, dentro de la misma canoa, de proa a popa. Dominando apenas el equilibrio de las embarcaciones, vamos de raudal en raudal, picando de proa en los pailones, montando sobre peñas redondas, saltando adelante, sesgándonos de modo vertiginoso para agarrar un rápido de medio lado, siempre en el borde del vuelco, rodeados de espuma, sobre estas maderas torturadas que chillan por toda la quilla. Y para colmo empieza a llover. Acrece mi horror, ahora, la visión del capuchino, de barbas dibujadas en negro sobre los relámpagos, que ya no dirige la embarcación, sino reza. Con los dientes apretados, resguardando mi cabeza como se resguarda el cráneo del hijo nacido en un trance peligroso, Rosario parece de una sorprendente entereza. De bruces en el suelo, el Adelantado agarra a nuestros indios por sus cinturones, para impedir que un embate los arroje al agua, y puedan seguir defendiéndonos con sus remos. Prosigue la terrible lucha durante un tiempo que mi angustia hace inacabable. Comprendo que el peligro ha pasado cuando fray Pedro vuelve a pararse en la proa, afincando los pies en las bordas. La tormenta se lleva sus últimos rayos, tan pronto como los trajo, cerrando la tremebunda sinfonía de sus iras con el acorde de un trueno muy rodado y prolongado, y la noche se llena de ranas que cantan su júbilo en todas las orillas. Desarrugando el lomo, el río sigue su camino hacia el Océano remoto. Agotado por la tensión nerviosa, me duermo sobre el pecho de Rosario. Pero en seguida descansa la canoa en varadero de arena, y al saberme nuevamente sobre la tierra segura, a la que salta fray Pedro con un: «¡Gracias a Dios!», comprendo que ha pasado la Segunda Prueba.

XXII

(Miércoles, 20 de junio)

Después de un sueño de muchas horas, agarré un cántaro y bebí largamente de su agua. Al dejarlo de lado, viendo que quedaba al nivel de mi cara, comprendí, aún mal despierto, que me hallaba en el suelo, acostado sobre una estera de paja muy delgada. Olía a humo de leña. Había un techo sobre mí. Recordé entonces el desembarco en una ensenada; la caminata hacia la aldea de los indios; la sensación de agotamiento y de refrío que llevara al Adelantado a hacerme tragar varios sorbos de un aguardiente tremendamente fuerte —del que aquí llaman *estómago de fuego*—, que sólo probaba a modo de remedio. Detrás de mí, amasando el casabe, había varias indias de pecho desnudo, con el sexo apenas oculto por un guayuco blanco, sujeto a la cintura con un cordón pasado entre las nalgas. De las paredes de hojas de moriche colgaban arcos y flechas de pesca y de caza, cerbatanas, carcajes de dardos envenenados, taparas de curare, y unas paletas de forma de espejo de mano que servían —lo sabría después— para la maceración de una semilla dispensadora de embriaguez, cuyos polvos se aspiraban por canutos hechos con esternones de pájaros. Frente a la entrada, entre ramas aspadas, tres anchos peces rojiviolados se tostaban sobre un lecho de brasas. Nuestras hamacas, puestas a secar, me recordaron por qué habíamos dormi-

do en el suelo. Con el cuerpo algo adolorido salí de la
churuata, miré, y me detuve estupefacto, con la boca llena de exclamaciones que nada podían por librarme de mi
asombro. Allá, detrás de los árboles gigantescos, se alzaban unas moles de roca negra, enormes, macizas, de flancos verticales, como tiradas a plomada, que eran presencia y verdad de monumentos fabulosos. Tenía mi memoria que irse al mundo del Bosco, a las Babeles imaginarias de los pintores de lo fantástico, de los más alucina-
dos ilustradores de tentaciones de santos, para hallar algo
semejante a lo que estaba contemplando. Y aun cuando
encontraba una analogía, tenía que renunciar a ella, al
punto, por una cuestión de proporciones. Esto que miraba era algo como una titánica ciudad —ciudad de edificaciones múltiples y espaciadas—, con escaleras cicló-
peas, mausoleos metidos en las nubes, explanadas inmensas dominadas por extrañas fortalezas de obsidiana, sin al-
menas ni troneras, que parecían estar ahí para defender
la entrada de algún reino prohibido al hombre. Y allá, sobre aquel fondo de cirros, se afirmaba la Capital de las
Formas: una increíble catedral gótica, de una milla de
alto, con sus dos torres, su nave, su ábside y sus arbo-
tantes, montada sobre un peñón cónico hecho de una materia extraña, con sombrías irisaciones de hulla. Los campanarios eran barridos por nieblas espesas que se atorbellinaban al ser rotas por los hilos del granito. En las proporciones de esas Formas rematadas por vertiginosas terrazas, flanqueadas con tuberías de órgano, había algo tan
fuera de lo real —morada de dioses, tronos y graderíos
destinados a la celebración de algún Juicio Final— que el
ánimo, pasmado, no buscaba la menor interpretación de
aquella desconcertante arquitectura telúrica, aceptando
sin razonar su belleza vertical e inexorable. El sol, ahora,
ponía reflejos de mercurio sobre el imposible templo más
colgado del cielo que encajado en la tierra. En planos de
evanescencias, que se definían por el mayor o menor en-
sombramiento de sus valores, se divisaban otras Formas,
de la misma familia geológica, de cuyos bordes se des-

colgaban cascadas de cien rebotes, que acababan por quebrarse en lluvia antes de llegar a las copas de los árboles.
Casi agobiado por tal grandeza, me resigné, al cabo de
un momento, a bajar los ojos al nivel de mi estatura. Varias chozas orillaban un remanso de aguas negras. Un
niño se me acercó, mal parado sobre sus piernas insegu-
ras, mostrándome una diminuta pulsera de peonías. Allá,
donde corrían grandes aves negras, de pico anaranjado,
aparecieron varios indios, trayendo pescados ensartados
en un palo por las agallas. Más lejos, con los críos colgados de los pezones, algunas madres tejían. Al pie de un
árbol grande, Rosario, rodeada de ancianas que macha-
caban tubérculos lechosos, lavaba ropas mías. En su manera de arrodillarse junto al agua, con el pelo suelto y el
hueso de restregar en la mano, recobraba una silueta ancestral que la ponía mucho más cerca de las mujeres de
aquí que de las que hubieran contribuido con su sangre,
en generaciones pasadas, a aclarar su tez. Comprendí por
qué la que era ahora mi amante me había dado una tal
impresión de *raza,* el día que la viera regresar de la muerte a la orilla de un alto camino. Su misterio era emana-
ción de un mundo remoto, cuya luz y cuyo tiempo no
me eran conocidos. En torno mío cada cual estaba entregado a las ocupaciones que le fueran propias, en un apacible concierto de tareas que eran las de una vida sometida a los ritmos primordiales. Aquellos indios que yo
siempre había visto a través de relatos más o menos fan-
tasiosos, considerándolos como seres situados al margen
de la existencia real del hombre, me resultaban, en su ámbito, en su medio, absolutamente dueños de su cultura.
Nada era más ajeno a su realidad que el absurdo concepto del *salvaje.* La evidencia de que desconocían cosas que
eran para mí esenciales y necesarias, estaba muy lejos de
vestirlos de primitivismo. La soberana precisión con que
éste flechaba peces en el remanso, la prestancia de coreó-
grafo con que el otro embocaba la cerbatana, la concertada técnica de aquel grupo que iba recubriendo de fibras
el maderamen de una casa común, me revelaban la pre-

sencia de un ser humano llegado a maestro en la totalidad de oficios propiciados por el teatro de su existencia. Bajo la autoridad de un viejo tan arrugado que ya no le quedaba carne lisa, los mozos se ejercitaban con severa disciplina en el manejo del arco. Los varones movían potentes dorsales, esculpidos por los remos; las mujeres tenían vientres hechos para la maternidad, con fuertes caderas que enmarcaban un pubis ancho y alzado. Había perfiles de una singular nobleza, por lo aguileño de las narices y la espesura de las cabelleras. Por lo demás, el desarrollo de los cuerpos estaba cumplido en función de utilidad. Los dedos, instrumentos para asir, eran fuertes y ásperos; las piernas, instrumentos para andar, eran de sólidos tobillos. Cada cual llevaba su esqueleto dentro, envuelto en carnes eficientes. Por lo menos, aquí no había oficios inútiles, como los que yo hubiera desempeñado durante tantos años. Pensando en esto me dirigía hacia donde estaba Rosario, cuando el Adelantado apareció en la puerta de una choza, llamándome con jubilosas exclamaciones. Acababa de dar con lo que yo buscaba en este viaje: con el objeto y término de mi misión. Allí, en el suelo, junto a una suerte de anafre, estaban los instrumentos musicales cuya colección me hubiera sido encomendada al comienzo del mes. Con la emoción del peregrino que alcanza la reliquia por la que hubiera recorrido a pie veinte países extraños, puse la mano sobre el cilindro ornamentado al fuego, con empuñadura en forma de cruz, que señalaba el paso del bastón de ritmo al más primitivo de los tambores. Vi luego la maraca ritual, atravesada por una rama emplumada, las trompas de cuerno de venado, las sonajeras de adornos y el botuto de barro para llamar a los pescadores extraviados en los pantanos. Ahí estaban los juegos de caramillos, en su condición primordial de antepasados del órgano. Y ahí estaba, sobre todo, dotada de la cierta gravedad desagradable que reviste todo aquello que de cerca toca a la muerte, la jarra de sonido bronco y siniestro, con algo ya de resonancia de sepultura, con sus dos cañas encajadas en los costados, tal cual estaba representada en el libro que la describiera por vez primera. Al concluir los trueques que me pusieron en posesión de aquel arsenal de cosas creadas por el más noble instinto del hombre, me pareció que entraba en un nuevo ciclo de mi existencia. La misión estaba cumplida. En quince días justos había alcanzado mi objeto de modo realmente laudable, y, orgulloso de ello, palpaba deleitosamente los trofeos del deber cumplido. El rescate de la jarra sonora —pieza magnífica—, era el primer acto excepcional, memorable, que se hubiera inscrito hasta ahora en mi existencia. El objeto crecía en mi propia estimación, ligado a mi destino, aboliendo, en aquel instante, la distancia que me separaba de quien me había confiado esta tarea, y tal vez pensaba en mí ahora, sopesando algún instrumento primitivo con gesto parecido al mío. Permanecí en silencio durante un tiempo que el contento interior liberó de toda medida. Cuando regresé a la idea de transcurso, con desperezo de durmiente que abre los ojos, me pareció que algo, dentro de mí, había madurado enormemente, manifestándose bajo la forma singular de un gran contrapunto de Palestrina, que resonaba en mi cabeza con la presente majestad de todas sus voces.

Al salir de la choza en busca de lianas para atar, observé que un alboroto inhabitual había roto el ritmo de las faenas de la aldea. Fray Pedro se movía con ligereza de danzante, entrando y saliendo de la churuata, seguido de Rosario, en medio de un corro de indias que gorjeaban. Frente a la entrada había dispuesto, sobre una mesa de ramas tornapuntadas, un mantel de encajes, muy roto, remendado con hilos de distintos grosores, entre dos jícaras rebosantes de flores amarillas. En medio, plantó la cruz de madera negra que le colgaba del cuello. Luego, de un maletín de cuero pardo, muy raído, que siempre llevaba consigo, sacó los ornamentos y objetos litúrgicos —algunos muy mellados—, mordidos por negras herrumbres, a los que frotaba con el vuelo de las mangas antes de disponerlos sobre el altar. Yo veía con creciente

sorpresa cómo el Cáliz y la Hostia se dibujaban sobre la
Piedra de Ara; cómo el Purificador se abría sobre el Cáliz, y el Corporal se situaba entre las dos luminarias rituales. Todo aquello, en semejante lugar, me parecía a la
vez absurdo y sobrecogedor. Sabiendo que el Adelantado se las daba de espíritu fuerte, lo interrogué con la mirada. Como si se tratara de una cosa distinta, que poco
tuviera que ver con la religión, me habló de una misa pro-
metida en acción de gracias durante la tempestad de la noche anterior. Se acercó al altar, ante el cual se encontraba
Rosario. Yannes, que debía ser hombre de iconos, pasó
a mi lado mascullando algo acerca de que Cristo era uno
solo. Los indios, a cierta distancia, miraban. El jefe de la
Aldea, a medio camino, observaba una actitud respetuo-
sa —todo arrugado en medio de sus collares de colmillos—. Las madres acallaban los chillidos de sus críos.
Fray Pedro se volvió hacia mí: «Hijo, estos indios rehú-
san el bautismo; no quisiera que te vieran indiferente. Si
no quieres hacerlo por Dios, hazlo por mí.» Y apelando
a la más universal de las dudas, añadió, con acento más
áspero: «Recuerda que tú estabas en las mismas barcas y
también tuviste miedo.» Hubo un largo silencio. Luego:
In nómine Patris, et Filie et Spiritus Sancti. Amén. Una
dolorosa sequedad se hizo en mi garganta. Aquellas palabras inmutables, seculares, cobraban una portentosa solemnidad en medio de la selva —como brotadas de los
subterráneos de la cristiandad primera, de las hermanda-
des del comienzo—, hallando nuevamente, bajo estos árboles jamás talados, una función heroica anterior a los
himnos entonados en las naves de las catedrales triunfan-
tes, anterior a los campanarios enhiestos en la luz del día.
Sanctus, Sanctus, Sanctus, Dominus Deus Sabaoth...
Troncos eran las columnas que aquí hacían sombra. Sobre nuestras cabezas pesaban follajes llenos de peligros.
Y en torno nuestro estaban los gentiles, los adoradores
de ídolos, contemplando el misterio desde su nartex de
lianas. Yo me había divertido, ayer, en figurarme que éramos Conquistadores en busca de Manoa. Pero de súbito

me deslumbra la revelación de que ninguna diferencia hay
entre esta misa y las misas que escucharon los Conquistadores del Dorado en semejantes lejanías. El tiempo ha
retrocedido cuatro siglos. Esta es misa de Descubridores,
recién arribados a orillas sin nombre, que plantan los signos de su migración solar hacia el Oeste, ante el asombro de los Hombres del Maíz. Aquellos dos —el Adelantado y Yannes— que están arrodillados a ambos lados
del altar, flacos, renegridos, uno con cara de labriego ex-
tremeño, otro con perfil de algebrista recién asentado en
los Libros de la Casa de la Contratación, son soldados
de la Conquista, hechos a la cecina y a lo rancio, curti-
dos por las fiebres, mordidos de alimañas, orando con estampa de donadores, junto al morrión dejado entre las
yerbas de acres savias. *Miserere nostri, Dómine, miserere
nostri. Fiat misericordia* —salmiza el capellán de la Entrada, con acento que detiene el tiempo—. Acaso transcurre el año 1540. Nuestras naves han sido azotadas por
una tempestad y nos narra el monje ahora, a tenor de la
sacra escritura, cómo fue hecho en el mar tan gran movimiento que el barco se cubría de las ondas; mas El dormía, y llegándose sus discípulos le despertaron diciendo:
Señor, sálvanos que perecemos; y El les dice: *¿Por qué te-
méis, hombres de poca fe?,* y entonces, levantándose, re-
prendió a los vientos y a la mar y fue grande bonanza.
Acaso transcurre el año 1540. Pero no es cierto. Los años
se restan, se diluyen, se esfuman, en vertiginoso retroceso del tiempo. No hemos entrado aún en el siglo XVI. Vivimos mucho antes. Estamos en la Edad Media. Porque
no es el hombre renacentista quien realiza el Descubrimiento y la Conquista, sino el hombre medieval. Los en-
listados en la magna empresa no salen del Viejo Mundo
por puertas de columnas tomadas al Palladio, sino pasando bajo el arco románico, cuya memoria llevaron consigo al edificar sus primeros templos del otro lado del Mar
Océano, sobre el sangrante basamento de los teocalli. La
cruz románica, vestida de tenazas, clavos y lanzas, fue la
elegida para pelear con los que usaban parecidos enseres

de holocausto en sus sacrificios. Medievales son los juegos de diablos, paseos de tarascas, danzas de Pares de
Francia, romances de Carlomagno, que tan fielmente perduran en tantas ciudades que hemos atravesado recientemente. Y me percato ahora de esta verdad asombrosa:
desde la tarde del Corpus en Santiago de los Aguinaldos,
vivo en la temprana Edad Media. Puede pertenecer a otro
calendario un objeto, una prenda de vestir, un remedio.
Pero el ritmo de vida, los modos de navegación, el candil
y la olla, el alargamiento de las horas, las funciones tras-
cendentales del Caballo y del Perro, el modo de reveren-
ciar a los Santos, son medievales —medievales como las
prostitutas que viajan de parroquia a parroquia en días
de feria, como los patriarcas bragados, orgullosos en reconocer cuarenta hijos de distintas madres que les piden
la bendición al paso—. Comprendo ahora que he convi-
vido con los burgueses de buen trago, siempre puestos a
catar la carne de alguna moza del servicio, cuya vida jo-
cunda me hiciera soñar tantas veces en los museos; he
trinchado los lechoncillos de tetas chamuscadas, de sus
mesas, y he compartido la desmedida afición por las especias que les hicieron buscar los nuevos caminos de Indias. En cien cuadros había conocido yo sus casas de toscas baldosas rojas, sus cocinas enormes, sus portones cla-
veteados. Conocía esos hábitos de llevar el dinero prendido del cinturón, de bailar danzas de pareja suelta, de
preferir los instrumentos de plectro, de echar los gallos a
pelear, de armar grandes borracheras en torno a un asa-
do. Conocía a los ciegos y baldados de sus calles; los em-
plastos, solimanes y bálsamos curanderos con que alivia-
ban sus dolores. Pero los conocía a través del barniz de
las pinacotecas, como testimonio de un pasado muerto,
sin recuperación posible. Y he aquí que ese pasado, de súbito, se hace presente. Que lo palpo y aspiro. Que vis-
lumbro ahora la estupefaciente posibilidad de viajar en el
tiempo, como otros viajan en el espacio... *Ite misa est, Be-
nedicamos Dómino, Deo Gratias*. Había concluido la
misa, y con ella el Medioevo. Pero las fechas seguían per-

diendo guarismos. En fuga desaforada, los años se vaciaban, destranscurrían, se borraban, rellenando calendarios,
devolviendo lunas, pasando de los siglos de tres cifras al
siglo de los números. Perdió el Graal su relumbre, cayeron los clavos de la cruz, los mercaderes volvieron al templo, borróse la estrella de la Natividad, y fue el Año Cero,
en que regresó al cielo el Angel de la Anunciación. Y tornaron a crecer las fechas del otro lado del Año Cero —fechas de dos, de tres, de cinco cifras—, hasta que alcanzamos el tiempo en que el hombre, cansado de errar sobre la tierra, inventó la agricultura al fijar sus primeras aldeas en las orillas de los ríos, y, necesitado de mayor música, pasó del bastón de ritmo al tambor que era un cilindro de madera ornamentado al fuego, inventó el órgano al soplar en una caña hueca, y lloró a sus muertos haciendo bramar un ánfora de barro. Estamos en la Era Paleolítica. Quienes dictan leyes aquí, quienes tienen derecho de vida y muerte sobre nosotros, quienes tienen el
secreto de los alimentos y tósigos, quienes inventan las
técnicas, son hombres que usan el cuchillo de piedra y el
rascador de piedra, el anzuelo de espina y el dardo de
hueso. Somos intrusos, forasteros ignorantes —metecos
de poca estadía—, en una ciudad que nace en el alba de
la Historia. Si el fuego que ahora abanican las mujeres se
apagara de pronto, seríamos incapaces de encenderlo nuevamente por la sola diligencia de nuestras manos.

XXIII

(Jueves, 21 de junio)

Conozco el secreto del Adelantado. Ayer me lo confió, junto al fuego, cuidando de que Yannes no pudiese
oírnos. Hablan de sus hallazgos de oro; lo creen rey de
antiguos cimarrones, le atribuyen esclavos; otros se imaginan que tiene varias mujeres en un selvático gineceo, y
que sus solitarios viajes se deben a la voluntad de que sus

amantes no vean otros hombres. La verdad es mucho más hermosa. Cuando me fue revelada en pocas palabras, quedé maravillado por el vislumbre de una posibilidad jamás imaginada —estoy seguro de ello— por hombre alguno de mi generación. Antes de dormirme en la noche del colgadizo, donde el leve balanceo de nuestras hamacas arranca un acompasado crujido a las cabuyeras, digo a Rosario, a través de los estambres, que proseguiremos el viaje durante algunos días. Y cuando temo encontrar alguna fatiga, algún desaliento, o una pueril preocupación por regresar, me responde un animoso consentimiento. A ella no importa adónde vamos, ni parece inquietarse porque haya comarcas cercanas o remotas. Para Rosario no existe la noción de *estar lejos* de algún lugar prestigioso, particularmente propicio a la plenitud de la existencia. Para ella, que ha cruzado fronteras sin dejar de hablar el mismo idioma y que jamás pensó en atravesar el Océano, el centro del mundo está donde el sol, a mediodía, la alumbra desde arriba. Es mujer de tierra, y mientras se ande sobre la tierra y se coma, y haya salud, y haya hombres a quien servir de molde y medida con la recompensa de aquello que llama «el gusto del cuerpo», se cumple un destino que más vale no andar analizando demasiado, porque es regido por «cosas grandes», cuyo mecanismo es oscuro, y que, en todo caso, rebasan la capacidad de interpretación del ser humano. Por lo mismo, suele decir que «es malo pensar en ciertas cosas». Ella se llama a sí misma *Tu mujer*, refiriéndose a ella en tercera persona: «*Tu mujer* se estaba durmiendo; *Tu mujer* te buscaba»... Y en esa constante reiteración del posesivo encuentro como una solidez de concepto, una cabal definición de situaciones, que nunca me diera la palabra *esposa. Tu mujer* es afirmación anterior a todo contrato, a todo sacramento. Tiene la verdad primera de esa *matriz* que los traductores mojigatos de la Biblia sustituyen por *entrañas*, restando fragor a ciertos gritos proféticos. Además, esta definidora simplificación del texto es habitual en Rosario. Cuando alude a ciertas intimidades de su naturaleza que no debo ignorar como amante, emplea expresiones a la vez inequívocas y pudorosas que recuerdan las «costumbres de mujeres» invocadas por Raquel ante Labán. Todo lo que pide *Tu mujer* esta noche es que yo la lleve conmigo adonde vaya. Agarra su hato y sigue al varón sin preguntar más. Muy poco sé de ella. No acabo de comprender si es desmemoriada o no quiere hablar de su pasado. No oculta que vivió con otros hombres. Pero éstos marcaron etapas de su vida cuyo secreto defiende con dignidad —o tal vez porque crea poco delicado dejarme suponer que algo ocurrido antes de nuestro encuentro pueda tener alguna importancia—. Este vivir en el presente, sin poseer nada, sin arrastrar el ayer, sin pensar en el mañana, me resulta asombroso. Y, sin embargo, es evidente que esa disposición de ánimo debe ensanchar considerablemente las horas de sus tránsitos de sol a sol. Habla de días que fueron muy largos y de días que fueron muy breves, como si los días se sucedieran en tiempos distintos —tiempos de una sinfonía telúrica que también tuviese sus andante y adagios, entre jornadas llevadas en movimiento presto. Lo sorprendente es que —ahora que nunca me preocupa la hora— percibo a mi vez los distintos valores de los lapsos, la dilatación de algunas mañanas, la parsimoniosa elaboración de un crepúsculo, atónito ante todo lo que cabe en ciertos tiempos de esta sinfonía que estamos leyendo al revés, de derecha a izquierda, contra la clave de *sol*, retrocediendo hacia los compases del Génesis. Porque, al atardecer, hemos caído en el habitat de un pueblo de cultura muy anterior a los hombres con los cuales convivimos ayer. Hemos salido del paleolítico —de las industrias paralelas a las magdalenienses y aurignacienses, que tantas veces me hubieran detenido al borde de ciertas colecciones de enseres líticos con un «no va más» que me situaba al comienzo de la noche de las edades—, para entrar en un ámbito que hacía retroceder los confines de la vida humana a lo más tenebroso de la noche de las edades. Esos individuos con piernas y brazos que veo ahora, tan semejantes a mí; esas mujeres cuyos senos son ubres fláccidas que cuelgan sobre vientres hinchados; esos niños que se estiran y ovillan con gestos felinos; esas gentes que aún no han cobrado el pudor primordial de ocultar los órganos de la generación, que *están desnudas sin saberlo*, como Adán y Eva antes del pecado, son hombres, sin embargo. No han pensado todavía en valerse de la energía de la semilla; no se han asentado, ni se imaginan el acto de sembrar; andan delante de sí, sin rumbo, comiendo corazones de palmeras, que van a disputar a los simios, allá arriba, colgándose de las techumbres de la selva. Cuando las aguas en crecientes les aíslan durante meses en alguna región de entrerríos, y han pelado los árboles como termes, devoran larvas de avispa, triscan hormigas y liendres, escarban la tierra y tragan los gusanos y las lombrices que les caen bajo las uñas, antes de amasar la tierra con los dedos y comerse la tierra misma. Apenas si conocen los recursos del fuego. Sus perros huidizos, con ojos de zorros y de lobos, son perros anteriores a los perros. Contemplo los semblantes sin sentido para mí, comprendiendo la inutilidad de toda palabra, admitiendo de antemano que ni siquiera podríamos hallarnos en la coincidencia de una gesticulación. El Adelantado me agarra por el brazo y me hace asomarme a un hueco fangoso, suerte de zahúrda hedionda, llena de huesos roídos, donde veo, erguirse las más horribles cosas que mis ojos hayan conocido: son como dos fetos vivientes, con barbas blancas, en cuyas bocas belfudas gimotea algo semejante al vagido de un recién nacido; enanos arrugados, de vientres enormes, cubiertos de venas azules como figuras de planchas anatómicas, que sonríen estúpidamente, con algo temeroso y servil en la mirada, metiéndose los dedos entre los colmillos. Tal es el horror que me producen esos seres, que me vuelvo de espaldas a ellos, movido, a la vez, por la repulsión y el espanto. «Cautivos —me dice el Adelantado sarcástico—, cautivos de los otros que se tienen por la raza superior, única dueña legítima de la selva.» Siento una suerte de vértigo ante la posibilidad de otros escalafones de retroceso, al pensar que esas larvas humanas, de cuyas ingles cuelga un sexo eréctil como el mío, no sean todavía *lo último*. Que puedan existir, en parte, cautivos de esos cautivos, erigidos a su vez en especie superior, predilecta y autorizada, que no sepan roer ya ni los huesos dejados por sus perros, que disputen carroñas a los buitres, que aúllen su celo, en las noches del celo, con aullidos de bestia. Nada común hay entre estos entes y yo. Nada. Tampoco tengo que ver con sus amos, los tragadores de gusanos, los lamedores de tierra, que me rodean... Y, sin embargo, en medio de las hamacas apenas hamacas —cunas de lianas, más bien—, donde yacen y fornican y procrean, hay una forma de barro endurecida al sol: una especie de jarra sin asas, con dos hoyos abiertos lado a lado, en el borde superior, y un ombligo dibujado en la parte convexa con la presión de un dedo apoyado en la materia, cuando aún estuviese blanda. Esto es Dios. Más que Dios: es la Madre de Dios. Es la Madre, primordial de todas las religiones. El principio hembra, genésico, matriz, situado en el secreto prólogo de todas las teogonías. La Madre, de vientre abultado, vientre que es a la vez ubres, vaso y sexo, primera figura que modelaron los hombres, cuando de las manos naciera la posibilidad del Objeto. Tenía ante mí a la Madre de los Dioses Niños, de los totems dados a los hombres para que fueran cobrando el hábito de tratar a la divinidad, preparándose para el uso de los Dioses Mayores. La Madre, «solitaria, fuera del espacio y más aún del tiempo», de quien Fausto pronunciara el sólo enunciado de *Madre*, por dos veces, con terror. Viendo ahora que las ancianas de pubis arrugado, los trepadores de árboles y las hembras empreñadas me miran, esbozo un torpe gesto de reverencia hacia la vasija sagrada. Estoy en morada de hombres y debo respetar a sus Dioses. Pero he aquí que todos echan a correr. Detrás de mí, bajo un amasijo de hojas colgadas de ramas que sirven de techo, acaban de tender el cuerpo hinchado y negro de un cazador mordido por un crótalo. Fray Pedro dice que ha muerto hace varias horas. Sin embargo, el Hechicero comienza a sacudir una calabaza llena de gravilla —único instrumento que conoce esta gente— para tratar de ahuyentar a los mandatarios de la Muerte. Hay un silencio ritual, preparador del ensalmo, que lleva la expectación de los que esperan a su colmo. Y en la gran selva que se llena de espantos nocturnos, surge la Palabra. Una palabra que es ya más que palabra. Una palabra que imita la voz de quien dice, y también la que se atribuye al espíritu que posee el cadáver. Una sale de la garganta del ensalmador; la otra, de su vientre. Una es grave y confusa como un subterráneo hervor de lava; la otra, de timbre mediano, es colérica y destemplada. Se alternan. Se responden. Una increpa cuando la otra gime; la del vientre se hace sarcasmo cuando la que surge del gaznate parece apremiar. Hay como portamentos guturales, prolongados en aullidos; sílabas que, de pronto, se repiten mucho, llegando a crear un ritmo; hay trinos de súbito cortados por cuatro notas que son el embrión de una melodía. Pero luego es el vibrar de la lengua entre los labios, el ronquido hacia adentro, el jadeo a contratiempo sobre la maraca. Es algo situado mucho más allá del lenguaje, y que, sin embargo, está muy lejos aún del canto. Algo que ignora la vocalización, pero es ya algo más que palabra. A poco de prolongarse, resulta horrible, pavorosa, esa grita sobre el cadáver rodeado de perros mudos. Ahora, el Hechicero se le encara, vocifera, golpea con los talones en el suelo, en lo más desgarrado de un furor imprecatorio que es ya la verdad profunda de toda tragedia —intento primordial de lucha contra las potencias de aniquilamiento que se atraviesan en los cálculos del hombre—. Trato de mantenerme fuera de esto, de guardar distancias. Y, sin embargo, no puedo sustraerme a la horrenda fascinación que esta ceremonia ejerce sobre mí.... Ante la terquedad de la Muerte, que se niega a soltar su presa, la Palabra, de pronto, se ablanda y descorazona. En boca del Hechicero, del órfico ensalmador, estertora y cae, convulsivamente, el Treno —pues esto y no otra cosa es un *treno*—, dejándome deslumbrado por la revelación de que acabo de asistir al Nacimiento de la Música.

XXIV

(Sábado, 23 de junio)

Hace dos días que andamos sobre el armazón del planeta, olvidados de la Historia y hasta de las oscuras migraciones de las eras sin crónicas. Lentamente, subiendo siempre, navegando tramos de torrentes entre una cascada y otra cascada, caños quietos entre un salto y otro salto, obligados a izar las barcas al compás de salomas de peldaño en peldaño, hemos alcanzado el suelo en que se alzan las Grandes Mesetas. Lavadas de su vestidura —cuando la tuvieron— por milenios de lluvias, son Formas de roca desnuda, reducidas a la grandiosa elementalidad de una geometría telúrica. Son los monumentos primeros que se alzaron sobre la corteza terrestre, cuando aún no hubiera ojos que pudieran contemplarlos, y su misma vejez, su abolengo impar, les confiere una aplastante majestad. Los hay que parecen inmensos cilindros de bronce, pirámides truncas, largos cristales de cuarzo parados entre las aguas. Los hay, más abiertos en la cima que en la base, todos agrietados de alvéolos, como gigantescas madréporas. Los hay que tienen una misteriosa solemnidad de *Puertas de Algo* —de Algo desconocido y terrible— a que deben conducir esos túneles que se ahondan en sus flancos, a cien palmos sobre nuestras cabezas. Cada meseta se presenta con una morfología propia, hecha de aristas, de cortes bruscos, de perfiles rectos o quebrados. La que no se adorna de un obelisco encarnado, de un farallón de basalto, tiene una terraza flanqueante, se recorta en biseles, afila sus ángulos, o se corona de extraños cipos que semejan figuras en procesión. De pronto, rompiendo con esa severidad de lo creado, algún arabesco de la piedra, alguna fantasía geológica, se confabula con el agua para poner un poco de movimiento en este país de lo inconmovible. Es, allá, una montaña de granito casi rojo, que suelta siete cascadas amarillas por el almenaje de una cornisa cimera. Es un río que se arroja al vacío y se deshace en arcoíris sobre la cuesta jalonada de árboles petrificada. Las espumas de un torrente bullen bajo enormes arcos naturales, acrecidos por ecos atronadores, antes de dividirse y caer en una sucesión de estanques que se derraman unos en otros. Se adivina que arriba, en las cumbres, en el escalonamiento de las últimas planicies lunares, hay lagos vecinos de las nubes que guardan sus aguas vírgenes en soledades nunca holladas por una planta humana. Hay escarchas en el amanecer, fondos helados, orillas opalescentes, y honduras que se llenan de noche antes del crepúsculo. Hay monolitos parados en el borde de las cimas, agujas, signos, hendeduras que respiran sus nieblas; peñascos rugosos, que son como coágulos de lava —meteoritas, acaso caídas de otro planeta. No hablamos. Nos sentimos sobrecogidos ante el fausto de las magnas obras, ante la pluralidad de los perfiles, el alcance de las sombras, la inmensidad de las explanadas. Nos vemos como intrusos, prestos a ser arrojados de un dominio vedado. Lo que se abre ante nuestros ojos es el mundo anterior al hombre. Abajo, en los grandes ríos, quedaron los saurios mostruosos, las anacondas, los peces con tetas, los laulaus cabezones, los escualos de agua dulce, los gimnotos y lepidosirenas, que todavía cargan con su estampa de animales prehistóricos, legado de las dragonadas del Terciario. Aquí, aunque algo huya bajo los helechos arborescentes, aunque la abeja trabaje en las cavernas, nada parece saber de seres vivientes. Acaban de apartarse las aguas, aparecida es la Seca, hecha es la yerba verde, y, por vez primera, se prueban las lumbreras que habrán de señorear en el día y en la noche. Estamos en el mundo del Génesis, al fin del Cuarto Día de la Creación. Si retrocediéramos un poco más, llegaríamos adonde comenzara la terrible soledad del Creador —la tristeza sideral de los tiempos sin incienso y sin alabanzas, cuando la tierra era desordenada y vacía, y las tinieblas estaban sobre la haz del abismo.

Capítulo quinto

Cánticos me fueron tus estatutos...

Salmo 119

XXV

(Domingo, 24 de junio)

El Adelantado ha alzado el brazo, señalando el rumbo del Oro, y Yannes se despide de nosotros para buscar el tesoro de la tierra. Solitario ha de ser el minero que no quiere compartir su hallazgo; avaro en sus manejos, mentiroso en sus decires, borrando el camino detrás de sí como el animal que barre sus huellas con la cola. Hay un instante de emoción cuando nos abrazamos a ese campesino con perfil de acaieno, conocedor de Homero, que tanto parecía haberse apegado a nosotros. Hoy lo guía la codicia del metal precioso que hacía de Micenas una ciudad de oro, y emprende la ruta de los pri ac re hacernos un presente, y no teniendo más que la ropa que lleva puesta, nos tiende, a Rosario y a mí, el tomo de *La Odisea.* Alborozada, *Tu mujer* lo agarra creyendo

que es una Historia Sagrada y que nos traerá buena suerte. Antes de que yo pueda desengañarla, Yannes se aleja
de nosotros, camino de su barca, de torso desnudo en el
amanecer, llevando su remo en el hombro con sorprendente estampa de Ulises. Fray Pedro lo bendice, y proseguimos nuestra navegación en las aguas de un angosto
caño que habrá de conducirnos al muelle de la Ciudad.
Porque, ahora que el griego ha partido, puede hablarse a
voces del secreto: el Adelantado ha fundado una ciudad.
No me canso de repetírmelo, desde que esto de *una ciudad* me fuera confiado, hace pocas noches, encendiendo
más luminarias en mi imaginación que los nombres de las
gemas más codiciadas. Fundar una ciudad. Yo fundo una
ciudad. El ha fundado una ciudad. Es posible conjugar semejante verbo. Se puede ser Fundador de una Ciudad.
Crear y gobernar una ciudad que no figure en los mapas,
que se sustraiga a los horrores de la Epoca, que nazca así,
de la voluntad de un hombre, en este mundo del Génesis. La primera ciudad. La ciudad de Henoch, edificada
cuando aún no habían nacido Tubalcain el herrero, ni Jubal, el tañedor del arpa y del órgano... Recuesto la cabeza en el regazo de Rosario, pensando en los inmensos te-
rritorios, en las sierras inexploradas, en las mesetas sin
cuento, donde podrían fundarse ciudades en este continente de naturaleza todavía invencida por el hombre; me
arrulla el acompasado chapoteo de la boga y me sumo en
una somnolencia feliz, en medio de las aguas vivas, cerca
de plantas que ya recobran fragancias de montaña, respi-
rando un aire delgado que ignora las exasperantes plagas
de la selva. Transcurren las horas en calma, bordeándose
las mesetas, pasándose de un curso a otro por pequeños
laberintos de aguas mansas que, de pronto, nos hacen volver las espaldas al sol, para recibirlo de frente, luego, a
la vuelta de un farallón revestido de yedras raras. Y cae
la tarde cuando por fin se amarra la barca y puedo asomarme al portento de Santa Mónica de los Venados. Pero la verdad es que me detengo, desconcertado. Lo que
veo allí, en medio del pequeño valle, es un espacio de unos

doscientos metros de lado, limpiado a machete, en cuyo
extremo se divisa una casa grande, de paredes de bahareque, con una puerta y cuatro ventanas. Hay dos viviendas más pequeñas, semejantes a la primera en cuanto a
construcción, situadas a ambos lados de una suerte de almacén o establo. También se ven unas diez chozas indias,
de cuyas hogueras se levanta un humo blanquecino. El
Adelantado me dice, con un temblor de orgullo en la voz:
«Esta es la Plaza Mayor... Esa, la Casa de Gobierno...
Allí vive mi hijo Marcos... Allá, mis tres hijas... En la nave tenemos granos y enseres y algunas bestias... Detrás,
el barrio de los indios...» Y añade, volviéndose hacia fray
Pedro: «Frente a la Casa de Gobierno levantaremos la
Catedral.» No ha terminado de señalarme la huerta, los
sembrados de maíz, el cercado en que se inicia una cría
de cerdos y de cabras, gracias a los verracos y chivatos
traídos, con increíbles penalidades, desde Puerto Anunciación, cuando se desborda el vecindario, se arma la grita de bienvenida, y acuden las esposas indias, y las hijas
mestizas, y el hijo alcalde, y todos los indios, a recibir a
su Gobernador, acompañado del primer Obispo. «Santa
Mónica de los Venados —me advierte fray Pedro—, porque ésta es tierra del venado rojo; y Mónica se llamaba
la madre del fundador: Mónica, aquella que parió a San
Agustín, santa que fuera *mujer de un solo varón, y que
por sí misma había criado a sus hijos.*» Le confieso, sin
embargo, que la palabra *ciudad* me había sugerido algo
más imponente o raro. «¿Manoa?», me pregunta el fraile
con sorna. No es eso. Ni Manoa, ni El Dorado. Pero yo
había pensado en algo distinto. «Así eran en sus primeros años las ciudades que fundaron Francisco Pizarro,
Diego de Losada o Pedro de Mendoza», observa fray Pedro. Mi silencio aquiescente no excluye, empero, una serie de interrogaciones nuevas que los preparativos de un
festín de perniles asados en un fuego de leña me impide
formular de inmediato. No comprendo cómo el Adelantado, en oportunidad impar de fundar una villa fuera de
la Epoca, se echa encima el estorbo de una igle-

sia que le trae el tremendo fardo de sus cánones, inter-
dictos, aspiraciones e intransigencias, teniéndose en cuenta, sobre todo, que no alienta una fe muy sólida y acepta
las misas, preferentemente cuando se dicen en acción de
gracias por peligros vencidos. Pero no hay muchas oportunidades, ahora, para hacer preguntas. Me dejo invadir
por la alegría de haber llegado a alguna parte. Ayudo a
asar la carne, voy por leña, me intereso por el canto de
los que cantan, y me ablando las articulaciones con una
suerte de pulque burbujeante, con sabor a tierra y resina,
que todos beben en jícaras pasadas de boca en boca... Y
más tarde, cuando todos se hayan hartado, cuando duer-
man los del caserío indio y las hijas del Fundador se re-
cojan en su gineceo, escucharé, junto al hogar de la Casa
de Gobierno, una historia que es historia de rumbos.
«Pues, señor —dice el Adelantado, arrojando una rama
al fuego—, me llamo Pablo, y mi apellido es tan corriente como llamarse Pablo, y si a grandes hechos suena el
título de Adelantado, les diré que sólo se trata de un mote
que me dieron unos mineros, al ver que siempre me ade-
lantaba a los demás en lo de hacer pasar por mi batea las
arenas de un río...»
    Bajo el emblema del caduceo, un hombre de veinte
años, con el pecho desgarrado por una tos rebelde, mira
a la calle a través de las bolas de cristal, llenas de agua tinta, de una farmacia de viejos. Hacia allí es la provincia de
los maitines y rosarios, de las melcochas y hojaldres de
monjas; pasa el cura con su teja, y todavía hay sereno
que canta por Marías Santísimas la hora en noche nubla-
da. Más allá son las Tierras del Caballo, durante jornadas
y jornadas; luego, los caminos que suben, y la ciudad de
casas crecidas, donde el adolescente no halló sino oficios
de sombras, de sótanos, de carboneras y de cloacas. Vencido y enfermo, se ha ofrecido a trabajar en botica, a cambio de remedios y albergue. Algo le enseñaron de maceraciones, y le confían las recetas de prescripción casera,
a base de nuez vómica, raíz de altea o tártaro emético. Y
a la hora de la siesta, cuando nadie transita a la sombra

de los aleros, el mozo se encuentra solo en el laboratorio, de espaldas a la calle, y ocurre que las manos se le duermen sobre la linaza, contemplando, por entre las moletas y almireces, el correr despacioso de un ancho río cuyas aguas vienen de las tierras del oro. A veces, traídos por barcos tan viejos que cargan una estampa de otros tiempos, bajan al desembarcadero cercano unos hombres de andar agobiado, que tientan con bastones las tablas podridas del andén, como si al llegar al puerto desconfiaran todavía de las añagazas y tembladeras de la tierra. Son mineros palúdicos, caucheros que se rascan las sarnas, leprosos de las misiones abandonadas, que acuden a la farmacia, quien por quinina, quien por chalmugra, quien por azufre, y al hablar de las comarcas donde creen haber contraído sus plagas, van descorriendo, ante el oscuro pasante, las cortinas de un mundo ignorado. Llegan los vencidos, pero llegan, también, los que arrancaron al barro una mirífica gema, y, durante ocho días, se hartarán de hembras y de música. Pasan los que nada hallaron, pero traen los ojos enfebrecidos por el barrunto de un tesoro posible. Esos no descansan ni preguntan dónde hay mujeres. Se encierran con llave en sus habitaciones, examinando las muestras que traen en frascos, y, apenas curados de una llaga o aliviados de una buba, parten, de noche, a la hora en que todos duermen, sin revelar el secreto de su rumbo. El joven no envidia a los de su edad que, cada lunes del año, después de haber oído una última misa en la iglesia del púlpito carcomido, salen con sus ropas de domingos, para irse a la ciudad lejana. Andando de frascos a recetarios, aprende a hablar de yacimientos nuevos: conoce los nombres de quienes encargan bombonas de agua de azahar para bañar a sus indias; repasa los extraños nombres de ríos ignorados por los libros; obsesionado por la percutiente sonoridad del Cataniapo o del Cunucunuma, sueña frente a los mapas, contemplando incansablemente las zonas coloreadas en verde, desnudas, donde no aparecen nombres de poblaciones. Y un día, al alba, sale por una ventana de su laboratorio, hacia el em-

barcadero donde los mineros izan la vela de su barca, y
ofrece remedios a cambio de ser llevado. Durante diez
años comparte las miserias, desengaños, rencores, insis-
tencias más o menos afortunadas, de los buscadores.
Nunca favorecido, se aventura más lejos, cada vez más lejos, cada vez más solo, habituado ya a hablar con su propia sombra. Y una mañana se asoma al mundo de las
Grandes Mesetas. Camina durante noventa días, perdido
entre montañas sin nombre, comiendo larvas de avispas,
hormigas, saltamontes, como hacen los indios en meses
de hambruna. Cuando desemboca en este valle, una llaga
engusanada le está dejando una pierna en el hueso. Los
indios del lugar —gente asentada, de una cultura semejante a los factores de la jarra funeraria— lo curan con
hierbas. Sólo un hombre blanco vieron antes que él, y
piensan, como los de muchos pueblos de la selva, que somos los últimos vástagos de una especie industriosa pero
endeble, muy numerosa en otros tiempos, pero que está
ahora en vías de extinción. Su larga convalecencia lo hace
solidario de las penurias y trabajos de esos hombres que
lo rodean. Encuentra algún oro al pie de aquella peña que
la luna, esta noche, hace de estaño. Al volver de cambiar-
lo en Puerto Anunciación, trae semillas, posturas y algún
apero de labranza y carpintería. Al regreso del segundo
viaje trae una pareja de cerdos atados de patas en el fondo de la barca. Luego, es la cabra preñada y el becerro
destetado, para el cual tienen los indios, como Adán, que
inventar un nombre, pues jamás vieron semejante animal.
Poco a poco, el Adelantado se va interesando por la vida
que aquí prospera. Cuando se baña al pie de alguna cascada, en las tardes, las mozas indias le arrojan pequeños
guijarros blancos, desde la orilla, en señal de apremio. Un
día toma mujer, y hay grande holgorio al pie de las rocas. Piensa, entonces, que si sigue apareciendo en Puerto
Anunciación con algún polvo de oro en los bolsillos, no
tardarán los mineros en seguirle el rastro, invadiendo este
valle ignorado para trastornarlo con sus excesos, rencores y apetencias. Con el ánimo de burlar las suspicacias,

comercia ostensiblemente con pájaros embalsamados, orquídeas, huevos de tortugas. Un día se percata de que ha
fundado una ciudad. Siente, probablemente, la sorpresa
que yo mismo tuve al comprender que era conjugable el
verbo «fundar» al hablarse de una ciudad. Puesto que todas las ciudades nacieron así, hay razón para esperar que
Santa Mónica de los Venados, en el futuro, llegue a tener
monumentos, puentes y arcadas. El Adelantado traza el
contorno de la Plaza Mayor. Levanta la Casa de Gobierno. Firma un acta, y la entierra bajo una lápida en lugar
visible. Señala el lugar del cementerio para que la misma
muerte se haga cosa de orden. Ahora sabe dónde hay oro.
Pero ya no le afana el oro. Ha abandonado la búsqueda
de Manoa, porque mucho más le interesa ya la tierra, y,
sobre ella, el poder de legislar por cuenta propia. El no
pretende que esto sea algo semejante al Paraíso Terrenal
de los antiguos cartógrafos. Aquí hay enfermedades, azo-
tes, reptiles venenosos, insectos, fieras que devoran los
animales trabajosamente levantados; hay días de inundación y días de hambruna, y días de impotencia ante el brazo que se gangrena. Pero el hombre, por muy largo atavismo, está hecho a sobrellevar tales males. Y cuando su-
cumbe, es trabado en una lucha primordial que figura entre las más auténticas leyes del juego de existir. «El oro
—dice el Adelantado— es para los que regresan allá.» Y
ese *allá* suena en su boca con timbre de menosprecio
—como si las ocupaciones y empeños de los de *allá* fuesen propias de gente inferior—. Es indudable que la naturaleza que aquí nos circunda es implacable, terrible, a
pesar de su belleza. Pero los que en medio de ella viven
la consideran menos mala, más tratable, que los espantos
y sobresaltos, las crueldades frías, las amenzas siempre re-
novadas, del mundo de *allá*. Aquí, las plagas, los pade-
cimientos posibles, los peligros naturales, son aceptados
de antemano: forman parte de un Orden que tiene sus rigores. La Creación no es algo divertido, y todos lo ad-
miten por instinto, aceptando el papel asignado a cada
cual en la vasta tragedia de lo creado. Pero es tragedia

con unidades de tiempo, de acción y de lugar, donde la misma muerte opera por acción de mandatarios conocidos, cuyos trajes de veneno, de escama, de fuego, de miasmas, se acompañan del rayo y del trueno que siguen usando, en días de ira, los dioses de más larga residencia entre nosotros. A la luz del sol o al calor de la hoguera, los hombres que aquí viven sus destinos se contentan de cosas muy simples, hallando motivo de júbilo en la tibieza de una mañana, una pesca abundante, la lluvia que cae tras de la sequía, con explosiones de alegría colectiva, de cantos y de tambores, promovidos por sucesos muy sencillos como fue el de nuestra llegada. «Así debió vivirse en la ciudad de Henoch», pienso yo, y al punto vuelve a mi mente una de las interrogaciones que me asaltaron al desembarcar. En ese momento salimos de la Casa de Gobierno para aspirar el aire de la noche. El Adelantado me muestra entonces, un paredón de roca, unos signos trazados a gran altura por artesanos desconocidos —artesanos que hubieran sido izados hasta el nivel de su tarea por un andamiaje imposible en tales tránsitos de su cultura material—. A la luz de la luna se dibujan figuras de escorpiones, serpientes, pájaros, entre otros signos sin sentido para mis ojos, que tal vez fueran figuraciones astrales. Una explicación inesperada viene, de pronto, al encuentro de mis escrúpulos: un día, al regresar de un viaje —cuenta el Fundador—, su hijo Marcos, entonces adolescente, le dejó atónito al narrarle la historia del Diluvio Universal. En su ausencia, los indios habían enseñado al mozo que esos petroglifos que ahora contemplábamos, fueron trazados en días de gigantesca creciente, cuando el río se hinchara hasta allí, por un hombre que, al ver subir las aguas, salvó una pareja de cada especie animal en una gran canoa. Y luego llovió durante un tiempo que pudo ser de cuarenta días y cuarenta noches, al cabo del cual, para saber si la gran inundación había cesado, despachó una rata que le volvió con una mazorca de maíz entre las patas. El Adelantado no hubiera querido enseñar la historia de Noé —por ser patraña— a sus hijos;

pero al ver que la sabían sin más variante que una rata puesta en lugar de la paloma, y una mazorca de maíz en lugar de la rama de olivo, confió el secreto de esta ciudad naciente a fray Pedro, a quien consideraba un hombre, porque era de los que viajaban solos por regiones desconocidas y sabía hacer curas y distinguir las yerbas. «Ya que al fin y al cabo les contarán los mismos cuentos, que los aprendan como los aprendí yo.» Pensando en los Noés de tantas religiones, se me ocurre objetar que el Noé indio me parece más ajustado a la realidad de estas tierras, con su mazorca de maíz, que la paloma con su ramo de olivo, puesto que nadie vio nunca un olivo en la selva. Pero el fraile me interrumpe abruptamente, con tono agresivo, preguntándome si he olvidado el hecho de la Redención: «Alguien ha muerto por los que aquí nacieron, y era menester que la noticia les fuese dada.» Y atando dos ramas en cruz con una liana, la planta de modo casi rabioso, en el lugar donde comenzará a erigirse, mañana, la choza redonda que será el primer templo de la ciudad de Henoch. «Además, viene a sembrar cebollas», me advierte el Adelantado, a modo de excusa.

XXVI

(27 de junio)

Amanece sobre las Grandes Mesetas. Las nieblas de la noche demoran entre las Formas, tendiendo velos que se adelgazan y aclaran cuando la luz se refleja en un acantilado de granito rosa y baja al plano de las inmensas sombras recostadas. Al pie de los paredones verdes, grises, negros, cuyas cimas parecen diluirse entre brumas, los helechos sacuden el leve cierzo que los esmalta. Asomado a una oquedad en la que apenas pudiera ocultarse un niño, contemplo una vida de líquenes, de musgos, de pigmentos plateados, de herrumbres vegetales, que es, en escala minúscula, un mundo tan complejo como el de la gran selva de abajo. Hay tantas vegetaciones distintas, en un palmo de humedad, como especies se disputan allá el espacio que debiera bastar para un solo árbol. Este plancton de la tierra es como una pátina que se espesa al pie de una cascada caída de muy alto, cuyo constante hervor de espumas ha cavado un estanque en la roca. Aquí es donde nos bañamos desnudos, los de la Pareja, en agua que bulle y corre, brotando de cimas ya encendidas por el sol, para caer en blanco verde, y derramarse, más abajo, en cauces que las raíces del tanino tiñen de ocre. No hay alarde, no hay fingimiento edénico, en esta limpia desnudez, muy distinta de la que jadea y se vence en las noches de nuestra choza, y que aquí liberamos con una suerte de travesura, asombrados de que sea tan grato sentir la brisa y la luz en partes del cuerpo que la gente *de allá* muere sin haber expuesto alguna vez al aire libre. El sol me ennegrece la franja de caderas a muslo que los nadadores de mi país conservan blanca, aunque se hayan bañado en mares de sol. Y el sol me entra por entre las piernas, me calienta los testículos, se trepa a mi columna vertebral, me revienta por los pectorales, oscurece mis axilas, cubre de sudor mi nuca, me posee, me invade, y siento que en su ardor se endurecen mis conductos seminales y vuelvo a ser la tensión y el latido que buscan las oscuras pulsaciones de entrañas caladas a lo más hondo, sin hallar límite a un deseo de integrarme que se hace añoranza de matriz. Y luego, es el agua otra vez, a cuyo fondo desembocan manantiales helados que voy a buscar con la cara, metiendo las manos en una arena gruesa, que es como limalla de mármol. Más tarde vendrán los indios y se bañarán en cueros, sin más traje que el de las manos abiertas sobre el pene. Y a mediodía será fray Pedro, sin cubrir siquiera las canas de su sexo, huesudo y enjuto como un San Juan predicando en el desierto... Hoy he tomado la gran decisión de no regresar *allá*. Trataré de aprender los simples oficios que se practican en Santa Mónica de los Venados y que ya se enseñan a quien observe las obras de edificación de su iglesia. Voy a sus-

traerme al destino de Sísifo que me impuso el mundo de
donde vengo, huyendo de las profesiones hueras, el girar
de la ardilla presa en tambor de alambre, del tiempo medido y de los oficios de tinieblas. Los lunes dejarán de
ser, para mí, lunes de ceniza, ni habrá por qué recordar
que el lunes es lunes, y la piedra que yo cargaba será de
quien quiera agobiarse con su peso inútil. Prefiero em-
puñar la sierra y la azada a seguir encanallando la música
en menesteres de pregonero. Lo digo a Rosario, que acepta mi propósito con alegre docilidad, como siempre reci-
birá la voluntad de quien reciba por varón. *Tu mujer* no
ha comprendido que esa determinación es, para mí, mucho más grave de lo que parece, puesto que implica una
renuncia a todo lo *de allá*. Para ella, nacida en el lindero
de la selva, con hermanas amaridadas a mineros, es normal que un hombre prefiera la vastedad de lo remoto al
hacinamiento de las ciudades. Además, no creo que para
habituarse a mí haya tenido que hacer tantos acomodos
intelectuales como yo. Ella no me ve como un hombre
muy distinto de los otros que haya conocido. Yo, para
amarla —pues creo amarla entrañablemente ahora—, he
tenido que establecer una nueva escala de valores, en punto a lo que debe apegar un hombre de mi formación a
una mujer que es toda una mujer, sin ser más que una mujer. Me quedo, pues, con toda conciencia de lo que hago.
Y al repetirme que me quedo, que mis claridades serán
ahora las del sol y las de la hoguera, que cada mañana
hundiré el cuerpo en el agua de esta cascada, y que una
hembra cabal y entera, sin torceduras, estará siempre al
alcance de mi deseo, me invade una inmensa alegría. Re-
costado sobre una laja, mientras Rosario, de senos al desgaire, lava sus cabellos en la corriente, tomo la vieja *Odi-*
sea del griego, tropezando, al abrir el tomo, con un párrafo que me hace sonreír: aquel en que se habla de los
hombres que Ulises despacha al país de los lotófagos, y
que, al probar la fruta que allí se daba, se olvidan de regresar a la patria. «Tuve que traerlos a la fuerza, sollo-
zantes —cuenta el héroe— y encadenarlos bajo los ban-

cos, en el fondo de sus naves.» Siempre me había molestado, en el maravilloso relato, la crueldad de quien arranca sus compañeros a la felicidad hallada, sin ofrecerles
más recompensa que la de servirlo. En ese mito veo como
un reflejo de la irritación que causan siempre a la sociedad los actos de quienes encuentran, en el amor, en el disfrute de un privilegio físico, en un don inesperado, el
modo de sustraerse a las fealdades, prohibiciones y vigilancias padecidos por los más. Doy media vuelta sobre la
piedra cálida, y esto me hace mirar hacia donde varios indios, sentados en torno a Marcos, el primogénito del
Adelantado, trabajan en obras de cestería. Pienso ahora
que mi vieja teoría acerca de los orígenes de la música era
absurda. Veo cuán vanas son las especulaciones de quienes pretenden situarse en los albores de ciertas artes o instituciones del hombre, sin conocer, en su vida cotidiana,
en sus prácticas curativas y religiosas, al hombre prehistórico, contemporáneo nuestro. Muy ingeniosa era mi
idea de hermanar el propósito mágico de la plástica primitiva —la representación del animal, que otorga poderes sobre ese animal— con la fijación primera del ritmo
musical, debida al afán de remedar el galope, trote, paso,
de los animales. Pero yo asistí, hace días, al nacimiento
de la música. Pude ver más allá del treno con que Esquilo resucita al emperador de los persas; más allá de la oda
con que los hijos de Autolicos detienen la sangre negra
que mana de las heridas de Ulises; más allá del canto destinado a preservar al faraón. Unas de las mordeduras de
sierpes, en su viaje de ultratumba. Lo que he visto confirma, desde luego, la tesis de quienes dijeron que la música tiene un origen mágico. Pero ésos llegaron a tal razonamiento a través de los libros, de los tratados de psicología, construyendo hipótesis arriesgadas acerca de la
pervivencia, en la tragedia antigua, de prácticas derivadas
de una hechicería ya remota. Yo, en cambio, *he visto*
cómo la palabra emprendía su camino hacia el canto, sin
llegar a él; he visto cómo la repetición de un mismo monosílabo originaba un ritmo cierto; he visto, en el juego

de la voz real y de la voz fingida que obligaba al ensalmador a alternar dos alturas de tono, cómo podía originarse un tema musical de una práctica extramusical. Pienso en las tonterías dichas por quienes llegaron a sostener
que el hombre prehistórico halló la música en el afán de
imitar la belleza del gorjeo de los pájaros —como si el trino del ave tuviese un sentido musical-estético para quien
lo oye constantemente en la selva, dentro de un concierto de rumores, ronquidos, chapuzones, fugas, gritos, cosas que caen, aguas que brotan, interpretado por el cazador como una suerte de código sonoro, cuyo entendimiento es parte principal del oficio. Pienso en otras teorías falaces y me pongo a soñar en la polvareda que levantarían mis observaciones en ciertos medios musicales
aferrados a tesis librescas. También sería útil recoger algunos de los cantos de indios de este lugar, muy bellos
dentro de su elementalidad, con sus escalas singulares,
destructoras de esa otra noción generalizada según la cual
los indios sólo saben cantar en gamas pentáfonas... Pero,
de pronto, me enojo conmigo mismo, al verme entregado a tales cavilaciones. He tomado la decisión de quedarme aquí y debo dejar de lado, de una vez, esas vanas especulaciones de tipo intelectual. Para zafarme de ellas me
pongo la poca ropa que aquí uso y voy a reunirme con
los que están acabando de construir la iglesia. Es una cabaña redonda, amplia, con techo puntiagudo como el de
las churuatas, de hojas de moriche sobre viguetería de ramas, rematada por una cruz de madera. Fray Pedro se ha
empeñado en que las ventanas tuviesen una figuración gótica, con arco quebrado, y el repetido encuentro de dos
líneas curvas en una pared de bahareque es, en estas lejanías, una premonición de canto llano. Colgamos un
tronco ahuecado de la espadaña, pues, a falta de campanas, lo que sonará aquí es una suerte de teponaxtle ideado por mí. La fabricación de aquel instrumento me fue
sugerida por el tambor-bastón-de-ritmo que está en la
choza, y me es preciso confesar que el estudio de su principio resonante se acompañó de una prueba dolorosa.

Cuando, dos días antes, desaté las lianas que sujetaban
las esteras protectoras, éstas, hinchadas por la humedad,
se atiesaron de golpe, echando a rodar la jarra funeraria,
las sonajeras, los caramillos, sobre el suelo. De pronto
me vi rodeado de objetos-acreedores, y de nada me sir-
vió arrinconarlos, como a niños castigados, para olvidar
su acusadora presencia. Vine a estas selvas, solté mi fardo, hallé mujer, gracias al dinero que debo a estos instrumentos que no me pertenecen. Por evadirme estoy
atando, desde aquí, a mi fiador. Y me digo que lo estoy
atando, porque el Curador aceptará seguramente la res-
ponsabilidad de mi defección, devolviendo los fondos que
se me entregaron, a costa de empeños, sacrificios y, tal
vez, de préstamos usurarios. Yo sería feliz, plácidamente
feliz, si junto a la cabecera de mi hamaca no se hallaran
esas piezas de museo, en perpetuo reclamo de fichas y vitrinas. Debería sacar esos instrumentos de aquí, romper-
los acaso, enterrar sus restos al pie de alguna peña. No
puedo hacerlo, sin embargo, porque mi conciencia ha
vuelto al asiento desertado, y tanto la tuve ausente que
me ha venido llena de desconfianza y resquemores. Rosario sopla en una de las cañas de la botija ritual y suena
un bramido bronco, como de animal caído en las tinieblas de un pozo. La aparto con un gesto tan brusco, que
se aleja, dolida, sin comprender. Para desarrugar su ceño,
le cuento la razón de mi enojo. Ella no demora en dar
con la solución más simple: enviaré esos instrumentos a
Puerto Anunciación, dentro de algunos meses, cuando el
Adelantado haga su viaje acostumbrado, para proveerse
de remedios indispensables y reponer algún enser dañado por el mucho uso. Allí se encargará una hermana suya
de hacerles descender el río hasta donde haya correo. Mi
conciencia deja de torturarme, pues el día en que los bul-
tos se pongan en camino habré pagado las llaves de la
evasión.

XXVII

He ascendido al cerro de los petroglifos con fray Pedro, y ahora descansamos sobre un suelo de esquistos, accidentado de peñas negras erguidas contra el viento por todos sus filos, o derribados a modo de ruinas, de escombros, entre vegetaciones que parecen recortadas en fieltro gris. Hay algo remoto, lunar, no destinado al hombre, en esta terraza que conduce a las nubes, y que surca un arrojo de agua helada, que no es agua de manantiales, sino agua de nieblas. Me siento vagamente inquieto —un poco intruso, por no decir sacrílego— al pensar que con mi presencia se rompe el arcano de una teratología de lo mineral, cuya grandiosa aridez, obra de una erosión milenaria, pone al desnudo un esqueleto de montañas que parece hecho con piedras de azufre, lavas, calcedonias molidas, escorias plutonianas. Hay gravas que me hacen pensar en mosaicos bizantinos que se hubieran desprendido de sus paredes en alud, y que, recogidos a paletadas, hubiesen sido arrojados aquí, allá, a modo de una aventada de cuarzo, oro y cornalinas. Para llegar hasta aquí hemos atravesado durante dos jornadas —por caminos cada vez más limpios de reptiles, ricos en orquídeas y en árboles florecidos— las Tierras del Ave. De sol a sol nos escoltaron los guacamayos fastuosos y las cotorras rosadas, con el tucán de grave mirar, luciendo su peto de esmalte verdeamarillo, su pico mal soldado a la cabeza —el pájaro teológico que nos ha gritado: *¡Dios te ve!*, a la hora del crepúsculo, cuando los malos pensamientos mejor solicitan al hombre—. Vimos a los colibríes, más insectos que pájaros, inmóviles en su vertiginosa suspensión fosforescente, sobre la sombra parsimoniosa de los paujíes vestidos de noche; alzando los ojos, conocimos la percutiente laboriosidad de los carpinteros listados de oscuro, el alborotoso desorden de los silbadores y gorjeadores metidos en los techos de la selva, asustados de todo, más arriba de los comadreos de pericos y catalnicas, y de tantos pájaros hechos a todo pincel, que a falta

de nombre conocido —me dice fray Pedro— fueron llamados «indianos girasoles» por los hombres de armaduras. Así como otros pueblos tuvieron civilizaciones mar-
cadas por el signo del caballo o del toro, el indio con perfil de ave puso sus civilizaciones bajo la advocación del
ave. El dios volante, el dios pájaro, la serpiente emplumada, están en el centro de sus mitologías, y todo cuanto es bello para él se adorna de plumas. De plumas fueron las tiaras de los emperadores de Tenochtitlán, como
son hoy de plumas los ornamentos de las flautas, los objetos de juego, las vestimentas festivas y rituales de los
que aquí he conocido. Admirado por la revelación de que
vivo ahora en las Tierras del Ave, emito alguna fácil opinión acerca de la probable dificultad de hallar, en las cos-
mogonías de estas gentes, algún mito coincidente con los
nuestros. Fray Pedro me pregunta si he leído un libro llamado el *Popol-Vuh*, cuyo mismo nombre me era desconocido. «En ese texto sagrado de los antiguos quitchés
—afirma el fraile—, se inscribe ya, con trágica adivina-
ción, el mito del robot; más aún: creo que es la única cos-
mogonía que haya presentado la amenaza de la máquina
y la tragedia del Aprendiz de Brujo.» Y, sorprendiéndo-
me con un lenguaje de estudioso, que debió ser el suyo
antes de endurecer en la selva, me cuenta de un capítulo
inicial de la Creación, en que los objetos y enseres in-
ventados por el hombre, y usados con ayuda del fuego,
se rebelan contra él y le dan muerte; las tinajas, los co-
males, los platos, las ollas, las piedras de moler y las casas mismas, en pavoroso apocalipsis que atruenan con sus
ladridos los perros enrabecidos y sublevados, aniquilan
una generación humana... De eso me habla aún cuando
alzo los ojos, y me veo al pie del paredón de roca gris en
que aparecen hondamente cavados los dibujos que se atribuyen al demiurgo vencedor del Diluvio y repoblador
del mundo, por una tradición que ha llegado a oídos de
los más primitivos habitantes de la selva de abajo. Estamos aquí en el Monte Ararat de este vasto mundo. Estamos donde llegó el Arca y encalló con sordo embate,

cuando las aguas comenzaron a retirarse y hubo regresado la rata con una mazorca de maíz entre las patas. Estamos donde el demiurgo arrojó piedras a sus espaldas, como Deucalión, para dar nacimiento a una nueva generación humana. Pero ni Deucalión, ni Noé, ni Unapishtim, ni los Noés chinos o egipcios, dejaron su rúbrica fijada por los siglos en el lugar de arribo. Aquí en cambio, hay enormes figuras de insectos, de serpientes, seres del aire, bestias de las aguas y de la tierra, figuraciones de lunas, soles y estrellas, que *alguien* ha cavado ahí, con ciclópeo cincel, mediante un proceso que no acertamos a explicarnos. Hoy mismo sería imposible erigir en tal lugar el andamiaje gigantesco que levantara un ejército de talladores de piedra hasta donde pudieran atacar el paredón de roca con sus herramientas, dejándolo tan firmemente marcado como está... Ahora fray Pedro me lleva al otro extremo de los Signos y me muestra, de aquel lado de la montaña, una suerte de cráter, de ámbito cerrado, en cuyo fondo medran pavorosas yerbas. Son como gramíneas membranosas, cuyas ramas tienen una mórbida redondez de brazo y de tentáculo. Las hojas enormes, abiertas como manos, parecen de flora submarina, por sus texturas de madrépora y de alga, con flores bulbosas, como faroles de plumas, pájaros colgados de una vena, mazorcas de larvas, pistillos sanguinolentos, que les salen de los bordes por un proceso de erupción y desgarre, sin conocer la gracia de un tallo. Y todo eso, allá abajo, se enrevesa, se enmaraña, se anuda, en un vasto movimiento de posesión, de acoplamiento, de incestos, a la vez monstruoso y orgiástico, que es suprema confusión de las formas. «Estas son las plantas que han huido del hombre en un comienzo —me dice el fraile—. Las plantas rebeldes, negadas a servirle de alimento, que atravesaron ríos, escalaron cordilleras, saltaron por sobre los desiertos, durante milenios y milenios, para ocultarse aquí, en los últimos valles de la Prehistoria.» Con mudo estupor me doy a contemplar lo que en otras partes es fósil, se pinta en hueco o duerme, petrificado, en las vetas de la hulla, pero sigue viviendo aquí, en una primavera sin fecha, anterior a los tiempos humanos, cuyos ritmos no son acaso los del año solar, arrojando semillas que germinan en horas, o, por el contrario, demoran medio siglo en parar un árbol. «Esta es la vegetación diabólica que rodeaba el Paraíso Terrenal antes de la Culpa.» Inclinado sobre el caldero demoníaco, me siento invadido por el vértigo de los abismos; sé que si me dejara fascinar por lo que aquí veo, mundo de lo prenatal, de lo que existía cuando no había ojos, acabaría por arrojarme, por hundirme, en ese tremendo espesor de hojas que desaparecerán del planeta, un día, sin haber sido nombradas, sin haber sido recreadas por la Palabras —obra, tal vez, de dioses anteriores a nuestros dioses, dioses a prueba, inhábiles en crear, ignorados porque jamás fueron nombrados, porque no cobraron contorno en las bocas de los hombres... Fray Pedro me arranca a mi casi alucinada contemplación, dándome un ligero golpe en el hombro con su cayado. Las sombras de los obeliscos naturales se acortan cada vez más en la proximidad del mediodía. Tenemos que empezar a bajar antes de que la tarde nos sorprenda en esta cumbre, desciendan las nubes y nos veamos extraviados entre nieblas frías. Luego de pasar nuevamente ante las rúbricas del demiurgo, alcanzamos el borde de la falla en que se iniciará nuestro descenso. Fray Pedro se detiene, respira hondamente y contempla un horizonte de árboles, del que emerge, en volúmenes pizarrosos, una cordillera de filos quebrados, que es como una presencia dura, sombría, hostil, en la sobrecogedora belleza de los confines del Valle. El fraile señala con el bastón nudoso: «Allí viven los únicos indios perversos y sanguinarios que hay en estas regiones», dice. Ningún misionero ha regresado de allá. Creo que, en aquel instante, me permití alguna burlona consideración sobre la inutilidad de aventurarse en tan ingratos parajes. En respuesta, dos ojos grises, inmensamente tristes, se fijaron en mí de manera singular, con una expresión a la vez tan intensa y resignada, que me sentí desconcertado, preguntán-

dome si les había causado algún enojo, aunque sin hallar
los motivos del tan enojo. Todavía veo el semblante arrugado del capuchino, su larga barba enmarañada, sus orejas llenas de pelos, sus sienes de venas pintadas en azul,
como algo que hubiera dejado de pertenecerle y de ser
carne de su persona: su persona, en aquel momento, eran
esas pupilas viejas, algo enrojecidas por una conjuntivitis
crónica, que miraban, como hechas de un esmalte empañado, a la vez dentro y fuera de sí mismas.

XXVIII

Sentado detrás de una tabla tendida de horcón a horcón, teniendo al alcance de la mano una libreta de cole-
gial en cuya portada se lee: *Cuaderno de... Perteneciente
a...*, casi en cueros a causa del calor que mucho se ha acen-
tuado en estos últimos días, el Adelantado está legislan-
do, en presencia de fray Pedro, del Capitán de Indios y
de Marcos, que es el Responsable de la Huerta. Gavilán
está sentado al lado de su amo, con un hueso guardado
entre las patas traseras. Se trata de tomar un cierto nú-
mero de acuerdos en provecho de la comunidad y de dejarlos consignados por escrito. Habiendo comprobado
que, en su ausencia, se han cazado ciervas, el Adelantado
instituye la prohibición absoluta de matar lo que llama
«el venado hembra» y el cervatillo, salvo fuerza mayor
de hambruna y aun así, el levantamiento de la veda será
objeto de una disposición de emergencia, sometida al criterio de los presentes. La emigración de ciertas manadas,
la caza inconsiderada, la acción de las fieras, han merma-
do la existencia del venado rojo en la comarca, justificán-
dose la medida. Luego de que todos juran acatarla y hacerla respetar, la Ley queda asentada en el Libro de Actas del Cabildo y se pasa a considerar una cuestión de
obras públicas. La época de las lluvias se aproxima, y
Marcos informa que los canteros hechos bajo la dirección
de fray Pedro en los últimos días tienen una orientación

por él discutida, que tendrá por efecto canalizar las aguas
de una vertiente cercana, inundándose probablemente el
batey del almacén de granos. El Adelantado mira severamente al fraile, en demanda de explicaciones. Fray Pedro
informa que el trabajo realizado respondía a un intento
de cultivo de la cebolla, la cual exige terrenos en los que
no se estanque el agua ni haya demasiada humedad, cosa
que sólo podía lograrse trazando los canteros con el na-
rigón hacia la vertiente. El peligro señalado por el Responsable de la Huerta podría ser conjurado con levantar
un valladar de tierra, de unos tres palmos, entre la huerta
y el almacén de granos. Se reconoce luego, por unanimi-
dad, la conveniencia de ejecutar la obra, y se fija su inicio para mañana mismo, movilizándose toda la población
de Santa Mónica de los Venados, pues el cielo se está cargando de nubes y el calor se hace más difícil de sobrellevar en un mediodía que se cubre de vahos pesados y nos
agobia con una exasperante invasión de moscas, salidas
de no se sabe dónde. Fray Pedro recuerda, sin embargo,
que la edificación de la iglesia no está terminada y que
esto también debería ser objeto de una medida de urgencia. El Adelantado responde con tono tajante que la buena conservación de los granos es cuestión de más inmediato interés que los latines, y concluye el examen de las
cuestiones anotadas en la orden del día, con una disposición sobre la tala y el acarreo de troncos para un cercado, y la necesidad de apostar gente para vigilar la aparición de ciertos cardúmenes que, este año, están remontando el río antes de tiempo. De la reunión capitular de
hoy han quedado varios acuerdos para realizar obras in-
mediatas y una Ley —una ley cuya infracción «será castigada», reza la prosa del Adelantado—. Esto último me
inquieta de tal modo que pregunto al hombrecito si ya
ha tenido el horroroso deber de instituir castigos en la
Ciudad. «Hasta ahora —me responde—, al culpable de
alguna falta se le castiga con no dirigirle la palabra durante un tiempo, haciéndosele sentir la reprobación general; pero llegará el día en que seamos tan numerosos

que se necesitarán castigos mayores.» Una vez más me asombro ante la gravedad de los problemas planteados en estas comarcas, tan desconocidas, como las blancas *Terras Incógnitas* de los antiguos cartógrafos, en donde los hombres *de allá* sólo ven saurios, vampiros, serpientes de mordida fulminante y danzas de indios. En el tiempo que llevo viajando por este mundo virgen, he visto muy pocas serpientes —una coral, una terciopelo, otra que tal vez fuera un crótalo—, y sólo he sabido de las fieras por el rugido, si bien he arrojado piedras, más de una vez, al caimán artero, disfrazado de tronco podrido en la traidora paz de un remanso. Pobre es mi historia en cuanto a peligros arrostrados —si se deja de lado la tormenta en los raudales—. Pero, en cambio, he encontrado en todas partes la solicitación inteligente, el motivo de meditación, formas de arte, de poesías, mitos, más instructivos para comprender al hombre que cientos de libros escritos en las bibliotecas por hombres jactanciosos de conocer al Hombre. No sólo ha fundado una ciudad el Adelantado, sino que, sin sospecharlo, está creando, día a día, una *polis*, que acabará por apoyarse en un código asentado solemnemente en el *Cuaderno de... Perteneciente a...* Y un momento llegará en que tenga que castigar severamente a quien mate la bestia vedada, y bien veo que entonces ese hombrecito de hablar pausado, que nunca alza la voz, no vacilará en condenar al culpable a ser expulsado de la comunidad y a morir de hambre en la selva, a no ser que instituya algún castigo impresionante y espectacular, como aquel de los pueblos que condenaban al parricida a ser echado al río, encerrado en un saco de cuero con un perro y una víbora. Pregunto al Adelantado qué haría si viese aparecer en Santa Mónica, de pronto, a algún buscador de oro, de los que manchan cualquier tierra con su fiebre. «Le daría un día para marcharse», me responde. «Este no es sitio para *esa gente*», acota Marcos, con súbito acento de rencor en la voz. Y me entero de que el mestizo ha ido *allá*, hace tiempo, contra la voluntad de su padre, pero que dos años de maltratos y humillaciones por parte de aquellos a quienes quería acercarse, amistoso, dócil, le hicieron regresar un día con odio a todo lo visto en el mundo recién descubierto. Y me muestra, sin explicaciones, las marcas de grillos que le remacharon en un remoto puesto fronterizo. Ahora callan el padre y el hijo; pero detrás de aquel silencio adivino que ambos aceptan sin reticencias una dura posibilidad creada por la Razón de Estado: la del Buscador, empeñado en regresar al Valle de las Mesetas, y que jamás volverá del segundo viaje —«por haberse extraviado en la selva», creerán luego quienes puedan interesarse por su destino—. Esto añade un tema de reflexión a los muchos que se comparten mi espíritu a todas horas. Y es que después de varios días de una tremenda pereza mental, durante los cuales he sido un hombre físico, ajeno a todo lo que no fuera sensación, quemarme al sol, holgarme con Rosario, aprender a pescar, habituarme a sabores de una desconcertante novedad para mi paladar, mi cerebro se ha puesto a trabajar, como después de un reposo necesario, en un ritmo impaciente y ansioso. Hay mañana en que quisiera ser naturalista, geólogo, etnógrafo, botánico, historiador, para comprenderlo todo, anotarlo todo, explicar en lo posible. Una tarde descubrí con asombro que los indios de aquí conservan el recuerdo de una oscura epopeya que fray Pedro está reconstruyendo a fragmentos. Es la historia de una migración caribe, en marcha hacia el Norte, que lo arrasa todo a su paso y jalona de prodigios su marcha victoriosa. Se habla de montañas levantadas por la mano de héroes portentosos, de ríos desviados de su curso, de combates singulares en que intervinieron los astros. La portentosa unidad de los mitos se afirma en esos relatos, que encierran raptos de princesas, inventos de ardides de guerra, duelos memorables, alianzas con animales. Las noches en que se emborracha ritualmente con un polvo sorbido por huesos de pájaros, el Capitán de los Indios se hace bardo, y de su boca recoge el misionero jirones del cantar de gesta, de la saga, del poema épico, que vive oscuramente —anterior a su expresión escrita— en la memoria de los Notables de la Selva... Pero no debo pensar demasiado. No estoy aquí para pensar. Los trabajos de cada día, la vida ruda, la parca alimentación a base de mañoco, pescado y casabe, me han adelgazado, apretando mi carne al esqueleto: mi cuerpo se ha vuelto escueto, preciso, de músculos ceñidos a la estructura. Las malas grasas que yo traía, la piel blanca y fláccida, los sobresaltos, las angustias inmotivadas, los presentimientos de desgracias por ocurrir, las aprensiones, los latidos del plexo solar, han desaparecido. Mi persona, metida en su contorno cabal, se siente bien. Cuando me acerco a la carne de Rosario, brota de mí una tensión que, más que llamada del deseo, es incontenible apremio de un celo primordial: tensión del arco armado, entesado, que, luego de disparar la flecha, vuelve al descanso de la forma recobrada. *Tu mujer* está cerca. La llamo y acude. No estoy aquí para pensar. No debo pensar. Ante todo sentir y ver. Y cuando de ver se pasa a mirar, se encienden raras luces y todo cobra una voz. Así, he descubierto, de pronto, en un segundo fulgurante, que existe una Danza de los Arboles. No son todos los que conocen el secreto de bailar en el viento. Pero los que poseen la gracia, organizan rondas de hojas ligeras, de ramas, de retoños, en torno a su propio tronco estremecido. Y es todo un ritmo el que se crea en las frondas; ritmo ascendente e inquieto, con encrespamientos y retornos de olas, con blancas pausas, respiros, vencimientos, que se alborozan y son torbellino, de repente, en una música prodigiosa de lo verde. Nada hay más hermoso que la danza de un macizo de bambúes en la brisa. Ninguna coreografía humana tiene la euritmia de una rama que se dibuja sobre el cielo. Llego a preguntarme a veces si las formas superiores de la emoción estética no consistirán, simplemente, en un supremo entendimiento de lo creado. Un día, los hombres descubrirán un alfabeto en los ojos de las calcedonias, en los pardos terciopelos de la falena, y entonces se sabrá con asombro que cada caracol manchado era, desde siempre, un poema.

XXIX

Llueve sin cesar desde hace dos días. Hubo una larga
obertura de truenos bajos que parecieron rodar sobre el
suelo mismo, entre las mesetas, colándose en las oquedades, retumbando en los socavones, y, de súbito, fue el
agua. Como las palmas del techo estaban resecas, pasamos la primera noche mudando las hamacas de un lugar
a otro, en inútil busca de un espacio sin goteras. Luego,
un torrente fangoso comenzó a correr debajo de nosotros, sobre el piso, y, para salvar los instrumentos colec-
tados, tuve que colgarlos de las vigas que sostienen la cobija. El amanecer nos halló a todos desconcertados, con
las ropas húmedas, rodeados de lodo. Mal se encendían
los fuegos, y las viviendas se llenaron de un humo acre
que hacía llorar. Media iglesia ha caído, por los efectos
de la lluvia sobre el bahareque aún mal fraguado, y fray
Pedro, con el hábito anudado a la cintura y un simple
guayuco puesto sobre el sexo, está tratando de apuntalar
lo apuntalable, con ayuda de algunos indios. Su pésimo
humor cubre al Adelantado de invectivas, por no haberle
ayudado a terminar la obra con el dictado de una medida
de emergencia. Luego vuelve a llover, y es lluvia, y más
lluvia y nada más que lluvia, hasta el atardecer. Y luego
es la noche otra vez. No tengo el consuelo, siquiera, de
poder abrazar a Rosario, que «no puede», y cuando esto
le acontece se torna arisca, huraña, pareciendo que todo
gesto de cariño le fuera odioso. Me duermo con dificultad, en el ruido universal y constante del agua que corre
por doquiera, borrando todo ruido que no sea ruido de
agua, como si hubiésemos llegado a los tiempos de las
cuarenta arduas noches... Al cabo de algún tiempo de sueño —lejos debe estar el alba todavía— me despierto con
una rara sensación de que, en mi mente, acaba de reali-
zarse un gran trabajo: algo como la maduración y com-
pactación de elementos informes, disgregados, sin sentido al estar dispersos, y que, de pronto, al ordenarse, cobran un significado preciso. Una obra se ha construido

en mi espíritu; es «cosa» para mis ojos abiertos o cerrados, suena en mis oídos, asombrándome por la lógica de
su ordenación. Una obra inscrita dentro de mí mismo, y
que podría hacer salir sin dificultad, haciéndola texto,
partitura, algo que todos palparan, leyeran, entendieran.
Muchos años atrás me había dejado llevar, cierta vez, por
la curiosidad de fumar opio: recuerdo que la cuarta pipa
me produjo una suerte de euforia intelectual que trajo
una repentina solución a todos los problemas de creación
que entonces me atormentaban. Lo veía todo claro, pensado, medido, hecho. Cuando saliera de la droga, no tendría más que tomar el papel pautado y en algunas horas
nacería de mi pluma, sin dolor ni vacilaciones, un Concierto que entonces proyectaba, con molesta incertidum-
bre acerca del tipo de escritura por adoptar. Pero al día
siguiente, cuando salí del sueño lúcido y quise de verdad
tomar la pluma, tuve la mortificante revelación de que
nada de lo pensado, imaginado, resuelto, bajo los efectos
del Benares fumado, tenía el menor valor: eran fórmulas
adocenadas, ideas sin consistencia, invenciones descabe-
lladas, imposibles transferencias estéticas de plástica o sonidos, que las gotas burbujeantes, trabajadas entre dos
agujas, habían sublimado al calor de la lámpara. Lo que
me ocurre esta noche, aquí, en la oscuridad, rodeado del
ruido de las goteras que caen en todas partes, es muy semejante a lo que inició, para mí, aquella delirante lucu-
bración; pero esta vez la euforia se nutre de conciencia;
las ideas mismas buscan un orden, y hay ya, en mi cerebro, una mano que tacha, enmienda, delimita, subraya.
No tengo que regresar de las torpezas de una embriaguez
para poder concretar mi pensamiento: sólo me es preciso
esperar el amanecer, que me traerá la claridad necesaria
para hacer los primeros esbozos del *Treno*. Porque el título de *Treno* es el que se ha impuesto a mi imaginación
durante el sueño.

Antes de caer en las estúpidas actividades que me hubieran alejado de la composición —mi pereza de entonces, mi flaqueza ante toda incitación al placer no eran, en

el fondo, sino formas del miedo a crear sin estar seguro de mí mismo— había meditado mucho acerca de ciertas posibilidades nuevas de acoplar la palabra con la música. Para enfocar mejor el problema había repasado, desde luego, la larga y hermosa historia del recitativo, en sus funciones litúrgicas y profanas. Pero el estudio del recitativo, de los modos de recitar cantando, de cantar diciendo, de buscar la melodía en las inflexiones del idioma, de enredar la palabra dentro del acompañamiento o de liberarla, por el contrario, del sostén armónico; todo ese proceso que tanto preocupa a los compositores modernos, luego de Mussorgsky y Debussy, llegándose a los logros exasperados, paroxísticos, de la escuela vienesa, no era, en realidad, lo que me interesaba. Yo buscaba más bien una expresión musical que surgiera de la palabra desnuda, de la palabra anterior a la música —no de la palabra hecha música por exageración y estilización de sus inflexiones, a la manera impresionista—, y que pasara de lo hablado a lo cantado de modo casi insensible, el poema haciéndose música, hallando su propia música en la escansión y la prosodia, como ocurrió probablemente con la maravilla del *Dies Irae, Dies Ille* del canto llano, cuya música parece nacida de los acentos naturales del latín. Yo había imaginado una suerte de cantata, en que un personaje con funciones de corifeo se adelantara hacia el público, y, en un total silencio de la orquesta, luego de reclamar con un gesto la atención del auditorio, comenzara a *decir* un poema muy simple, hecho de vocablos de uso corriente, sustantivos como *hombre, mujer, casa, agua, nube, árbol,* y otros que por su elocuencia primordial no necesitaran del adjetivo. Aquello sería como un verbogénesis. Y, poco a poco, la repetición misma de las palabras, sus acentos, irían dando una entonación peculiar a ciertas sucesiones de vocablos, que se tendría el cuidado de hacer regresar a distancias medidas, a modo de un estribillo verbal. Y empezaría a afirmarse una melodía que tuviera —yo lo quería así— la sencillez lineal, el dibujo centrado en pocas notas, de un himno ambrosiano —*Ae-*

terne rerum conditor— que es, para mí, el estado de la
música más cercano a la palabra. Transformado el hablar
en melodía, algunos instrumentos de la orquesta entra-
rían discretamente, a modo de una puntuación sonora, a
encuadrar y delimitar los períodos normales del recitado,
afirmándose, en estas intervenciones, la materia vibrante
de que cada instrumento estuviera hecho: presencia de la
madera, del cobre, de la cuerda, del parche tenso, a modo
de un enunciado de aleaciones posibles. Por otra parte,
me había impresionado mucho, en aquellos días lejanos,
la revelación de un tropo compostelano —*Congaudeant
Catholici*—, en que una segunda voz era situada sobre la
del *cantus firmus* con el papel de adornarla, de darle las
melismas, las luces y sombras que no fuera decente agre-
gar directamente al tema litúrgico, cuya pureza, así, quedaba salvaguardada: especie de guirnalda colgada de una
severa columna, que nada le restaba de su dignidad, pero
le añadía un elemento ornamental, flexible, ondulante. Yo
veía las entradas sucesivas de las voces del coro, sobre el
canto primicial del corifeo, a la manera con que éstas se
ordenaban —elemento masculino, elemento femenino—
en el tropo compostelano. Esto, desde luego, creaba una
sucesión de acentos nuevos cuyas constantes engendra-
ban un ritmo general: ritmo que la orquesta, con sus medios sonoros, diversificaba y coloreaba. Ahora, por vías
del desarrollo, el elemento melismático pasaba al terreno
instrumental, buscando planos de variación armónica y
oposiciones entre los timbres puros, mientras el coro, por
fin compacto, podía entregarse a una suerte de invención
de la polifonía, dentro de un enriquecimiento creciente
del movimiento contrapuntístico. Así pensaba yo lograr
una coexistencia de la escritura polifónica y la de tipo armónico, concertadas, machihembradas, según las leyes
más auténticas de la música, dentro de una oda vocal y
sinfónica, en constante aumento de intensidad expresiva,
cuya concepción general era, por lo pronto, bastante sen-
sata. La sencillez del enunciado prepararía al oyente para
la percepción de una simultaneidad de planos que, de ha-

berle sido presentada de golpe, le hubiera resultado intrincada y confusa, haciéndosele posible seguir, dentro de
la lógica indiscutible de su proceso, el desarrollo de una
palabra-célula a través de todas sus implicaciones musicales. Había, desde luego, que desconfiar del posible desorden de estilos engendrados por esa suerte de reinven-
ción de la música que, en lo instrumental, entrañaba ries-
gosas incitaciones. De lo último pensaba defenderme es-
peculando con los timbres puros, y me citaba a mí mismo, como referencia, unos sorprendentes diálogos de
flautín y contrabajo, de oboe y trombón, que había encontrado en obras de Alberic Magnard. En cuanto a la armonía, pensaba hallar un elemento de unidad en el uso
habilidoso de los modos eclesiásticos, cuyos recursos
inexplotados empezaban a ser aprovechados, desde hacía
muy pocos años, por algunos de los músicos más inteligentes del momento... Rosario abre la puerta y la luz del
día me sorprende en deleitosa reflexión. Aún no vuelvo
de mi asombro: el *Treno* estaba dentro de mí, pero fue
resembrada su semilla y empezó a crecer en la noche del
Paleolítico, allá, más abajo, en las orillas del río poblado
de monstruos, cuando escuché cómo aullaba el hechicero
sobre un cadáver ennegrecido por la ponzoña de un crótalo, a dos pasos de una zahurda donde estaban los cautivos postrados sobre sus excrementos y orines. Esa noche me fue dada una gran lección por los hombres a quienes no quise considerar como hombres; por aquellos mismos que me hicieran ufanarme de mi superioridad, y que,
a su vez, se creían superiores a los dos ancianos babean-
tes que roían huesos dejados por los perros. Ante la visión de un auténtico treno, renació en mí la idea del *Treno*, con su enunciado de la palabra célula, su exorcismo
verbal que se transformaba en música al necesitar más de
una entonación vocal, más de una nota, para alcanzar su
forma —forma que era, en ese caso, la reclamada por su
función mágica, y que, por la alternación de dos voces,
de dos maneras de gruñir, era, en sí, un embrión de Sonata—. Yo, el músico que contemplaba la escena, estaba

añadiendo el resto: oscuramente intuía lo que había ya de futuro en ello y lo que aún le faltaba. Cobraba conciencia de la música transcurrida y de la no transcurrida... Ahora voy corriendo, bajo la lluvia, a la casa del Adelantado, para pedirle una de sus libretas; una de esas en cuya portada se lee: *Cuaderno de... Perteneciente a...* —que me entrega, por cierto, con alguna mala gana—, y empiezo a esbozar ideas musicales sobre pentagramas que yo mismo trazo, sirviéndome, como regla, del lomo casi recto de un machete.

XXX

De primer intento, por fidelidad a un viejo proyecto de adolescencia, yo hubiera querido trabajar sobre el *Prometeo Desencadenado* de Shelley, cuyo primer acto ofrece por sí solo —como el tercio del *Segundo Fausto*— un maravilloso tema de cantata. La liberación del encadenado, que asocio mentalmente a mi fuga *de allá*, tiene implícito un sentido de resurrección, de regreso de entre las sombras, muy conforme a la concepción original del treno, que era canto mágico destinado a hacer volver un muerto a la vida. Ciertos versos que ahora recuerdo hubieran correspondido admirablemente a mi deseo de trabajar sobre un texto hecho de palabras simples y directas: *Ah me! Alas, pain, pain, pain, ever, for ever! —No change, no pause, no hope! Y et I endure!* Y luego, esos coros de montañas, de manantiales, de tormentas: de elementos que ahora me rodean y siento. Esa voz de la tierra, que es Madre a la vez, arcilla y matriz, como las Madres de Dioses que aún reinan en la selva. Y esas «perras del infierno» —*hounds of hell*— que irrumpen en el drama y aúllan con más acento de ménade que de furia. *Ah, I scent life! Let mi but look into his eyes!* Pero no. Es absurdo caldearse la imaginación sobre esto, puesto que no tengo el texto de Shelley ni lo tendré jamás aquí donde sólo hay tres libros: la *Genoveva de Brabante* de Rosario; el *Liber Usualis*, con los textos propios del ministerio de fray Pedro, y *La Odisea* de Yannes. Hojeando *Genoveva de Brabante* descubro con sorpresa que el asunto del cuento, si se le despoja de un estilo intolerable, no es mucho peor que el de óperas excelentes, pareciéndose bastante al de *Pelleas*. En cuanto a la prosa cristiana, ésta me alejaría de la idea del *Treno*, dando un estilo versicular, bíblico, a toda la cantata. Me queda, pues, *La Odisea*, cuyo texto está en español. Nunca había pensado en componer música para poema alguno escrito en ese idioma que, por sí mismo, constituiría un eterno obstáculo a la ejecución de una obra coral en cualquier gran centro artístico. Pero me enoja, de pronto, esa inconsciente confesión de un deseo de «verme ejecutado». Mi *renuncia* no sería verdadera nunca, mientras pudiera sorprenderme en tales resabios. Era el poeta de la isla desierta de Rainer María, y como tal debía crear, por necesidad profunda. Además, ¿cuál era mi idioma verdadero? Sabía el alemán, por mi padre. Con Ruth hablaba el inglés, idioma de mis estudios secundarios; con Mouche, a menudo el francés; el español de mi Epítome de Gramática —*Estos, Fabio...*— con Rosario. Pero este último idioma era también el de las Vidas de Santos, empastadas en terciopelo morado, que tanto me había leído mi madre: Santa Rosa de Lima, Rosario. En la coincidencia matriz veo como un signo propiciatorio. Vuelvo, pues, sin más vacilación, a *La Odisea* de Yannes. Su retórica empieza por descorazonarme, pues me niego a usar de fórmulas invocatorias del tipo de «Hijo de Cronos, padre mío, suprema majestad», o «Hijo de Laerte, vástago de dioses. Ulises de mil astucias». Nada resultaría más opuesto al género de texto que necesito. Leo y releo algunos pasajes, impaciente por ponerme a escribir. Me detengo varias veces sobre el episodio de Polifemo, pero en fin de cuentas lo encuentro demasiado movido y lleno de peripecias. Salgo de la casa irritado y doy vueltas bajo la lluvia, ante el escándalo de Rosario. Apenas si respondo a *Tu mujer* que se alarma de verme tan nervioso; pero pronto deja de preguntar, admitiendo que el varón tiene «días malos» y que en modo alguno está obligado a dar cuenta de lo que le arruga el ceño. Por no molestar se sienta en un rincón, a mis espaldas, y se pone a limpiar las orejas de Gavilán, que se le han llenado de garrapatas, con la punta de un retoño de bambú. Pero a poco me vuelve el buen humor. La solución del problema era sencilla: bastaba aligerar de hojarasca el texto homérico para hallar la simplicidad deseada. De pronto, en el episodio de la evocación de los muertos, encuentro el tono mágico, elemental, a la vez preciso y solemne: «Hago a los muertos tres libaciones. Libación de leche y miel. Libación de vino y libación de agua clara. Derramo la harina y prometo que cuando regrese a Itaca sacrificaré la mejor de mis vacas sobre el fuego del altar y daré a Tiresias un carnero negro, el mejor de mis rebaños... He degollado las bestias, he derramado su sangre, y veo aparecer las sobras de los que duermen en la muerte.» A medida que el texto cobra la consistencia requerida, concibo la estructura del discurso musical. El paso de la palabra a la música se hará cuando la voz del corifeo se enternezca, casi imperceptiblemente, sobre la estrofa en que se habla de las vírgenes enlutadas y de los guerreros caídos bajo el bronce de las lanzas. El elemento melismático que habré de colocar sobre la primera voz será traído por la queja de Elpenor, que llora de no tener «su tumba en la tierra, al borde de los caminos». En el poema mismo se habla de un largo gemido que interpretaré en vocalización, preludio de su imploración: «No me abandones sin lágrimas, ni funerales; quémame con todas mis armas y levanta mi tumba en la orilla del mar para que todos sepan mi desgracia. Planta sobre mis despojos el remo con que remaba entre vosotros.» La aparición de Anticleia pondrá el timbre de contralto en el edificio vocal que se me hace cada vez más dibujado, entrando como una suerte de fobordón en el discantus de Ulises y Elpenor. Un acorde muy abierto de la orquesta, con sonoridad de pedal de órgano, anunciará la presencia de Tiresias. Pero aquí me detengo. La nece-

sidad de escribir música es tan imperiosa que empiezo a
trabajar sobre lo apuntado, viendo renacer los signos musicales, por tanto tiempo olvidados, bajo la mina de mi
lápiz. Cuando termino una primera página de esbozos
me detengo maravillado ante esos toscos pentagramas,
irregularmente trazados, de líneas más convergentes que
paralelas, sobre los cuales se inscriben las notas de un comienzo homofónico que tiene, en una gráfica misma, algo
de ensalmo, de invocación, de música distinta a la que yo
hubiera escrito hasta ahora. En nada se asemejaba esto a
la mañosa escritura de aquel desventurado «Preludio»
para el «Prometeo Encadenado», muy al gusto del día,
en que, como tanta gente, había tratado de volver a encontrar la salud y la espontaneidad del arte artesanal —la
obra empezaba el miércoles para ser cantada en el oficio
del domingo—, tomando sus fórmulas, sus recetas con-
trapuntísticas, su retórica, pero sin recuperar su espíritu.
No eran las disonancias, los puntos mal colocados sobre
puntos, las asperezas de los instrumentos situados adrede en los registros más ríspidos e ingratos, los que iban
a asegurar la perdurabilidad de un arte de calco, de fabricación en frío, en que sólo el muerto legado —la forma
y las recetas para «desarrollar»— era actualizado, en
obras que olvidaban demasiado a menudo, y con todo
propósito de olvidarlo, la enjundia genial de los tiempos
lentos, la sublime inspiración de las arias, para hacer juegos de manos en medio del aturdimiento, de la prisa, del
correr, de los allegros. Una suerte de ataxia locomotriz
había aquejado durante años a los autores de *Concerti
Grossi*, en que dos movimientos en corcheas y semicor-
cheas —como si no hubiesen existido notas blancas o redondas—, desencuadrados por acentos martillados fuera
de lugar, contrarios a la *respiración* misma de la música,
trepidaban a ambos lados de un *ricercare* cuya pobreza
de ideas era disimulada bajo el contrapunto más mal so-
nante que pudiera inventarse. Yo también como tantos
otros, me había dejado impresionar por consignas de «regreso al orden», necesidad de pureza, de geometría, de

asepsia, acallando en mí todo canto que pugnara por levantarse. Ahora, lejos de las salas de conciertos, de los
manifiestos, del inacabable aburrimiento de las polémi-
cas de arte, invento música con una facilidad que me
asombra, como si las ideas, bajadas del cerebro, me lle-
naran la mano, atropellándose por salir a través del plomo del lápiz. Sé que debo desconfiar de lo que se crea
sin algún dolor. Pero ya habrá tiempo de tachar, de cri-
ticar, de ceñir. En medio de la lluvia que cae sin tregua,
escribo con jubilosa impaciencia, como impulsado por un
brote de energía interior, reduciendo mi escritura, en muchos casos, a una suerte de taquigrafía que sólo yo podría descifrar. Cuando me duerma esta noche, los primeros estados del *Treno* habrán llenado todo el *Cuaderno
de... Perteneciente a...*

XXXI

Acabo de tener una desagradable sorpresa. El Adelantado, a quien fui a pedir otro cuaderno, me preguntó si
me los tragaba. Le expliqué por qué necesitaba más papel. «Te doy el último», me dijo, de mal humor, expli-
cándome luego que esas libretas se destinaban a levantar
actas, consignar acuerdos, tomar apuntes de utilidad, y
en modo alguno podían despilfarrarse en músicas. Para
calmar mi despecho, me ofrece la guitarra de su hijo Marcos. Según veo, no establece relación alguna entre el hecho de componer y la necesidad de escribir. Todas las
músicas que conoce son de arpistas, tocadores de bando-
la, gentes de plectro, que siguen siendo ministriles del
Medievo, como los venidos en las carabelas primeras, y
para nada necesitan de partituras ni saben, siquiera, de papeles pautados. Enojado, voy a quejarme a fray Pedro.
Pero el capuchino da toda la razón al Adelantado, añadiendo que éste, además, parece olvidar que pronto habrán de llevarse Libros de Bautizo y Libros de Entierros,
en la comunidad, sin olvidar el Registro de Casamientos.

Y, de súbito, se encara conmigo, preguntándome si pienso seguir en concubinato por toda la vida. Tan poco me esperaba esto que balbuceo cualquier cosa ajena a la cuestión. Fray Pedro, ahora, increpa a los que se tienen por personas cultas y sensatas, y empiezan por entorpecer su labor de evangelización, dando malos ejemplos a los indios. Afirma que estoy en la obligación de casarme con Rosario, pues las uniones santificadas y legales deben ser la base del orden que habrá de instaurarse en Santa Mónica de los Venados. Repentinamente me vuelve el aplomo y tengo una reacción irónica, diciéndole que muy bien se vivía aquí sin su ministerio. Todas las venas de la cara del fraile parecen hincharse a un tiempo; iracundo, me grita, con la violencia de quien insulta o profiere improperios, que no tolera dudas acerca de la legitimidad de su ministerio, justificando su presencia con una frase en que Cristo hablaba de las ovejas que no eran de su rebaño y tenían que recogerse para que oyeran su voz. Sorprendido por la ira de fray Pedro, que golpea el suelo con su cayado, me encojo de hombros y miro a otra parte, guardando para mí lo que iba a decirle: He aquí para lo que sirve una iglesia. Ya salen a relucir las ataduras hasta ahora escondidas bajo el sayal samaritano. No pueden dos cuerpos yacer y gozarse, sin que unos dedos de uñas negras tracen sobre ellos el signo de la cruz. Habrá que asperjar de agua bendita las esteras en que nos abrazamos, un domingo en que hayamos consentido a ser los personajes de una edificante estampa. Tan ridículo me parece el cromo nupcial, que prorrumpo en una carcajada y salgo de la iglesia, cuya pared abierta en rajaduras ha sido calafateada temporalmente con anchas hojas de malangas, sobre las que corre la lluvia con sordo tamborileo. Vuelvo a nuestra choza, y debo confesarme, entonces, que mi burla, mi risa desafiante, no eran sino fáciles reacciones de quien buscaba, en muy literarios principios de libertad, una manera de ocultar la verdad molesta: estoy casado ya. Y poco importaría esto si no amara hondamente, entrañablemente, a Rosario. La bigamia, a tales dis-

tancias de mi país y de sus tribunales, sería un delito in-
comprobable. Podría prestarme a la comedia ejemplar pe-
dida por el fraile, y todos quedarían contentos. Pero pasaron los tiempos de las estafas. Por lo mismo que he
vuelto a sentirme un hombre, me he prohibido el uso de
la mentira; ya que la lealtad puesta por Rosario a cuanto
me atañe es algo que estimo sobre todas las cosas, me subleva la idea de engañarla —y más, en materia a que tanta importancia atribuye, por instinto, la mujer llevada a
buscar casa donde albergar la viviente casa de su gravidez siempre posible—. No podría aceptar el espectáculo
atroz de verla guardar entre sus ropas, tal vez con alegría
de niña endomingada, el acta, suscrita en papel de libreta, en que se nos declare «marido y mujer ante Dios». La
conciencia de mi conciencia me impide ya semejantes ca-
nalladas. Por lo mismo, tengo temor a las probables tác-
ticas frailunas: firme en su propósito, Pedro de Henestrosa actuará sobre el ánimo de *Tu mujer,* para que sea
ella quien se coloque en el disparadero. Me veré en el dilema de confesar lo cierto o de mentir. La verdad —si la
digo— me pondrá en situación difícil ante el misionero,
falseándose, de hecho, la plácida y simple armonía de mi
vida con Rosario. La mentira —si la acepto— echará abajo, con un acto grave, la rectitud de proceder que yo me
había propuesto como ley inquebrantable en esta nueva
vida. Por huir de la zozobra, del acoso de esta cavilación,
trato de concentrarme en el trabajo de mi partitura, lo-
grándolo al fin con arduo esfuerzo. Estoy en el momento, sumamente difícil, de la aparición de Anticleia, que
hace pasar la voz de Ulises a un plano de simple discantus, bajo el lamento melismático de Elpenor, introducien-
do el primer episodio lírico de la cantata —episodio cuya
materia pasará a la orquesta, luego de la entrada de Tiresias, sirviendo de alimento al primer desarrollo de tipo
instrumental, bajo una polifonía establecida en el plano
de las voces... Al final del día, a pesar de haber apretado
la escritura hasta donde fuera posible, veo que he llenado
ya la tercera parte del segundo cuaderno. Es evidente que

debo hallar con urgencia un modo de resolver este problema. Alguna materia debe haber en la selva, tan pródiga en tejidos naturales, yutas extrañas, yaguas, envolturas de fibra, en que se haga posible escribir. Pero llueve sin cesar. Nada está seco en todo el Valle de las Mesetas. Aprieto un poco más la gráfica, con astucias de pendolista, para aprovechar cada milímetro de papel; pero esa preocupación mezquina, avara, contraria a la generosidad de la inspiración, cohíbe mi discurso, haciéndome pensar en pequeño lo que debo ver en grande. Me siento maniatado, menguado, ridículo, y acabo por abandonar la tarea, poco antes del crepúsculo, con resquemante despecho. Nunca pensé que la imaginación pudiera toparse alguna vez con un escollo tan estúpido como la falta de papel. Y cuando más exasperado me encuentro, Rosario me pregunta a quién estoy escribiendo cartas, puesto que aquí no hay correo. Esa confusión, la imagen de la carta hecha para viajar y que no puede viajar, me hace pensar, de súbito, en la vanidad de todo lo que estoy haciendo desde ayer. De nada sirve la partitura que no ha de ser ejecutada. La obra de arte se destina a los demás, y muy especialmente la música, que tiene los medios de alcanzar las más vastas audiencias. He esperado el momento en que se ha consumado mi evasión de los lugares en donde podría ser escuchada una obra mía, para empezar a componer realmente. Es absurdo, insensato, risible. Y, sin embargo, puedo prometerme, jurarme en voz baja que el *Treno* se quedará ahí, que no pasará del primer tercio de la segunda libreta: sé que mañana, al alba, una fuerza que me posee me hará tomar el lápiz y esbozar la página en la aparición de Tiresias, que suena ya en mis oídos con su festiva sonoridad de órgano: tres óboes, tres clarinetes, un fagot, dos cornos, trombón. No importa que el *Treno* no se ejecute nunca. Debo escribirlo y lo escribiré, sea como sea; aunque fuera para demostrarme que no estaba vacío, totalmente vacío —como quise hacérselo creer, un día de este año, al Curador. Algo calmado, me recuesto en mi hamaca. Pienso nuevamente en el fraile y su exigencia. *Tu mujer* está detrás de mí, acabando de asar unas mazorcas de maíz sobre un fuego que mucho le ha costado encender, a causa de la humedad. Desde donde se encuentra no puede ver mi rostro en sombra, ni podrá observar mi expresión cuando le hable. Me decido por fin a preguntarle, con voz que no me suena muy firme, si ella cree útil o deseable que nos casemos. Y cuando creo que se va a agarrar de la oportunidad para hacerme el protagonista de un cromo dominical para uso de catecúmenos, la oigo decir, asombrado, que de ninguna manera quiere el matrimonio. Al punto se transforma mi sorpresa en celoso despecho. Voy hacia Rosario, muy dolido, a pedirle explicaciones. Pero me deja desconcertado con una argumentación que es la de sus hermanas, fue sin duda la de su madre, y es probablemente la razón del recóndito orgullo de esas mujeres que nada temen: según ella, el casamiento, la atadura legal, quita todo recurso a la mujer para defenderse contra el hombre. El arma que asiste a la mujer frente al compañero que se descarría es la facultad de abandonarlo en todo momento, de dejarlo solo, sin que tenga medios de hacer valer derecho alguno. La esposa legal, para Rosario, es una mujer a quien pueden mandar a buscar con guardias, cuando abandona la casa en que el marido ha entronizado el engaño, la sevicia o los desórdenes del licor. Casarse es caer bajo el peso de leyes que hicieron los hombres y no las mujeres. En una libre unión, en cambio —afirma Rosario, sentenciosa—, «el varón sabe que de su trato depende de tener quien le dé gusto y cuidado». Confieso que la campesina lógica de este concepto me deja sin réplica. Frente a la vida, es evidente que *Tu mujer* se mueve en un mundo de nociones, de usos, de principios, que no es el mío. Y, sin embargo, me siento humillado, en un plano de molesta inferioridad, porque soy yo, ahora, el que quisiera obligarla a casarse; soy yo quien aspira a verse pintado en la edificante estampa nupcial, oyendo a fray Pedro pronunciar la fórmula ritual de casamiento, ante la indiada reunida. Pero hay un papel firmado y legalizado, *allá,* muy lejos, que me quita toda fuerza moral. *Allá,* sobre el papel que aquí tanto falta... En ese momento, un grito de Rosario, seguido de un jadeo de terror, me hace mirar atrás. Lo que apareció allí, en el marco de la ventana, es la lepra; la gran lepra de la antigüedad, la clásica, la olvidada por tantos pueblos, la lepra del Levítico, que aún tiene horribles depositarios en el fondo de estas selvas. Bajo un gorro puntiagudo hay un residuo, una piltrafa de semblante, una escoria de carne que aún se sujeta en torno a un agujero negro, abierto en sombras de garganta, cerca de dos ojos sin expresión, que son como de llanto endurecido, prestos a disolverse también, a licuarse, dentro de la desintegración del ser que los mueve y despide por la tráquea una suerte de ronquido bronco, señalando las mazorcas con una mano de ceniza. No sé qué hacer frente a esa pesadilla, a ese cuerpo presente, a ese cadáver que gesticula tan cerca, agitando pedazos de dedos, y tiene a Rosario arrodillada en el suelo, muda de pavor. «¡Vete, Nicasio! —dice la voz de Marcos, que se acerca sin enojo—. ¡Vete, Nicasio! ¡Vete!» Y lo empuja suavemente con una rama horquillada, para separarlo de la ventana. Luego entra en nuestra choza riendo, toma una mazorca y la arroja al miserable, que se la guarda en una alforja, y se aleja hacia la montaña, arrastrándose más que andando. Sé ahora que he visto a Nicasio, un buscador de oro a quien el Adelantado encontró aquí al llegar, ya muy enfermo, y que vive en una caverna distante, esperando una muerte que le tiene demasiado olvidado. Le está prohibido venir a la población. Pero hace tanto tiempo que no se atrevía a acercarse, que hoy no hubo mayores sanciones. Horrorizado por la idea de que el leproso pueda regresar, invito al hijo del Adelantado a compartir nuestra cena. Presto corre bajo la lluvia a buscar su vieja guitarra de cuatro cuerdas —la misma que sonó a bordo de las carabelas— y sobre un ritmo que hace correr sangre de negros bajo la melodía del romance, empieza a cantar:

Soy hijo del rey Mulato
y de la reina Mulatina;
la que conmigo casara
mulata se volvería.

XXXII

Al saber que trataba de escribir en yaguas, en cortezas, en el cuerpo de venado que alfrombra un rincón de nuestra choza, el Adelantado, compadecido, me ha dado otro cuaderno, aunque advirtiéndome que es el último. Cuando terminen las lluvias se propone ir a Puerto Anunciación por unos días, y entonces me traerá todas las libretas que yo quiera. Pero aún habrán de pasarse más de ocho semanas de aguas, y antes de partir será necesario acabar la edificación de la iglesia y reparar todo lo que haya sido dañado por la humedad, además de procederse a las siembras oportunas en tal tiempo. Sigo trabajando, pues, sabiendo que al cabo de sesenta y cuatro pequeñas hojas llenadas quedarán los esbozos donde están. Casi temo, ahora, que me vuelva la maravillosa excitación imaginativa del comienzo y, usando mucho la goma del lápiz —es decir: haciendo algo que no acrece el consumo de papel— paso los días enmendando y aligerando los guiones primeros. No he vuelto a mentar el matrimonio a Rosario; pero su negativa de la otra tarde es algo que, por decir verdad, me escuece a lo hondo. Los días son interminables. Llueve demasiado. La ausencia del sol, que aparece a mediodía como un disco difuminado, más arriba de nubes que de grises se hacen blancas por unas horas, mantiene como en estado de agobio esta naturaleza necesitada de sol para poner a cantar sus colores y mover sus sombras sobre el suelo. Los ríos están sucios, acarreando troncos, balsas doce hojas podridas, escombros de la selva, animales ahogados. Se arman diques de cosas arrancadas y rotas, de pronto quebradas por el empellón de un árbol entero que cae, de raíces, de lo alto de una

cascada, envuelto en borbollones de fango. Todo huele a
agua; todo suena a agua, y las manos encuentran el agua
en todo. En cada una de mis salidas a la busca de algo
donde poder escribir, he rodado en el lodo, hundiéndo-
me hasta las rodillas en hoyos llenos de cieno, mal cubiertos por yerbas traidoras. Todo lo que vive de la humedad crece y se regocija; nunca fueron más verdes ni
más espesas las hojas de las malangas; nunca se multipli-
caron tanto los hongos, treparon los musgos, cantaron
mejor los sapos, fueron más numerosas las criaturas de
la madera podrida. Sobre los farallones de las mesetas, las
filtraciones pintan grandes coladas negras. Cada falla,
cada pliegue, cada arruga de la piedra, es cauce de un torrente. Es como si estas mesetas estuvieran cumpliendo
la gigantesca tarea de arrumbar las aguas hacia las tierras
de abajo, dando a cada comarca su caudal de lluvia. No
se puede levantar una tabla caída en tierra sin encontrar,
debajo, una fuga desaforada de chinches grises. Los pájaros desaparecieron del paisaje, y Gavilán, ayer, ha ras-
treado una boa en la parte anegada de la huerta. Los hombres y las mujeres pasan este tiempo como una necesaria
crisis de la naturaleza, metidos en sus chozas, tejiendo,
haciendo cuerdas, aburriéndose enormemente. Pero padecer las lluvias es otra de las reglas del juego, como admitir que se pare con dolor, y que hay que cortarse la
mano izquierda con machete blandido por la mano derecha, si en ella ha fundido los garfios una culebra vene-
nosa. Esto es necesario para la vida, y la vida ha menester de muchas cosas que no son amenas. Llegaron los días
del movimiento del humus, del fomento de la podre, de
la maceración de las hojas muertas, por esa ley según la
cual todo lo que ha de engendrarse se engendrará en la
vecindad de la excreción, confundidos los órganos de la
generación con los de la orina, y lo que nace nacerá envuelto en baba, serosidades y sangre —como del estiér-
col nacen la pureza del espárrago y el verdor de la men-
ta. Una noche creímos que las lluvias hubieran terminado. Hubo como una tregua, en que las techumbres deja-

ron de sonar, y fue un gran respiro en todo el valle. Se
oyó el correr de los ríos, a lo lejos, y una bruma espesa,
blanca, fría, se adueñó del espacio entre las cosas. Rosario y yo buscamos nuestros calores en un largo abrazo.
Cuando, salidos del deleite, volvimos a cobrar conciencia de lo que nos rodeaba, llovía de nuevo. «En tiempo
de las aguas es cuando salen empreñadas las mujeres», me
dijo *Tu mujer* al oído. Puse una mano sobre su vientre
en gesto propiciatorio. Por primera vez tengo ansias de
acariciar a un niño que de mí haya brotado, de sopesarlo
y saber cómo habrá de doblar las rodillas sobre mi ante-
brazo y ensalivarse los dedos... Me sorprendo en estas
imaginaciones, el lápiz detenido sobre un diálogo de
trompa y corno inglés, cuando una grita me hace salir al
umbral de la casa. Algo ha sucedido en el caserío de los
indios, pues todos vocean y gesticulan en torno a la choza del Capitán. Rosario, arropada en su rebozo, echa a
correr bajo el aguacero. Lo que allá ocurre es atroz: una
niña, de unos ocho años, ha regresado del río, hace un
momento, ensangrentada de las ingles a las rodillas.
Cuando de su llanto horrorizado lograron alguna aclara-
ción, se supo que Nicasio, el leproso, había tratado de
violarla, desgarrándole el sexo con las manos. Fray Pedro está restañando la hemorragia con hilachas, mientras
los hombres, armados de garrotes, emprenden una bati-
da por los alrededores. «Yo dije que ese lazarino estaba
de más aquí», recuerda el Adelantado al fraile, como si
en estas palabras se encerrara un reproche de largo tiempo latente. El capuchino no responde, y, con vieja experiencia de remedios selváticos, pone un tapón de telarañas en el entrepiernas de la niña, mientras le frota el pubis con ungüento sublimado. El asco y la indignación que
me causa el atropello es indecible: es como si yo, el hombre, todos los hombres, fuésemos igualmente culpables
del repugnante intento, por el mero hecho de que la posesión, aun consentida, pone al varón en actitud agresiva.
Y aún apretaba yo los puños con furor cuando Marcos
me deslizó un fusil debajo del brazo: era uno de esos fu-

siles maquiritares, de dos larguísimos cañones, marcado
al troquel de los armeros de Demerara, que aún hacen
perdurar, en estas lejanías, las técnicas de las primeras armas de fuego. Poniendo el índice sobre sus labios, para
no llamar, con palabras, la atención de fray Pedro, el
mozo me hizo seña de seguirlo. Envolvimos el fusil en
paños, y echamos a andar hacia el río. Las aguas turbu-
lentas y fangosas, arrastraban el cadáver de un venado,
tan hinchado que su vientre blanco parecía una panza de
manatí. Llegamos al lugar de la violación, donde las yerbas estaban holladas y sucias de sangre. Unos pasos se
marcaban hondamente en el barro. Marcos, encorvado,
se dio a seguir las huellas. Anduvimos durante largo tiempo. Cuando empezó a oscurecer, estábamos al pie del Cerro de los Petroglifos, sin haber dado con el leproso. Ya
nos concertábamos para regresar, cuando el mestizo me
señaló un trillo recién abierto en la maleza llovida. Avan-
zamos un poco más y, de pronto, el rastreador se detu-
vo: Nicasio estaba allí, arrodillado en medio de un claro,
mirándonos con sus horribles ojos. «Apunta a la cara»,
me dijo Marcos. Levanté el arma y puse la mira al nivel
del agujero que se hundía en el semblante del miserable.
Pero mi dedo no se decidía a hacer presión sobre el gatillo. De la garganta de Nicasio salía una palabra ininte-
ligible, que era algo así como: «onjejión... onjejión... onjejión». Bajé el arma: lo que pedía el criminal era la confesión antes de morir. Me volví hacia Marcos. «Dispara
—apremió—. Más vale que el cura no se meta en esto.»
Volví a apuntar. Pero había dos ojos ahí: dos ojos sin párpados, casi sin vida, que seguían mirando. De la presión
de mi dedo dependía apagarlos. Apagar dos ojos. Dos
ojos de hombre. Aquello era inmundo; aquello era culpable del más indignante atropello, aquello había destrozado una carne niña, contaminándola tal vez con su mal.
Aquello debía ser suprimido, anulado, dejado a las aves
de rapiña. Pero una fuerza, en mí, se resistía a hacerlo,
como si, a partir del instante en que apretara el gatillo,
algo hubiera de cambiar para siempre. Hay actos que le-

vantan muros, cipos, deslindes, en una existencia. Y yo tenía miedo al tiempo que se iniciaría para mí a partir del segundo en que yo me hiciera Ejecutor. Marcos, con gesto colérico, me arrancó el fusil de las manos: «¡Arrasan una ciudad desde el cielo, pero no se atreven a esto! ¿No habías estado en una guerra?...» El fusil maquiritare tenía bala en el cañón izquierdo y carga de perdigones en el derecho. Sonaron dos disparos tan seguidos que casi se confundieron, rebotando luego el estampido de roca en roca, de valle en valle... Aún volaban los ecos cuando me forcé a mirar: Nicasio seguía arrodillado en el mismo lugar, pero su rostro se estaba desdibujando, emborronando, perdiendo todo contorno humano. Era una mancha encarnada que se desintegraba a pedazos y se escurría a lo largo del pecho, sin prisa, como una materia cerosa que se estuviera derritiendo. Al fin terminó la colada de sangre, y el torso se vino adelante sobre la yerba mojada. De súbito arreció la lluvia y fue la noche. Era Marcos, ahora, quien llevaba el fusil.

XXXIII

Es como un largo trueno percutiente que entra en el Valle por el norte y nos pasa encima. Me yergo en lo acunado de la hamaca con tal precipitación que casi la volteo. Bajo el avión que gira y regresa, huyen, aterrorizados, los hombres del Neolítico. El Adelantado ha salido al umbral de la Casa de Gobierno, seguido de Marcos; ambos miran, pasmados, mientras fray Pedro grita a las mujeres indias, que aúllan de miedo en sus chozas, que esto es «cosa de blancos» sin peligro para la gente. El avión está, acaso, a unos ciento cincuenta metros del suelo, bajo un pesado techo de nubes prestas a romperse en lluvia nuevamente; pero no son ciento cincuenta metros los que separan la máquina volante del Capitán de Indios, que la mira, desafiante, con la mano aferrada al arco: son ciento cincuenta mil años. Por vez primera suena, en estas lejanías, un motor de explosión; por vez primera es el aire removido por una hélice, y esto que repite su redondez, paralelamente, donde los pájaros tienen las patas, nos trae nada menos que la invención de la rueda. El avión, sin embargo, tiene una suerte de titubeo en el modo de volar. Advierto que el piloto nos observa como buscando algo, o esperando una señal. Por ello, echo a correr hacia el centro de la explanada, agitando el rebozo de Rosario. Mi regocijo es tan contagioso que los indios acuden ahora, ya sin temor, saltando y alborotando, y tiene fray Pedro que apartarlos con su cayado para despejar el campo. El avión se aleja hacia el río, desciende un poco más, y es, de súbito, la vuelta cerrada, que lo trae a nosotros, como vacilando de ala a ala, cada vez más bajo. Es luego el contacto con el suelo; un rodar peligroso hacia la cortina de árboles, y un viraje oportuno que frena lo que restaba de impulso. Dos hombres salen del aparato: dos hombres que me llaman por mi nombre. Y se acrece mi estupor al saber que, desde hace más de una semana, varios aviones me están buscando. Alguien —no saben decirme quién— ha dicho *allá* que estoy extraviado en la selva, tal vez prisionero de indios sanguinarios. Se ha creado una novela en torno a mi persona, que incluye la insidiosa hipótesis de que yo haya sido torturado. Se repite conmigo el caso de Fawcett, y mis relatos, publicados en la prensa, están reactualizando la historia de Livingstone. Un gran periódico tiene ofrecido un premio cuantioso a quien me rescate. Los pilotos fueron orientados, en sus vuelos, por informes del Curador, quien señaló el área de dispersión de los indios cuyos instrumentos musicales vine a buscar. Ya iban a abandonar la partida cuando, esta mañana, tuvieron que apartarse de los rumbos hasta ahora seguidos por esquivar una turbonada. Al pasar por sobre las Grandes Mesetas se asombraron al divisar una aglomeración de viviendas donde sólo se esperaban a otear suelos sin huella de hombre, y pensaron, al verme agitar el rebozo, que era yo el extraviado que buscaban. Me admiro al saber que esta ciudad de Henoch, aún sin fraguas, donde acaso oficio yo de Jubal, está a tres horas de vuelo de la capital, en línea recta. Es decir, que los cincuenta y ocho siglos que median entre el cuarto capítulo del Génesis y la cifra del año que transcurre para los de *allá*, pueden cruzarse en ciento ochenta minutos, regresándose a la época que algunos identifican con el presente —como si lo de acá no fuese también *el presente*— por sobre ciudades que son hoy, en este día, del Medievo, de la Conquista, de la Colonia o del Romanticismo. Ahora sacan del avión un bulto envuelto en telas impermeables, que me hubiera sido arrojado con un paracaídas en caso de habérseme hallado donde fuera imposible el aterrizaje, y entregan medicamentos, conservas, cuchillos, vendas, a Marcos y al capuchino. El piloto aparta una gran cantimplora de aluminio, desenrosca la tapa y me hace beber. Desde la noche de la tempestad en los raudales yo no había probado un sorbo de licor. Ahora, en la universal humedad que nos envuelve, este alcohol me produce, de súbito, una embriaguez lúcida, que llena mis entrañas de apetencias olvidadas. No sólo quisiera beber más, y miro por ello con celosa impaciencia el Adelantado y a su hijo que también tragan de mi aguardiente, sino que mil ansias de sabores se disputan mi paladar. Son llamadas apremiantes del té y del vino, del apio y del marisco, del vinagre y del hielo. Y es también ese cigarrillo que renace en mi boca, cuyo olor es el de los cigarrillos de tabaco rubio que fumaba en la adolescencia, a hurtadillas de mi padre, en el camino del Conservatorio. Hay, dentro de mí mismo, como un agitarse de otro que también soy yo, y no acaba de ajustarse a su propia estampa; él y yo nos superponemos incómodamente, como esas planchas movidas de un tiro de litografía, donde el hombre amarillo y el hombre rojo no aciertan a coincidir —como cosas que ojos sanos contemplaran con lentes de miope—. Este líquido ardiente que pasa por mi garganta me desconcierta y ablanda. Me siento a la vez deshabitado y mal habitado. En este segundo precioso me acobardo bajo las mon-

tañas, bajo las nubes que vuelven a espesarse, bajo los árboles que las lluvias hicieron más frondosos. Hay como
telones que se cierran en torno mío. Ciertos elementos
del paisaje se me hacen ajenos; los planos se trastruecan,
deja de hablarme aquel sendero y el ruido de las cascadas
crece hasta hacerse atronador. En medio de ese infinito
correr del agua, oigo la voz del piloto como algo distinto
del lenguaje que emplea: es algo que había de suceder,
un acontecimiento expresado en palabras, una convoca-
toria inaplazable, que tenía que alcanzarme por fuerza,
dondequiera que me encontrara. Me dice que recoja mis
cosas para marcharme con ellos sin demora, pues la lluvia amenaza otra vez, y sólo se aguarda a que la bruma
suelte el tope de una meseta para arrancar el motor. Hago un gesto de denegación. Pero en ese mismo instante
suena dentro de mí, con sonoridad poderosa y festiva, el
primer acorde de la orquesta del *Treno*. Recomienza el
drama de la falta de papel para escribir. Y luego viene la
idea del libro, la necesidad de algunos libros. Pronto se
me hará imperioso el deseo de trabajar sobre el *Prometheus Unbound* —*Ah, mi! Alas, pain, pain, ever, for ever!*
De espaldas a mí habla nuevamente el piloto. Y lo que
dice, que siempre es lo mismo, despierta en mí el recuerdo de otros versos del poema: *I heard a sound of voices;
not the voice which I grave forth.* El idioma de los hombres del aire, que fue mi idioma durante tantos años, des-
plaza en mi mente, esta mañana, el idioma matriz —el de
mi madre, el de Rosario—. Apenas si puedo pensar en español, como había vuelto a hacerlo, ante la sonoridad de
vocablos que ponen la confusión en mi ánimo. No me
quiero marchar, sin embargo. Pero admito que carezco
de cosas que se resumen en dos palabras: *papel, tinta.* He
llegado a prescindir de todo lo que me fuera más habitual en otros tiempos: he arrojado objetos, sabores, telas,
aficiones, como un lastre innecesario, llegando a la suprema simplificación de la hamaca, del cuerpo limpiado con
ceniza y del placer hallado en roer mazorcas asadas a la
brasa. Pero no puedo carecer de papel y de tinta: de co-

sas expresadas o por expresar con los medios del papel y de la tinta. A tres horas de aquí hay papel y hay tinta, y hay libros hechos de papel y de tinta, y cuadernos, y resmas de papel, y pomos, botellas, bombonas de tinta. A tres horas de aquí... Miro a Rosario. Hay en su semblante una expresión fría y ausente, que no expresa disgusto, angustia ni dolor. Es indudable que advierte mi zozobra, pues sus ojos, que evitan los míos, tienen la mirada dura, altiva, de quien quiere demostrar a todos que nada de lo que pueda ocurrir importa. En eso, Marcos llega con mi vieja maleta verdecida por los hongos. Hago un nuevo gesto de denegación, pero mi mano se abre para recibir los *Cuadernos de... Perteneciente a...* que en ellas colocan. La voz del piloto, que mucho debe apetecer la recompensa ofrecida, suena enérgicamente para apremiarme. Ahora, el mestizo sube al avión llevando los instrumentos musicales que deberían estar en posesión del Curador. Le digo que no, y luego que sí, pensando que el bastón de ritmo, las sonajeras y la jarra funeraria, al partir envueltos en sus esteras de fibra, me librarán de las presencias que todavía turbaban mi sueño en las noches de la cabaña. Bebo lo que quedaba en la cantimplora de aluminio. Y, de repente, es la decisión: iré a comprar las pocas cosas que me son necesarias para llevar, aquí, una vida tan plena como la conocen los demás. Todos ellos, con sus manos, con su vocación, cumplen un destino. Caza el cazador, adoctrina el fraile, gobierna el Adelantado. Ahora soy yo quien debe tener también un oficio —el legítimo— fuera de los oficios que aquí requieren el esfuerzo común. Dentro de algunos días regresaré para siempre, luego de haber enviado los instrumentos al Curador y de haberme comunicado con Ruth, para explicarle la situación lealmente y pedirle un pronto divorcio. Comprendo ahora que mi adaptación a esta vida fuera acaso demasiado brusca; mi pasado exigía el cumplimiento de un último deber, con la rotura del vínculo legal que me ataba todavía al mundo *de allá*. Ruth no había sido una mala mujer, sino la víctima de su vocación malograda. Aceptaría todas las culpas cuando comprendiera la inutilidad de obstaculizar el divorcio o reclamar cosas imposibles a un hombre que conocía los caminos de la evasión. Y, dentro de tres o cuatro semanas, yo estaría de vuelta en Santa Mónica de los Venados, con todo lo necesario para trabajar durante varios años. En cuanto a la obra producida, la llevaría el Adelantado a Puerto Anunciación, cuando le tocara bajar al poblado, quedando al cuidado del correo fluvial: los directores y músicos amigos a quienes sería destinada se entenderían con ella, ejecutándola o no. Me sentía curado de toda vanidad a ese respecto, aunque me creyera capaz, ahora, de expresar ideas, de inventar formas, que curaran la música de mi tiempo de muchas torceduras. Aunque sin envanecerme de lo ahora sabido —sin buscar la huera vanidad del aplauso—, no debía callarme lo que sabía. Un joven, en alguna parte, esperaba tal vez mi mensaje, para hallar en sí mismo, al encuentro de mi voz, el mundo liberador. Lo hecho no acababa de estar hecho mientras otro no lo mirara. Pero bastaba que uno solo mirara para que la cosa fuera, y se hiciera creación verdadera por la mera palabra de un Adán nombrando.

El piloto me pone la mano en el hombro con gesto imperativo. Rosario parece ajena a todo. Le explico entonces, en pocas palabras, lo que acabo de decidir. Ella no responde, encogiéndose de hombros con una expresión que ha pasado a ser despectiva. Le entrego, entonces, como prueba, los apuntes del *Treno*. Le digo que, para mí, esos cuadernos son la cosa más valiosa después de ella. «Te los puedes llevar», me dice con acento rencoroso, sin mirarme. La beso, pero se me zafa con gesto rápido, huyendo de los brazos que la abrazaban, y se aleja, sin volver la cabeza, con algo de animal que no quiere ser acariciado. La llamo, le hablo, pero en ese instante arranca el motor del avión. Los indios prorrumpen en una grita jubilosa. Desde la cabina de mando, el piloto me hace una última seña. Y una puerta metálica se cierra detrás de mí. Los motores arman un estrépito que no me deja pensar. Y luego es el ir hasta el extremo de la explanada; es la media vuelta seguida de una inmovilidad trepidante, que parece encajar las ruedas en el suelo fangoso. Y ya las copas de los árboles quedan abajo; pasamos rasando la Meseta de los Petroglifos, y giramos sobre Santa Mónica de los Venados, cuya Plaza Mayor ha sido invadida nuevamente por los vecinos. Veo a fray Pedro que hace molinetes con su cayado. Veo el Adelantado, de brazos en jarras, que mira hacia arriba, junto a Marcos, que sacude su sombrero de cogollo. Sola en el sendero que conduce a nuestra casa, Rosario camina sin alzar la vista del suelo, y me estremezco al advertir que su cabellera negra, que cuelga a ambos lados de la cabeza —dividida por una raya cuyo olor un poco animal me vuelve deleitosamente al olfato—, tiene algo de velo de viuda. Lejos, en el lugar donde cayó Nicasio, hay un gran revuelo de buitres. Una nube se espesa debajo de nosotros, y por buscar bonanza ascendemos hacia una niebla opalescente que nos aísla de todo. Avisado de que volaremos durante largo tiempo sin visibilidad, me acuesto en el piso del avión y me duermo, algo aturdido por el licor y la mucha altitud que vamos alcanzando.

Capítulo sexto

Y lo que llamáis morir es acabar de morir, y lo
que llamáis nacer es empezar a morir, y lo que llamáis vivir es morir viviendo.

QUEVEDO. *Los sueños*

XXXIV

(18 de julio)

Acabamos de atravesar un manso espesor de nubes sobre el cual pintábanse todavía —a través de arcos trun-
cos, de obeliscos carcomidos, de colosos con cara de humo— las claridades del día, para hallar, abajo, el crepúsculo de la ciudad cuyas luces empiezan a encenderse. Algunos se divierten en ubicar un estadio, un parque, una
avenida principal, entre tantas geometrías luminosas, paseando los índices sobre los cristales de las ventanillas.
Mientras otros se alegran de llegar, yo me acerco con angustiosa aprensión a ese mundo que dejé hace mes y medio, según cálculo hecho sobre los calendarios en uso,
cuando en realidad he vivido la pasmosa dilatación de seis
inmensas semanas que escaparon a las cronologías de este clima. Mi esposa ha dejado el teatro para interpretar un

nuevo papel: el papel de esposa. Esa es la tremenda novedad que me tiene volando sobre los humos de suburbios que jamás creía ver más, en vez de estar preparando
ya la vuelta a Santa Mónica de los Venados, donde *Tu
mujer* me aguarda con los apuntes del *Treno,* que ya ten-
drán resmas y resmas de papel donde desarrollarse. Para
más contrasentido, la gente que me rodea, y para quien
fui la gran atracción del viaje, parece envidiarme: todos
me mostraron recortes de publicaciones en que Ruth aparece, en nuestra casa, rodeada de periodistas, o bien ir-
guiendo una silueta plañidera ante las vitrinas del Museo
Organográfico, o mirando un mapa con expresión dramática en el apartamento del Curador. Una noche, estan-
do en escena —me cuentan—, tuvo una corazonada.
Rompió a sollozar a media réplica, y, saliendo del drama
a poco de iniciar el diálogo con Booth, fue directamente
a la redacción de un gran diario, revelando que no se tenían noticias mías, que yo había de estar de regreso desde los comienzos del mes, y que mi maestro —quien fuera a verla aquella tarde— estaba realmente inquieto al no
saber de mí. Pronto se caldearon las imaginaciones de los
reporteros, se evocaron las figuras de exploradores, de
viajeros, de sabios, cautivos de tribus sanguinarias —con
Fawcett en primer lugar, desde luego—, y Ruth, en el colmo de la emoción, pidió que el periódico exigiera mi rescate, dando un premio a quien me hallara en la gran mancha verde, inexplorada, que el Curador había señalado como la zona geográfica de mi destino. A la mañana siguiente, Ruth era patética figura de actualidad, y mi de-
saparición, ignorada la víspera, se hacía noticia de un interés nacional. Todas mis fotografías pasaron a ser publi-
cadas, incluso la de mi primera comunión —esa primera
comunión aceptada por mi padre a regañadientes— frente a la iglesia de Jesús del Monte, y las de uniforme, en
las ruinas de Monte Cassino, y la otra, frente a la Villa
Wahnfried, con los soldados negros. El Curador explicó
a la prensa, con grandes elogios, mi teoría —¡tan absurda
me parece hoy!— del *mimetismo-mágico-rítmico,* en tan-

to que mi esposa ha trazado un hermoso y plácido cuadro de nuestra vida conyugal. Pero hay algo más, que me irrita sobremanera: el periódico, que tan generosamente acaba de premiar a los aviadores por mi rescate, muy dado a congraciarse con el hogar y la familia, se empeña en presentarme a sus lectores como un personaje ejemplar. Una temática persistente se hace demasiado audible tras de la prosa de los artículos que se refieren a mí: soy un mártir de la investigación científica, que torna al regazo de la esposa admirable; también en el mundo del teatro y del arte puede hallarse la virtud conyugal; el talento no es excusa para infringir las normas de la sociedad; vean la *Pequeña Crónica* de Ana Magdalena, evoquen el apacible hogar de Mendelssohn, etc. Cuando me voy enterando de todo lo hecho por sacarme de la selva, me siento a la vez avergonzado e irritado. Yo he costado al país una verdadera fortuna: más de lo necesario para asegurar una existencia holgada a varias familias por una vida entera. En mi caso, como en el de Fawcett, me sobrecoge el absurdo de una sociedad capaz de soportar fríamente el espectáculo de ciertos suburbios —como ésos, sobre los cuales estamos volando, con sus niños hacinados bajo planchas de palastro—, pero que se enternece y sufre pensando que un explorador, etnógrafo o cazador, pueda haberse extraviado o ser cautivo de bárbaros, en el desempeño de un oficio libremente elegido, que incluye tales riesgos en sus reglas, como es albur del toreo recibir cornadas. Millones de seres humanos han sido capaces de olvidar, por un tiempo, las guerras que se ciernen sobre el orbe, para estar pendientes de noticias mías. Y los que ahora se disponen a aplaudirme, ignoran que van a aplaudir a un embustero. Porque todo, en este vuelo que ahora se arrumba hacia la pista es embuste. Estaba yo en el bar del hotel donde habíamos velado al Kappelmeister, cuando, venida del otro extremo del hemisferio, me llegó la voz de Ruth por el hilo del teléfono. Lloraba y reía, y estaba rodeada, allá, de tanta gente, que apenas entendí lo que quería decirme. De pronto, fueron expresiones de amor, y la noticia de que había abandonado el teatro para estar siempre junto a mí, y que iba a tomar el primer avión para reunirse conmigo. Aterrado por ese propósito, que la traería a mi terreno, en la antesala misma de mi evasión, allí donde el divorcio se hacía sumamente largo y difícil en virtud de leyes muy hispánicas, que incluían rogativas al Tribunal de la Rota, le grité que permaneciera en nuestra casa y que quien tomaría el avión aquella misma noche sería yo. En la despedida confusa, entrecortada de sonidos parasitarios, creí oír algo acerca de que quería ser madre. Pero luego, repasando mentalmente cuanto inteligible hubiera emergido de la conversación, quedé con el pulso en suspenso, preguntándome si había dicho que quería ser madre o que *iba a ser madre*. Esto último, para desventura mía, estaba dentro de las posibilidades, puesto que me había acoplado con ella, por última vez, en rutinario rito dominical, hacía menos de seis meses. Ese fue el momento en que acepté la suma considerable ofrecida por el periódico de mi rescate para reservarle la exclusividad de innumerables mentiras —ya que son cincuenta cuartillas de mentiras las que voy a vender ahora—. No puedo, en efecto, revelar lo que de maravilloso ha tenido mi viaje, puesto que ello equivaldría a poner los peores visitantes sobre el rumbo de Santa Mónica y del Valle de las Mesetas. Por suerte, los pilotos que me hallaron sólo se refirieron a una *misión* en sus reportes, por el hábito verbal de llamar «misión» todo lugar apartado donde un fraile ha plantado una cruz. Y como las misiones no inspiran mayor curiosidad al público, puedo callarme muchas cosas. Lo que venderé, pues, es una patraña que he ido repasando durante el viaje: prisionero de una tribu más desconfiada que cruel, logré fugarme, atravesando, solo, centenares de kilómetros de selva; al fin, extraviado y hambriento, llegué a la «misión» donde me encontraron. Tengo en mi maleta una novela famosa, de un escritor suramericano, en que se precisan los nombres de animales, de árboles, refiriéndose leyendas indígenas, sucedidos antiguos, y todo lo necesario para dar un giro de veracidad a mi relato. Cobraré mi prosa, y con una suma de dinero que puede asegurar a Ruth unos treinta años de vida apacible, plantearé el divorcio con menos remordimientos. Porque es indudable que mi caso ha venido a agravarse, en lo moral, con esta duda acerca de su gravidez —gravidez que explicaría su brusca deserción del teatro y la necesidad de acercarse a mí—. Siento que habré de combatir la más terrible de todas las tiranías: la que suelen ejercer los que aman sobre la persona que no quiere ser amada, asistidos por la tremenda fuerza de una ternura y una humildad que desarman la violencia y acallan las palabras de repudio. No hay peor adversario, en una lucha como la que voy a librar, que quien acepta todas las culpas y pide perdón antes de que le señalen la puerta.

Apenas dejo la escalerilla del avión, la boca de Ruth acude a mi encuentro y su cuerpo me busca en la inesperada intimidad creada por los abrigos abiertos que se hacen uno a ambos lados de nuestros flancos; reconozco el contacto de sus senos y de su viente bajo el ligero tejido que los viste, y es luego un prorrumpir en sollozos sobre mi hombro. Estoy cegado por mil relámpagos que son como espejos rotos en el atardecer del aeródromo. Pero llega ya el Curador, que se me abraza emocionado; viene luego la delegación de la Universidad, encabezada por el Rector y los Decanos de las Facultades; varios altos funcionarios del gobierno y de la municipalidad, el director del periódico —¿no estaba también ahí Extieich, con el pintor de las cerámicas y la bailarina?—, y, finalmente, el personal de mi estudio de sincronización, con el presidente de la empresa y el comisionado de relaciones pública —completamente borracho ya—. De la confusión y el aturdimiento que me envuelven veo surgir, como venidos de muy lejos, muchos rostros que ya había olvidado: rostros de tantos y tantos que conviven estrechamente con nosotros durante años, por la práctica común de un oficio o la concurrencia obligada a un área de trabajo, y que, sin embargo, a poco de dejar de verse, desaparecen con sus nombres y el sonido de las palabras

que decían. Escoltado por esos espectros me encamino
hacia la recepción del Ayuntamiento. Y observo a Ruth,
ahora, bajo las arañas de la galería de los retratos, y me
parece que interpreta el mejor papel de su vida: enredando y desenredando un inacabable arabesco, se hace poco
a poco el centro del acto, su eje de gravitación, y quitan-
to toda iniciativa a las demás mujeres, usurpa las funciones de ama de casa con una gracia y una movilidad de bailarina. Está en todas partes; se desliza detrás de las columnas, desaparece para resurgir en otro lugar, ubicua,
inasible; entona el gesto cuando un fotógrafo la acecha;
alivia una jaqueca importante, hallando la oblea oportuna en su cartera; regresa a mí con una golosina o una copa
en la mano, me contempla con emoción por espacio de
un segundo, me roza con su cuerpo con gesto íntimo,
que cada cual cree ser el único en haber sorprendido; va,
viene, coloca una palabra ingeniosa donde alguien citó a
Shakespeare, da una breve declaración a la prensa, afirma
que me acompañará la próxima vez que yo vaya a la selva; se yergue, esbelta, ante el camarógrafo, de las actua-
lidades, y es su actuación tan matizada, diversa, insinuante, dándose sin dejar de guardar las distancias, haciéndose admirar de cerca aunque siempre atenta a mí, usando
de mil artimañas inteligentes para ofrecerse a todos como
la estampa de la dicha conyugal, que dan ganas de aplaudir. Ruth, en esta recepción, tiene la estremecida alegría
de la esposa que va a vivir —esta vez sin el dolor de la
desfloración— una segunda noche de bodas; es Genoveva de Brabante, vuelta al castillo; es Penélope oyendo a
Ulises hablarle del lecho conyugal; es Griseldis, engran-
decida por la fe y la espera. Al fin, cuando presiente que
sus recursos van a agotarse, que una reiteración puede
quitar relumbre al juego de la Protagonista, habla tan per-
suasivamente de mi fatiga, de mi deseo de reposo y de intimidad, después de tantas y tan crueles tribulaciones, que
nos dejan marchar, entre los guiños entendidos de los
hombres que ven descender a mi esposa la escalinata de
honor, colgada de mi brazo, con el cuerpo modelado por

el vestido. Tengo la imprensión, al salir del Ayuntamiento, que sólo falta bajar el telón y apagar las candilejas. Me siento ajeno a todo esto. He quedado muy lejos de aquí. Cuando hace un momento me dijo el presidente de mi empresa: «Tómese unos días más de reposo», lo miré extrañamente, casi indignado de que se atreviera a arrogarse todavía alguna potestad sobre mi tiempo. Y ahora vuelvo a encontrar la que fue mi casa, como si entrara en casa de otro. Ninguno de los objetos que aquí veo tiene para mí el significado de antes, ni tengo deseos de recuperar esto o aquello. Entre los libros alineados en los entrepaños de la biblioteca hay centenares que para mí han muerto. Toda una literatura que yo tenía por lo más inteligente y sutil que hubiera producido la época, se me viene abajo con sus arsenales de falsas maravillas. El olor peculiar de este apartamento me devuelve a una vida que no quiero vivir por segunda vez... Al entrar, Ruth se había inclinado para recoger un recorte de periódico que alguien —un vecino, sin duda— hubiera deslizado por debajo de la puerta. Parece ahora que su lectura le causa una creciente sorpresa. Me alegro ya de esta distracción de su mente que retarda los temidos gestos de cariño, dándome el tiempo de pensar lo que voy a decirle, cuando hace un ademán violento y se me acerca con los ojos encendidos por la ira. Me entrega un trozo de papel de periódico, y me estremezco al ver una fotografía de Mouche, en coloquio con un periodista conocido por su explotación del escándalo. El título del artículo —tomado de un tabloide despreciable— habla de *revelaciones* acerca de mi viaje. Su autor relata una conversación tenida con la que fuera mi amante. Esta le declaró del modo más sorpresivo que fue colaboradora mía en la selva: según sus palabras, mientras yo estudiaba los instrumentos primitivos desde el punto de vista organográfico, ella los consideraba bajo el enfoque astrológico —pues, como es sabido, muchos pueblos de la antigüedad relacionaron sus escalas con una jerarquía planetaria. Con una intrepidez aterradora, cometiendo errores risibles para cualquier es-

pecialista, Mouche habla de la «danza de la lluvia» de los
indios Zunis, con su suerte de sinfonía elemental en siete
movimientos; cita los ragas indostánicos, nombra a Pitá-
goras, con ejemplos debidos, evidentemente, a la amistad
de Extieich. Y es hábil, a pesar de todo, ya que con ese
despliegue de falsa erudición trata de justificar, ante los
ojos del público, su presencia junto a mí en el viaje, haciendo olvidar la verdadera índole de nuestras relaciones.
Se presenta como una estudiosa de la astrología, que se
aprovecha de la misión confiada a un amigo para acercarse a las nociones cosmogónicas de los indios más primitivos. Completa su novela afirmando que abandonó
voluntariamente la empresa, allí donde la derribara el paludismo, regresando en la canoa del doctor Montsalvatje.
No dice más, sabiendo que esto basta para que los inte-
resados entiendan lo que deben entender: en realidad se
está vengando de mi fuga con Rosario y del hermoso papel que mi esposa se ha visto atribuir por la opinión, en
la vasta impostura. Y lo que no dice, lo hace vislumbrar
el periodista con malvada ironía: Ruth ha empeñado la
nación entera en el rescate de un hombre que, en realidad, fue a la selva con una querida. El aspecto equívoco
de la historia quedaba evidenciado por el silencio de
quien, ahora, salía de la sombra con la más pérfida oportunidad. De súbito, el sublime teatro conyugal de mi esposa se hundía en el ridículo. Y ella me miraba, en este
instante, con un furor situado más allá de las palabras; su
cara parecía hecha de la materia yesosa de las máscaras
trágicas, y la boca, inmovilizada en una mueca sardónica,
dejaba ver sus dientes —era defecto que ocultaba mucho— en arco demasiado cerrado. Sus manos crispadas
se habían hundido en su cabellera, como buscando algo
que apretar y romper. Comprendí que debía adelantar-
me al estallido de una cólera que ya no podría contener-
se, y precipité la crisis largando de golpe todo lo que no
había pensado decir sino varios días después, cuando me
asistiera la abyecta pero innegable fuerza del dinero. Cul-
pé su teatro, su vocación antepuesta a todo, la separación

de los cuerpos, el absurdo de una vida conyugal reducida
a la fornicación del séptimo día. Y llevado por una vin-
dicativa necesidad de añadir a lo revelado la precisa hincada del detalle, le dije cómo su carne, un buen día, se
me había hecho distante; cómo su persona se había transformado, para mí en la mera imagen del deber que se
cumple por pereza ante los trastornos que durante un
tiempo acarrea una ruptura aparentemente injustificada.
Le hablé luego de Mouche, de nuestros primeros encuentros, de su estudio adornado con figuraciones astrales,
donde, al menos, había encontrado algo del juvenil desorden, del impudor alegre, un tanto animal, que era in-
separable, para mí, del amor físico. Ruth, desplomada sobre la alfombra, jadeante, con todas las venas de la cara
dibujadas en verde, sólo acertaba a decirme, en una suerte de estertor gimiente, como queriendo llegar cuanto
ante al fin de una operación intolerable: «Sigue... Sigue...
Sigue.» Pero ya había pasado a narrarle mi desprendi-
miento de Mouche, mi asco presente por sus vicios y
mentiras, mi desprecio por cuanto significaban las falacias de su vida, su oficio de engaño y el perenne aturdimiento de sus amigos engañados por las ideas engañosas
de otros engañados —desde que lo contemplaba todo con
ojos nuevos, como si regresara, con la vista devuelta, de
un largo tránsito por moradas de verdad—. Ruth se puso
de rodillas para escucharme mejor. Y al punto vi nacer
en su mirada el peligro de una compasión demasiado fácil, de una generosa indulgencia que en modo alguno quería aceptar. Su rostro se iba endulzando de humana com-
prensión ante la debilidad castigada, y pronto habría una
mano para el caído y vendría el perdón sollozante y mag-
nánimo. Por una puerta abierta veía su cama demasiado
bien arreglada, con las sábanas mejores, las flores en el velador, mis pantuflas colocadas al lado de las suyas, como
anticipación de un abrazo previsto, al que no faltaría la
reconfortante conclusión de una cena delicada que debía
estar dispuesta en alguna parte del departamento, con sus
vinos blancos puestos a enfriar. El perdón estaba tan cer-

ca que creí llegado el momento de asestar el golpe deci-
sivo, y saqué a Rosario de su secreto, presentando este
imprevisto personaje al estupor de Ruth como algo remoto, singular, incomprensible para los de acá, pues su
explicación requería la posesión de ciertas leyes, que sería inútil tratar de alcanzar por los caminos comunes; un
arcano hecho persona, cuyos prestigios me habían marcado, luego de pruebas que debían callarse como se ca-
llaban los secretos de una orden de caballería. En medio
del drama que tenía este conocido aposento por marco,
me iba divirtiendo malignamente en aumentar el desconcierto de mi esposa, con el aspecto de Kundry que mis
palabras prestaban a Rosario, plantando en torno de ella
una decoración de Paraíso Terrenal, donde la boa rastrea-
da por Gavilán hubiera hecho las veces de serpiente. Esa
distensión de mí mismo dentro de la invención verbal
daba a mi voz un sonido tan firme y asentado que Ruth,
viéndose amenazada por un real peligro, se colocó frente
a mí para escuchar con más atención. De repente dejé
caer la palabra *divorcio*, y como ella no parecía comprender, la repetí varias veces, sin enojo, con el tono resuelto
y nada alterado de quien expone una decisión inquebrantable. Entonces una gran trágica se alzó ante mí. No podría recordar lo que me dijo durante la media hora en
que la habitación fue su escenario. Lo que más me im-
presionó fueron los gestos: los gestos de sus brazos del-
gados, que iban del cuerpo inmóvil al semblante de yeso,
apoyando las palabras con patética justeza. Sospecho ahora que todas las inhibiciones dramáticas de Ruth, su atadura de años a un mismo papel, sus deseos, siempre apla-
zados, de lacerarse en escena, viviendo el dolor y la furia
de Medea, hallaron de pronto, un alivio en aquel monó-
logo que ascendía al paroxismo... Pero de pronto, sus brazos cayeron, bajó la voz al registro grave, y mi esposa
fue la Ley. Su idioma se hizo idioma de tribunales, de
abogados, de fiscales. Helada y dura, inmovilizada en una
actitud acusadora, atiesada por la negrura del vestido que
había dejado de modelarla, me advirtió que tenía los me-

dios de tenerme atado por largo tiempo, que llevaría el divorcio por los caminos más enredados y sinuosos, que me confundiría con los lazos legales más pérfidos, con las tramitaciones más embrolladas, para impedir el regreso a donde vivía la que designaba ahora con el término ridiculizante de *Tu Atala*. Parecía una estatua majestuosa, apenas femenina, plantada sobre la alfombra verde como un Poder inexorable, como una encarnación de la Justicia. Le pregunté por fin si era cierto lo de su embarazo. En ese momento, Temis se hizo madre: se abrazó a su propio vientre con gesto desolado, doblándose sobre la vida que le estaba naciendo en las entrañas, como para defenderla de mi avilantez, y rompió a llorar de modo humilde, casi infantil, sin mirarme, tan adolorida que sus sollozos, venidos de lo hondo, apenas si se marcaban en leves gemidos. Luego, como calmada, fijó los ojos en la pared, con semblante de contemplar algo remoto; se levantó con gran esfuerzo y fue a su habitación, cerrando la puerta detrás de sí. Cansado por la crisis, necesitado de aire, bajé las escaleras. Al cabo de los peldaños, fue la calle.

XXXV

(Más tarde)

Como he adquiridio la costumbre de andar al ritmo de mi respiración, me asombro al descubrir que los hombres que me rodean, van, vienen, se cruzan, sobre la ancha acera llevando un ritmo ajeno a sus voluntades orgánicas. Si andan a tal paso y no a otro, es porque su andar corresponde a la idea fija de llegar a la esquina a tiempo para ver encenderse la luz verde que les permite cruzar la avenida. A veces, la multitud que surge a borbollones de las bocas del tranvía subterráneo, cada tantos minutos, con la constancia de una pulsación, parece romper el ritmo general de la calle con una prisa aún mayor que la reinante;

pero pronto se restablece el tiempo normal de agitación
entre semáforo y semáforo. Como no logro ajustarme ya
a las leyes de ese movimiento colectivo, opto por progresar muy lentamente, pegado a las vitrinas, ya que a lo
largo de los comercios, existe algo así como una zona de
indulgencia para los ancianos, los invalidos y los que no
tienen prisa. Descubro entonces, en los angostos espacios
resguardados que suelen hallarse entre dos escaparates, o
dos casas mal soldadas, unos seres que descansan, como
aturdidos, con algo de momias paradas. En una suerte de
hornacina hay una mujer en avanzado estado de gravidez, con semblante de cera; en una garita de ladrillo rojo,
un negro envuelto en un gabán raído prueba una ocarina
recién comprada; en un socavón, un perro tiembla de frío
entre los zapatos de un borracho que se ha dormido de
pie. Llego a una iglesia, a cuyas penumbras ahumadas de
incienso me invitan las notas de un gradual de órgano.
Con profundos ecos resuenan los latines litúrgicos bajo
las bóvedas del deambulatorio. Miro las caras vueltas hacia el oficiante, en las que se refleja el amarillor de los cirios: nadie de los que aquí ha congregado el fervor en
este oficio nocturno entiende nada de lo que dice el sa-
cerdote. La belleza de la prosa les es ajena. Ahora que el
latín ha sido arrojado de las escuelas por inútil, esto que
aquí veo es la representación, el teatro, de un creciente
malentendido. Entre el altar y sus fieles se ensancha, de
año en año, un foso repleto de palabras muertas. Ya se
alza el canto gregoriano: *Justus ut palma florebit: — Si-
cut cedrus Libani multiplicatur: — plantatus in domo Do-
mini, — in atris domus Dei nostri.* A la ininteligibilidad
del texto se añade ahora, para los presentes, la de una música que ha dejado de ser música para la mayoría de los
hombres: canto que se oye y no se escucha, como se oye,
sin escucharse, el muerto idioma que lo acompaña. Y al
percatarme ahora de los extraños, de los forasteros que
son los hombres y mujeres aquí congregados, ante algo
que se les dice y se les canta en una lengua que ignoran,
advierto que la suerte de incosciencia con que asisten al

misterio es propia de casi todo lo que hacen. Cuando aquí
se casan, intercambian anillos, pagan arras, reciben puñados de arroz en la cabeza, ignorantes de la simbólica milenaria de sus propios gestos. Buscan el haba en la torta
de Epifanía, llevan almendras al bautismo, cubren un abe-
to de luces y guirnaldas, sin saber qué es el haba, ni la
almendra, ni el árbol que enjoyaron. Los hombres de acá
ponen su orgullo en conservar tradiciones de origen olvidado, reducidas, las más de las veces, al automatismo
de un reflejo colectivo —a recoger objetos de un uso desconocido, cubiertos de inscripciones que dejaron de hablar hace cuarenta siglos. En el mundo a donde regresaré
ahora, en cambio, no se hace un gesto cuyo significado
se desconozca: la cena sobre la tumba, la purificación de
la vivienda, la danza del enmascarado, el baño de yerbas,
el gaje de alianza, el baile de reto, el espejo velado, la percusión propiciatoria, la luciferada del Corpus, son prácticas cuyo alcance es medido en todas sus implicaciones.
Alzo la vista hacia el friso de aquella biblioteca pública
que se asienta en medio de la plaza como un templo antiguo: entre sus triglifos se inscribe el bucráneo que habrá dibujado algún arquitecto aplicado sin recordar, probablemente, que aquel ornamento traído de la noche de
las edades no es sino una figuración del trofeo de caza,
pringoso aún de sangre coagulada, que colgaba el jefe de
familia sobre la entrada de su vivienda. A mi regreso encuentro la ciudad cubierta de ruinas más ruinas que las
ruinas tenidas por tales. En todas partes veo columnas en-
fermas y edificios agonizantes, con los últimos entablamentos clásicos ejecutados en este siglo, y los últimos
acantos del Renacimiento que acaban de secarse en órdenes que la arquitectura nueva ha abandonado, sin susti-
tuirlos por órdenes nuevos ni por un gran estilo. Una hermosa ocurrencia del Palladio, un genial encrespamiento
del Borromini, han perdido todo significado en fachadas
hechas a retazos de culturas anteriores, que el cemento
circundante acabará de ahogar muy pronto. De los caminos de ese cemento salen, extenuados, hombres y muje-

res que vendieron un día más de su tiempo a las empresas nutricias. Vivieron un día más sin vivirlo, y repondrán fuerzas, ahora, para vivir mañana un día que tampoco será vivido, a menos de que se fuguen —como lo hacía yo antes, a esta hora— hacia el estrépito de las danzas y el aturdimiento del licor, para hallarse más desamparados aún, más tristes, más fatigados, en el próximo sol. He llegado, precisamente, frente al *Venusberg*, el lugar a donde tantas veces veníamos a beber, Mouche y yo, con enseña luminosa en caracteres góticos. Sigo a los que quieren divertirse, y bajo al sótano, en cuyas paredes han pintado escenografías de llanuras áridas, como sin aire, jalonadas de osamentas, arcos en ruinas, bicicletas sin ciclistas, muletas que sostienen como falos pétreos, en cuyos primeros planos se yerguen, como agobiados de desesperanza, unos ancianos medio desollados que parecen ignorar la presencia de una Gorgona exangüe, de costillar abierto sobre un vientre comido por hormigas verdes. Más allá un metrónomo, una clepsidra y un caracol descansan sobre la cornisa de un templo griego, cuyas columnas son piernas de mujer vestidas de medias negras, con una liga roja haciendo de astrágalo. El estrado de la orquesta está montado sobre una construcción de madera, estuco, trozos de metal, en la que se ahondan pequeñas grutas iluminadas que encierran cabezas de yeso, hipocampos, planchas anatómicas y un móvil que consiste en dos senos de cera, montados sobre un disco giratorio, cuyos pezones son rozados interminablemente, al pasar, por el dedo medio de una mano de mármol. En una gruta un poco mayor hay fotografías, muy agrandadas, de Luis de Baviera, el cochero Hornig y el actor Joseph Kainz en el traje de Romeo, sobre un fondo de vistas panorámicas de los castillos wagnerianos, rococós —muniquenses, más que nada— del rey puesto de moda por ciertos elogios de la locura, ya muy rancios —aunque Mouche les fuera muy fiel, en fecha todavía reciente, por reacción contra todo lo que llamaba «espíritu burgués»—. El cielo raso remeda una bóveda de caverna, verdecida irregularmente por hongos y filtraciones. Reconocido el marco, observo a la gente que me rodea. En la pista de baile es un intríngulis de cuerpos metidos los unos en los otros, encajados, confundidos de piernas y de brazos, que se malaxan en la oscuridad como los ingredientes de una especie de magma, de lava movida desde dentro, al compás de un *blue* reducido a sus meros valores rítmicos. Ahora se apagan las luces, y la oscuridad, propiciando la estrechez de ciertos abrazos sin objeto, de ciertos contactos exasperados por leves barreras de seda o de lana, comunica una nueva tristeza a ese movimiento colectivo que tiene algo de ritual subterráneo, de danza para apisonar la tierra —sin tierra que apisonar—. Estoy en la calle otra vez, soñando, para estas gentes, en monumentos que fueran grandes toros en celo cubriendo a sus vacas, magistralmente, sobre zócalos ennoblecidos de bosta, en medio de las plazas públicas. Me detengo ante la vitrina de una galería de pintura, en que se exhiben ídolos difuntos, vaciados de sentido por no tener adoradores presentes, cuyos rostros enigmáticos o terribles eran los que interrogaban muchos pintores de hoy para hallar el secreto de una elocuencia perdida —con la misma añoranza de energías instintivas que hacía buscar a numerosos compositores de mi generación, en el abuso de los instrumentos de batería, la fuerza elemental de los ritmos primitivos—. Durante más de veinte años, una cultura cansada había tratado de rejuvenecerse y hallar nuevas savias en el fomento de fervores que nada debieran a la razón. Pero ahora me resultaba risible el intento de quienes blandían máscaras del Bandiagara, ibeyes africanos, fetiches erizados de clavos, contra las ciudades del *Discurso del Método*, sin conocer el significado real de los objetos que tenían entre las manos. Buscaban la barbarie en cosas que jamás habían sido *bárbaras* cuando cumplían su función ritual en el ámbito que les fuera propio —cosas que al ser calificadas de «bárbaras» colocaban, precisamente, al calificador en un terreno cogitante y cartesiano, opuesto a la verdad perseguida. Querían renovar la música de Occidente imitando ritmos que jamás hubieran tenido una función *musical* para sus primitivos creadores. Estas reflexiones me llevaban a pensar que la selva, con sus hombres resueltos, con sus encuentros fortuitos, con su tiempo no transcurrido aún, me había enseñado mucho más, en cuanto a las esencias mismas de mi arte, al sentido profundo de ciertos textos, a la ignorada grandeza de ciertos rumbos, que la lectura de tantos libros que yacían ya, muertos para siempre, en mi biblioteca. Frente al Adelantado he comprendido que la máxima obra propuesta al ser humano es la de forjarse un destino. Porque aquí, en la multitud que me rodea y corre, a la vez desaforada y sometida, veo muchas caras y pocos destinos. Y es que, detrás de esas caras, cualquier apetencia profunda, cualquier rebeldía, cualquier impulso, es atajado siempre por el miedo. Se tiene miedo a la reprimenda, miedo a la hora, miedo a la noticia, miedo a la colectividad que pluraliza las servidumbres; se tiene miedo al cuerpo propio, ante las interpelaciones y los índices tensos de la publicidad; se tiene miedo al vientre que acepta la simiente, miedo a las frutas y al agua; miedo a las fechas, miedo a las leyes, miedo a las consignas, miedo al error, miedo al sobre cerrado, miedo a lo que pueda ocurrir. Esta calle me ha devuelto al mundo del Apocalipsis, en que todos parecen esperar la apertura del Sexto Sello —el momento en que la luna se vuelva de color de sangre, las estrellas caigan como higos y las islas se muevan de sus lugares—. Todo lo anuncia: las cubiertas de las publicaciones expuestas en las vitrinas, los títulos pregonados, las letras que corren sobre las cornisas, las frases lanzadas al espacio. Es como si el tiempo de este laberinto y de otros laberintos semejantes estuviera ya pesado, contado, dividido. Y me viene a la mente, en este momento, como un alivio, el recuerdo de la taberna de Puerto Anunciación donde la selva vino a mí en la persona del Adelantado. Me vuelve a la boca el sabor del recio aguardiente avellanado, con su limón y su sal, y me parece que se pintan, tras de mi frente, las letras con ornamentos de sombras y de guirnaldas, que componían el nombre del lugar: *Los Recuerdos del Porvenir.* Yo vivo aquí, de tránsito, acordándome del porvenir —del vasto país de las Utopías permitidas, de las Icarias posibles—. Porque mi viaje ha barajado, para mí, las nociones de pretérito, presente, futuro. No puede ser presente esto que será ayer antes de que el hombre haya podido vivirlo y contemplarlo; no puede ser presente esta fría geometría sin estilo, donde todo se cansa y envejece a las pocas horas de haber nacido. Sólo creo ya en el presente de lo intacto; en el futuro de lo que se crea de cara a las luminarias del Génesis. No acepto ya la condición de Hombre-Avispa, de Hombre-Ninguno, ni admito que el ritmo de mi existencia sea marcado por el mazo de un cómitre.

XXXVI

(20 de octubre)

Cuando, hace tres meses, me fueron devueltas las cuartillas de mi reportaje, sin una excusa, el terror me dobló las piernas, dejándome todo tembloroso. Había caído en la trampa, al hacerse pública la noticia de mi instancia de divorcio. El periódico no me perdonaba el dinero gastado en mi rescate, ni el ridículo de haber armado el más edificante alboroto en torno mío, frente a un público cuyos Pastores deben considerarme como transgresor de la Ley, objeto de abominación. Tuve que vender mi relato a vil precio a una revista de cuarto orden, y un acontecimiento internacional llegó a tiempo para difuminar la actualidad de mi figura. Y empezó mi lucha encarnizada con una Ruth vestida de negro, sin carmín en los labios, empeñada en seguir representando su papel de esposa herida en el corazón y en el vientre ante los jueces de la nación. Lo de su embarazo fue una mera alarma. Pero esto, en vez de simplificar mi caso, lo ha enredado un poco más, pues su hábil abogado explota el hecho de que mi

esposa hubiera querido romper su carrera dramática al
menor indicio de gravidez. Era yo, pues, el hombre despreciable de las Escrituras, que edifica casa y no vive en
ella, que planta la viña y no la vendimia. Ahora, aquel escenario de la Guerra de Secesión que tanto torturara a
Ruth por el automatismo cotidiano de la tarea impuesta,
pasaba a ser un santuario del arte, el camino real de una
carrera, del que ella no había vacilado en salir, sacrifican-
do gloria y fama, para darse más plenamente a la sublime
labor de tornear una vida —una vida que la amoralidad
de mi procedimiento le negaba—. Tengo todas las de perder en ese embrollo que mi esposa alarga indefinidamente con el ánimo de poner el tiempo de su lado y hacerme
regresar, olvidado de mi evasión, a la existencia de antes.
En fin de cuentas, ella ha tenido el mejor papel en la gran
comedia armada, y Mouche quedó eliminada de su terreno. Así, desde hace tres meses, una tarde y otra tarde, do-
blo las mismas esquinas, viajo de piso a piso, abro puertas, aguardo, interrogo a los secretarios, firmo lo que
quieren hacerme firmar, encontrándome nuevamente,
luego, en las mismas aceras enrojecidas por los anuncios
luminosos. Mi abogado me recibe ya con mal humor, hastiado de mi impaciencia, advirtiendo, a la vez, con ojo ex-
perto, que me es cada vez más difícil hacer frente a ciertas costas del divorcio. Y la verdad es que he pasado del
gran hotel al hotel de estudiantes, y de ahí al albergue de
la Calle Catorce, cuyas alfombras huelen a margarinas y
grasas derramadas. Tampoco me perdona, mi empresa
publicitaria, la demora en regresar, en tanto que Hugo,
mi antiguo asistente, ha pasado a ser jefe de estudios. He
buscado infructuosamente alguna tarea en esta ciudad
donde hay cien aspirantes para cada cargo. Me fugaré de
aquí, divorciado o no. Pero para llegar hasta Puerto
Anunciación necesito dinero, un dinero que crece en importancia, en cuantía, a medida que transcurre el tiempo,
y sólo encuentro pequeños encargos de instrumentación,
que ejecuto con desgana, sabiendo, al cobrarlos, que estaré nuevamente sin recursos dentro de una semana. La

ciudad no me deja ir. Sus calles se entretejen en torno
mío como los cordeles de una masa, de una red, que me
hubieran lanzado desde lo alto. De semana en semana me
he ido acercando al mundo de los que lavan la camisa única en la noche, cruzan la nieve con las suelas agujereadas,
fuman colillas de colillas y cocinan en armarios. Aún no
he llegado a tales extremos, pero el reverbero de alcohol,
la cazuela de aluminio y el paquete de avena forman parte ya del moblaje de mi cuarto, anunciando algo que contemplo con horror. Paso días enteros en la cama, tratando de olvidar lo que me amenaza con lecturas maravilla-
das del *Popol-Vuh*, del Inca Garcilaso, de los viajes de
fray Servando de Castillejos. A veces abro el tomo de *Vidas de Santos*, encuadernado en terciopelo morado donde se estampan en oro las iniciales de mi madre, y busco
la hagiografía en Santa Rosa que se abriera bajo mis ojos,
por misteriosa casualidad, el día de la partida de Ruth
—día en que tantos rumbos se trastocaron sin estrépito,
por obra de una asombrosa convergencia de hechos fortuitos—. Y, cada vez, hallo una mayor amargura al encontrarme con la tierna letrilla que parece cargarse de la-
cerantes alusiones:

> *¡Ay de mí! ¿A mi querido*
> *quién le suspende?*
> *Tarda y es mediodía,*
> *pero no viene.*

Cuando el recuerdo de Rosario se encaja en mi carne
como un dolor intolerable, emprendo interminables ca-
minatas que me conducen siempre al Parque Central,
donde el olor de los árboles herrumbrosos de otoño, que
ya se adormilan en brumas, me procura algún aplacamiento. Algunas cortezas, húmedas de lluvia, me recuerdan, al tacto, las leñas mojadas de nuestras últimas foga-
tas, con su humo acre que hacía llorar riendo a *Tu mujer*, junto a la ventana donde se asomaba a tomar resuello. Contemplo la Danza de los Abetos, buscando en el

movimiento de sus agujas algún signo propiciatorio. Y a tanto llega mi imposibilidad de pensar en nada que no sea mi regreso a lo que allá me espera, que veo, cada mañana, presagios en las primeras cosas que me salen al paso: la araña es de mal agüero, como la piel de serpiente expuesta en una vitrina; pero el perro que se me acerca y deja acariciar es excelente. Leo los horóscopos de la prensa. Busco augurios en todo. Anoche soñé que estaba en una prisión de muros tan altos como naves de catedrales, entre cuyos pilares se mecían cuerdas destinadas al suplicio de la estrapada; también había bóvedas espesas, que se multiplicaban en lontananza, con una ligera desviación hacia arriba, cada vez, como cuando un objeto se mira en dos espejos colocados frente a frente. Al final, eran penumbras de subterráneos, donde sonaba el galope sordo de un caballo. El colorido de aguafuerte de todo aquello me hizo pensar, al abrir los ojos, que algún recuerdo de museo me había hecho cautivo de las *Invenzioni di Carceri* del Piranesi. No pensé más en esto durante todo el día. Pero, ahora que cae la noche, entro en una librería para hojear un tratado de interpretación de los sueños: «CÁRCEL. *Egipto:* se afirma la posición. *Ciencias ocultas:* en perspectiva, amor de una persona de la que no se espera o desea ningún afecto. *Psicoanálisis:* vinculada a circunstancias, cosas y personas, de las que hay que librarse.» Me sobresalta un perfume conocido, y la figura de una mujer se añade a la mía en un espejo cercano. Mouche está a mi lado, mirando socarronamente hacia el libro. Y es luego su voz: «Si es para una consulta, te haré un precio de amigo.» La calle está cerca. Siete, ocho, nueve pasos y estaré fuera. No quiero hablarle. No quiero escucharla. No quiero discutir. Ella es culpable de todo lo que ahora me apesadumbra. Pero hay, a la vez, esa conocida blandura en los muslos y en las ingles, con el escozor que parece subirse a las corvas. No es deseo definido ni excitación afirmada, sino más bien una sensación de aquiescencia muscular, de debilidad ante la incitación, parecida a la que, en la adolescencia, condujera muchas veces mi cuerpo al burdel, mientras el espíritu luchaba por impedirlo. En esos casos yo había conocido un desdoblamiento interior, cuyo recuerdo me producía luego indecibles sufrimientos: mientras la mente, aterrorizada, trataba de agarrarse a Dios, al recuerdo de mi madre, amenazaba con enfermedades, rezaba el padrenuestro, los pasos iban lentamente, firmemente, hacia la habitación con cubrecama de cintas rojas en los calados, sabiendo que al percibir el olor peculiar de ciertos afeites revueltos sobre el mármol de un tocador, mi voluntad cedería ante el sexo, dejando el alma fuera, en tinieblas y desamparo. Luego, mi espíritu quedaba enojado con el cuerpo, reñido con él hasta la noche, en que la obligación de descansar juntos nos unía en una plegaria, preparándose el arrepentimiento de los días siguientes, cuando vivía en espera de los humores y llagas que castigan el pecado de lujuria. Comprendí que había remozado esos combates de adolescencia cuando me vi andando al lado de Mouche, junto al paredón rojizo de la iglesia de San Nicolás. Ella hablaba rápidamente, como para aturdirse, afirmando que era inocente del escándalo armado en la prensa, que había sido víctima de un abuso de confianza por parte del periodista, etc. —sin haber perdido, desde luego, su habitual poder de mentir con los ojos limpios, mirando rectamente—. No me echaba en cara lo hecho con ella, cuando se enfermara de paludismo, atribuyéndolo magnánimamente a mi empeño de alcanzar los instrumentos verdaderos. Como, en verdad, estaba bajo los efectos de la fiebre cuando yo había abrazado a Rosario, por vez primera, en la cabaña de los griegos, me quedaba la duda de que nos hubiese visto realmente. Con tristeza toleraba su compañía esta noche por hablar con alguien, por no verme solo en mi mal alumbrada habitación, andando de pared a pared sobre el hedor de la margarina; y como estaba bien decidido a frustrar sus intentos de seducción, me dejé llevar al *Venusberg* donde tenía crédito de largo tiempo atrás. Así no habría de confesar mi miseria presente, cuidando, por lo demás, de beber con moderación.

Pero, de todos modos, el licor había de arreglarse para so-
cavar mi entereza con la suficiente alevosía para que me
viera, bastante temprano, en el salón de las consultas as-
trológicas, cuyas pinturas estaban terminadas. Mouche
llenó varias veces mi copa, me pidió permiso para poner-
se ropas más holgadas, y cuando lo hizo me trató de ne-
cio por privarme de un placer sin consecuencia; afirmó
que lo hecho ahora no me comprometería en nada, y tan
hábilmente manejó su persona que accedí a lo que quiso
con una facilidad debida, en mucho, a varias semanas de
una abstinencia inhabitual en mí. Al cabo de algunos minutos supe del agobio y la decepción de quienes vuelven
a una carne ya sin sorpresas, luego de una separación que
pudo ser definitiva, cuando nada une ya al ser que esa carne envuelve. Me hallé triste, enojado conmigo mismo,
más solo que antes, al lado de un cuerpo que volvía a mirar con desprecio. Cualquier prostituta hallada en el bar,
poseída después de pago, hubiera sido preferible a esto.
Por la puerta abierta veía las pinturas del salón de consultas. «Este viaje estaba escrito en la pared», había dicho Mouche, la víspera de nuestra partida, dando un sentido agorero a la presencia del Sagitario, el Navío Argos
y la Cabellera de Berenice, en el conjunto de la decoración, personificándose ella misma en la tercera figura.
Ahora, el sentido agorero de todo aquello —en caso de
que lo tuviera— cobraba una sorprendente claridad en mi
espíritu: la Cabellera de Berenice era Rosario, con su cabellera virgen, jamás cortada, mientras Ruth se asimilaba
a la Hidra que cerraba la composición, amenazadoramen-
te plantada detrás del piano que podía tomarse como el
instrumento de mi oficio. Mouche sintió que mi silencio,
mi falta de interés por lo recobrado, no le eran favora-
bles. Por sacarme de mis pensamientos tomó una publi-
cación que se hallaba sobre el velador. Era una pequeña
revista religiosa, a la que había sido suscrita en el avión
de regreso por una monja negra que compartiera su asiento durante unas horas. Mouche me explicó, riendo, que
como se estaba sorteando un fuerte mal tiempo, había

aceptado la suscripción en la duda de que Jehovah fuese
el dios verdadero. Abriendo el modesto boletín de misiones, impreso en papel barato, lo puso en mis manos:
«Creo que se habla aquí del capuchino que conocimos;
hay un retrato de él.» En un marco de espesa orla negra
Popol-Vuh, del Inca Garcilaso, de los viajes de fray Pedro de Henestrosa, tomada muchos años atrás, sin duda,
pues le lucía joven todavía el semblante, a pesar de la barba entrecana. Supe, con creciente emoción, que el fraile
había emprendido el viaje a las tierras de indios bravíos
que me hubiera señalado, cierta vez, desde lo alto del Cerro de los Petroglifos. Por un buscador de oro —decía el
artículo— llegado recientemente a Puerto Anunciación,
se sabía que el cuerpo de fray Pedro de Henestrosa había
sido hallado, atrozmente mutilado, en una canoa echada
al río por sus matadores, para que llegara a tierra de blancos, a modo de horrenda advertencia. Me vestí rápidamente, sin responder a las preguntas de Mouche, y huí
de la casa sabiendo que jamás regresaría a ella. Hasta el
alba anduve entre lonjas desiertas, bancos, funerarias en
silencio, hospitales dormidos. Incapaz de descansar, tomé
el ferry cuando amaneció, crucé el río y seguí caminando
entre los almacenes y aduanas Hoboken. Pienso que los
matadores deben haber desnudado a fray Pedro, luego de
flecharlo, y levantando sus costillas flacas con un peder-
nal, deben haberle arrancado el corazón, en remembranza de un viejísimo acto ritual. Tal vez lo hayan castrado;
tal vez lo hayan desollado, escuadrado, desmenuzado,
como una res. Puedo imaginar las posibilidades más crueles, las ablaciones más sangrientas, las peores mutilacio-
nes impuestas a su viejo cuerpo. Pero no acabo de hallar
en su terrible muerte el horror que me causaron otras
muertes de hombres que no sabían por qué morían, invocando a la madre o tratando de detener, con las manos, el desfiguro de un rostro ya sin nariz ni mejillas.
Fray Pedro de Henestrosa había tenido la suprema mer-
ced que el hombre puede otorgarse a sí mismo: la de salir al encuentro de su propia muerte, retarla y caer tras-

pasado en lucha que sea, para el vencido, asaeteada victoria de Sebastián: confusión y derrota final de la muerte.

XXXVII

(8 de diciembre)

Cuando el muchacho que me guiaba señaló la casa, diciendo que allí estaba la posada nueva, me detuve con dolorosa sorpresa: detrás de esas paredes espesas, bajo ese tejado cubierto de yerbas mecidas por el viento, habíamos velado cierta noche al padre de Rosario. Allá, en una cocina enorme, me había acercado a *Tu mujer* por vez primera, con una oscura conciencia de su futura importancia. Ahora nos sale al paso un Don Melisio, cuya «Doña», negra enana, agarra tres maletas de manos de los mozos que me siguen y se las empila sobre la cabeza como si nada pesaran los papeles y libros que las llenan hasta reventarles las correas, alejándose hacia el patio con los ojos salidos de la cara. Las habitaciones están como antes, aunque sin el cándido adorno de los cromos viejos. El patio guarda las mismas matas; la cocina, aquella tinaja ventruda que daba a las voces una resonancia de nave de catedral. La vasta sala del frente, en cambio, ha sido transformada en comedor y tienda mixta, con grandes rollos de cuerdas en los rincones y varios estantes en que hay latas de pólvora negra, bálsamos y aceites, y medicinas en frascos de formas desusadas, como destinadas a enfermedades de otro siglo. Don Melisio me explica que compró la casa a la madre de Rosario, y que ésta, con todas sus hijas solteras, ha ido a reunirse con una hermana que tiene tras de los Andes, a once o doce jornadas de viaje. Una vez más me admiro ante la naturalidad con que las gentes de estas tierras consideran el ancho mundo, echándose a navegar o a rodar durante semanas largas, con sus hamacas enrolladas en el hombro, sin los sustos del hombre cultivado ante las distancias que los precarios medios de transporte hacen inmensas. Además, el plantar la tienda en otra parte, pasar del estuario a la cabecera de un río, mudar la vivienda a la otra banda de un llano que tarda días en cruzarse, forma parte del innato concepto de libertad de seres ante cuyos ojos se presenta la tierra sin cercados, cipos ni deslindes. El suelo, aquí es de quien quiera tomarlo: a fuego y a machete se limpia una orilla de río, se para una cobija sobre cuatro horcones, y esto es ya *un hato* que lleva el nombre de quien se proclama su dueño, como los antiguos Conquistadores, rezando un Padrenuestro y arrojando ramas al viento. No se es más rico por ello; pero en Puerto Anunciación, el que no se cree poseedor del secreto de un yacimiento de oro, se siente terrateniente. El perfume a sarrapia y a vainilla que llena la casa me pone de buen humor. Y luego, es esa presencia del fuego, nuevamente, en la chimenea donde chisporrotea un pernil de danta, por todas sus grasas que ya huelen a bellotas desconocidas. Ese regreso al fuego, a la lumbre viva, a la llama que danza, a la pavesa que salta y encuentra, en la ardorosa sabiduría del rescoldo, una resplandeciente vejez, bajo la arrugada grisura de las cenizas. Pido una botella y vasos a la enana negra Doña Casilda, y mi mesa es de quien quiera recordar que aquí estuve hace siete meses —lo cual me trae comensales al cabo de un rato—. Ahí están, con sus noticias de más arriba o de más abajo, el Pescador de Toninas, el hombre de los manatíes, el carpintero que tan bien medía los ataúdes a ojo de buen cubero, y un mozo lento de gestos, con perfil aindiado, a quien llaman Simón, y que, hastiado de ser zapatero en Santiago de los Aguinaldos, viene ahora a remontar los ríos menos navegados en una canoa llena de mercancías destinadas al trueque. En respuestas a mis primeras preguntas, se me confirma la muerte de fray Pedro: su cadáver fue hallado, traspasado de flechas y con el tórax abierto, por uno de los hermanos de Yannes. Como tremendo aviso a quienes pretendieran hollar sus dominios, los indios bravíos pusieron el cuerpo mutilado en una curiara, llevada luego por las

aguas hasta donde la encontrara el griego, cubierta de buitres, a la orilla de un caño. «Es el segundo que muere
así», comenta el Carpintero añadiendo que entre los bar-
budos esos los hay que tienen las bragas muy bien puestas. Ahora, para mala suerte mía, me dicen que el Adelantado ha estado en Puerto Anunciación hace apenas
quince días. Y otra vez se repiten las leyendas que corren
acerca de lo que se posee o busca en la selva. Simón me
revela que en la cabecera de ríos inexplorados tuvo la sorpresa de encontrar gente establecida que levantaba casas
y sembraba la tierra, sin buscar el oro. Otro sabe de quien
ha fundado tres ciudades y las ha llamado Santa Inés, Santa Clara y Santa Cecilia, a la advocación de las patronas
de sus tres hijas mayores. Cuando la enana negra Doña
Casilda nos trae la tercera botella de aguardiente avellanado, Simón se ha ofrecido ya a llevarme, en su canoa,
hasta donde encontré los instrumentos destinados al Curador. Le digo que voy a buscar otra colección de tambores y de flautas, para no explicar el verdadero objeto
de mi viaje. De allí seguiré adelante con los remeros indios de la otra vez, que conocen el rumbo. El mozo no
ha navegado por esos lugares y sólo vio de muy lejos, alguna vez, los contrafuertes primeros de las Grandes Mesetas. Pero me comprometo a guiarlo más allá de la antigua mina de los griegos. Al cabo de tres horas de remo,
río arriba, tenemos que encontrar aquel valladar de árboles —aquella muralla de troncos, como trazada a cordel—
donde está la entrada del caño de paso. Buscaré la señal
incisa, que es identificación del pasadizo abovedado de
ramas. Más allá, siempre hacia el Este con ayuda de la
brújula, hemos de caer en el otro río, donde me agarrara
la tempestad, cierta tarde memorable de mi existencia.
Llegado a donde hallé los instrumentos, veré cómo me
desprendo de mi compañero de viaje, siguiendo con la
gente de la aldea. Seguro ya de salir mañana, me acuesto
con una deliciosa sensación de alivio. Ya esas arañas que
tejen entre las vigas del techo no serán para mí de mal
agüero. Cuando todo parecía perdido, *allá* —¡y qué *de*

allá me parece todo ahora!— fue zanjado el vínculo legal, y un acierto en la composición de un falso concierto romántico destinado al cine me abrió la puerta del laberinto. Estoy, por fin, en los umbrales de mi tierra de elección, con todo lo necesario para trabajar durante mucho tiempo. Por precaución ante mí mismo, por cumplir con una vaga superstición que consiste en admitir la posibilidad de lo peor para conjurarlo y alejarlo, quiero imaginar que algún día me canse de lo que aquí vengo a buscar; pienso que alguna obra mía me imponga el deseo de regresar *allá* por el tiempo de una edición. Pero entonces, aun sabiendo que finjo admitir lo que no admito, me asalta un verdadero miedo: miedo a todo lo que acabo de ver, de padecer, de sentir pesar sobre mi existencia. Miedo a las tenazas, miedo al bolge. No quiero volver a hacer mala música, sabiendo que hago mala música. Huyo de los oficios inútiles, de los que hablan por aturdirse, de los días hueros, del gesto sin sentido, y del Apocalipsis que sobre todo aquello se cierne. Estoy ansioso de sentir nuevamente el correr de la brisa entre mis muslos; estoy impaciente por hundirme en los torrentes fríos de las Grandes Mesetas, y volverme sobre mí mismo, debajo del agua, para ver cómo el cristal vivo que me circunda se tiñe de un verde claro en la luz que nace. Y, sobre todo, estoy tan ansioso de sopesar a Rosario con mi cuerpo entero, de sentir su calor abierto sobre mi carne en pálpito, y cuando mis manos recuerdan sus corvas, sus hombros, la honda blandura hallada bajo su vellón corto y duro, los embates del deseo se me hacen casi dolorosos en su apremio. Sonrío, pensando que escapé de la Hidra, tomé el Navío Argos, y que quien ostenta la Cabellera de Berenice debe estar al pie de las Rúbricas del Diluvio, ahora que pasaron las lluvias, recogiendo las yerbas que tanto hacía macerar en jarras de burbujeantes remedios, ennoblecidos por el sereno de luna o el albor de los cierzos amanecidos. Vuelvo a ella más consciente que antes de amarla, por cuanto he pasado por nuevas Pruebas; por cuanto he visto el teatro y el fingimiento en todas partes.

Además, aquí se plantea una cuestión de trascendencia mayor para mi andar por el Reino de este Mundo —la única cuestión, en fin de cuentas, que excluye todo dilema: saber si puedo disponer de mi tiempo o si otros han de disponer de él, haciéndome bogavante o espaldero de galeras, según el celo puesto por mí en no vivir y servirlos—. En Santa Mónica de los Venados, mientras estoy con los ojos abiertos, mis horas me pertenecen. Soy dueño de mis pasos y los afinco en donde quiero.

XXXVIII

(9 de diciembre)

Acaba el sol de asomarse sobre los árboles cuando atracamos junto a la antigua mina de los griegos, cuya casa está abandonada. Han transcurrido siete meses apenas desde que aquí estuve, y la selva ha vuelto a apoderarse de todo. La choza en que Rosario y yo nos abrazamos por vez primera ha reventado literalmente por el empuje de plantas crecidas desde adentro, que levantaron su techo, abrieron las paredes, haciendo hojas muertas, materia podrida de las fibras que hubieran dibujado el perfil de una vivienda. Además, como la última crecida del río fue particularmente caudalosa, el terreno estuvo anegado. Ha llovido fuera de estación, las aguas no terminaron de descender hacia su más bajo nivel, y en las riberas se pinta una franja de tierra húmeda, cubierta de escorias de la selva, sobre las cuales revolotean miríadas de mariposas amarillas, tan apretadas unas a otras al moverse, que bastaría pegar con un bastón en uno de los enjambres para sacarlo pintado de azufre. Al ver esto, comprendo el origen de migraciones como la que me tocara ver en Puerto Anunciación, cuando el cielo quedó oscurecido por una interminable nube de alas. De pronto bulle el agua y un cardumen de peces que saltan, chocan, se atropellan, pasa por encima de nuestra barca, erizando la corriente de aletas plomizas y colas que se abofetean con ruido de aplausos. Luego, pasa volando en triángulo una bandada de garzas y, como respondiendo a una orden dada, todos los pájaros de la espesura empiezan a alborotar en concierto. Esta omnipresencia del ave, poniendo sobre los espantos de la selva el signo del ala, me hace pensar en la trascendencia y pluralidad de los papeles desempeñados por el Pájaro en las mitologías de este mundo. Desde el Pájaro-Espíritu de los esquimales, que es el primero en graznar cerca del Polo, en lo más empinado del continente, hasta aquellas cabezas que volaban con las alas de sus orejas en el ámbito de la Tierra de Fuego, no se ven sino costas ornadas de pájaros de madera, pájaros pintados en la piedra, pájaros dibujados en el suelo —tan grandes que hay que mirarlos desde las montañas—, en un tornasolado desfile de majestades del aire; Pájaro-Trueno, Aguila-Rocío, Pájaros-Soles, Cóndores-Mensajeros, Guacamayos-Bólidos lanzados sobre el vasto Orinoco, zentzontles y quetzales, todos presididos por la gran triada de las serpientes emplumadas: Quetzalcóalt, Gucumatz y Culcán.. Ya proseguimos la navegación y cuando se hace arduo el bochorno del mediodía sobre las aguas amarillas y revueltas señalo a Simón, a la izquierda, la pared de árboles que cierra la ribera hasta donde alcanza la mirada. Nos acercamos, y empieza una lenta navegación, en busca de la señal que marca la entrada del caño de paso. Con la vista fija en los troncos, busco, a la altura del pecho de un hombre que estuviera de pie sobre el agua, la incisión que dibuja tres *V* superpuestas verticalmente, en un signo que pudiera alargarse hasta el infinito. De cuando en cuando, la voz de Simón, que rema despacio, me interroga. Seguimos más adelante. Pero pongo tanta atención en mirar, en no dejar de mirar, en pensar que miro, que al cabo de un momento mis ojos se fatigan de ver pasar constantemente el mismo tronco. Me asaltan dudas de *haber visto* sin darme cuenta; me pregunto si no me habré distraído durante algunos segundos; mando volver atrás, y sólo encuentro una mancha clara sobre una corteza o un simple rayo de sol. Simón, siempre plácido, sigue mis indicaciones sin chistar. La canoa roza los troncos y tengo, a veces, que apartarla afianzando en un árbol la punta de un machete. Pero ahora la busca de la señal sobre esa inacabable sucesión de troncos todos iguales me produce una suerte de mareo. Y me digo, sin embargo, que el empeño no es absurdo: en ninguno de los troncos, ha aparecido nada semejante a las tres V superpuestas. Ya que existen y que lo escrito sobre una corteza nunca se borra, habremos de encontrarlas. Navegamos durante media hora más. Pero he aquí que surge de la selva un espolón de roca negra, de tan quebrado y singular dibujo, que de haber llegado hasta aquí la otra vez lo recordaría ahora. Es evidente que la entrada del caño ha quedado atrás. Hago seña a Simón, que hace virar la barca en redondo y empieza a desnavegar lo navegado. Me imagino que me está mirando con ironía, y esto me irrita tanto como la propia impaciencia. Por lo mismo, le vuelvo las espaldas y sigo examinando los troncos. Si he dejado pasar la señal sin verla, ahora que seguimos la valla vegetal por segunda vez habré de advertirla por fuerza. Eran dos troncos, erguidos como las dos jambas de una puerta estrecha. El dintel era de hojas, y a media altura, sobre el tronco de la izquierda, estaba la marca. Cuando comenzamos a bogar, el sol nos daba de lleno. Ahora, remando en sentido inverso, estamos en una sombra que se alarga sobre el agua cada vez más. Mi angustia crece ante la idea de que caiga la noche antes de haber hallado lo que busco y tengamos que regresar mañana. El percance, en sí, no sería grave. Pero ahora me parecería de mal augurio. Todo ha marchado tan bien últimamente que no quiero aceptar tan absurdo contratiempo. Simón me sigue considerando con irónica mansedumbre. Al fin, por decir algo, me señala unos árboles, idénticos a los demás, preguntándome si la entrada no sería por aquí. «Es posible», le respondo, sabiendo que ahí no hay señal alguna. «Posible no es palabra de tribunal», comenta el otro, sentencioso, y al punto caigo sobre una borda de

la barca, que ha ido a meterse, de proa, en una red de lianas. Simón se levanta, toma el botador y lo hunde en el
agua, buscando apoyo en el fondo, para echar la canoa
atrás. En aquel instante, en el segundo que tarda la vara
en mojarse, comprendo por qué no hemos encontrado la
señal, ni podremos encontrarla: el botador, que mide
unos tres metros de largo, no encuentra tierra donde afincarse, y mi compañero tiene que atacar las lianas a machetazos. Cuando volvemos a bogar y me mira, ve algo
tan descompuesto en mi rostro que acude a mi lado, pensando que me ha ocurrido algo. Yo recordaba que cuando habíamos estado aquí con el Adelantado, *los remos alcanzaban el fondo en todos momentos.* Esto quiere decir
que sigue desbordado el río, y que *la marca que buscamos está debajo del agua.* Digo a Simón lo que acabo de
entender. Riendo me responde que ya se lo figuraba, pero
que «por respeto» no me había dicho nada, creyendo,
además, que al buscar la señal yo tenía en cuenta el hecho de la creciente. Ahora pregunto, con miedo a la respuesta, demorando en las palabras, si él cree que pronto
habrán bajado las aguas lo suficiente para que podamos
ver la marca como yo la vi la vez anterior. «Hasta abril
o mayo», me responde, poniéndome en presencia de una
realidad sin apelación. Hasta abril o mayo estará cerrada,
pues, para mí, la estrecha puerta de la selva. Me doy cuenta ahora que después de haber salido vencedor de la prueba de los terrores nocturnos, de la prueba de la tempestad, fui sometido a la prueba decisiva: la tentación de regresar. Ruth, desde otro extremo del mundo, era quien
había despachado los Mandatarios que me hubieran caído del cielo, una mañana, con sus ojos de cristal amarillo
y sus audífonos colgados del cuello, para decirme que las
cosas que me faltaban para expresarme estaban a sólo tres
horas de vuelo. Y yo había ascendido a las nubes, ante el
asombro de los hombres del Neolítico, para buscar unas
resmas de papel, sin sospechar que, en realidad, iba secuestrado por una mujer misteriosamente advertida de
que sólo los medios extremos le darían una última opor-

tunidad de tenerme en su terreno. En estos últimos días
sentía junto a mí la presencia de Rosario. A veces, en la
noche, creía oír su queda respiración adormecida. Ahora, ante la señal cubierta y la puerta cerrada, me parece
que esa presencia se aleja. Buscando la resquemante verdad a través de palabras que mi compañero escucha sin
entender, me digo que la marcha por los caminos excep-
cionales se emprende inconscientemente, sin tener la sensación de lo maravilloso en el instante de vivirlo: se llega
tan lejos, más allá de lo trillado, más allá de lo repartido,
que el hombre, envanecido por los privilegios de lo descubierto, se siente capaz de repetir la hazaña cuando se
lo proponga —dueño del rumbo negado a los demás—.
Un día comete el irreparable error de desandar lo anda-
do, creyendo que lo excepcional pueda serlo dos veces,
y al regresar encuentra los paisajes trastocados, los puntos de referencia barridos, en tanto que los informadores
han mudado el semblante... Un ruido de remos me sobresalta en mi angustia. La selva se está llenando de noche, y las plagas se espesan, zumbantes al pie de los árboles. Simón, sin escucharme, más, se ha arrumbado al
centro de la corriente, para regresar más pronto a la antigua mina de los griegos.

XXXIX

(30 de diciembre)

Estoy trabajando sobre el texto de Shelley, aligerando
ciertos pasajes, para darle un cabal carácter de cantata.
Algo he quitado al largo lamento de Prometeo que tan
magníficamente inicia el poema, y me ocupo ahora en encuadrar la escena de las Voces —que tiene algunas estrofas irregulares— y el diálogo del Titán con la Tierra. Esta
tarea, desde luego, es mero intento de burlar mi impaciencia, sacándome a ratos de la sola idea, del único fin,
que me tiene inmovilizado, desde hace ya tres semanas,

en Puerto Anunciación. Dicen que está a punto de regresar del Río Negro un baquiano conocedor del paso que me interesa, o, en todo caso, de otros caminos de agua igualmente útiles para ponerme en el rumbo final. Pero aquí todos son tan dueños de su tiempo, que una espera de quince días no promueve la menor impaciencia. «Ya regresará... Ya regresará», me responde la enana Doña Casilda cuando, a la hora del café del alba, le pregunto si hay noticias del posible guía. También abrigo la esperanza de que el Adelantado, urgido por alguna necesidad de remedios o simientes, haga una aparición inesperada, y por lo mismo, permanezco en el pueblo, desoyendo las tentadoras invitaciones a navegar por los caños del Norte que me hace Simón. Los días transcurren con una lentitud que me haría feliz en Santa Mónica de los Venados, pero que aquí, sin poder fijar la mente en una tarea seria, me resulta tediosa. Además, la obra que me interesa ahora es el *Treno*, y los apuntes han quedado en manos de Rosario. Podría tratar de iniciar de nuevo su composición, pero lo hecho allá me había dado un tal contento, en cuanto a la espontaneidad del acento hallado, que no quiero empezar nuevamente, en frío, con el sentido crítico aguzado, haciendo esfuerzos de memoria —preocupado, a la vez, por el afán de proseguir el viaje—. Cada tarde camino hasta los raudales y me acuesto en las piedras estremecidas por el hervor del agua metida en pasos, tragantes y socavones, hallando una suerte de alivio a mi irritación cuando me encuentro solo en ese fragor de trueno, aislado de todo por las esculturas de una espuma que bulle conservando su forma —forma que se hinca y adelgaza, según las intermitencias del empuje de la corriente, sin perder un dibujo, un volumen y una consistencia que transforma su mutación perenne y vertiginosa en objeto fresco y vivo, acariciable como el lomo de un perro, con redondez de manzana para los labios que en él se posaran. En las espesuras se opera el relevo de los ruidos, la isla de Santa Prisca se hace una con su reflejo invertido, y el cielo se apaga en el fondo del río.

Al mandato de un perro que siempre ladra sobre el mismo diapasón agudo, con ritmo picado, todos los perros del vecindario entonan una suerte de cántico, hecho de aullidos, que escucho ahora con suma atención, andando por el camino del regreso de las rocas, pues he observado, tarde tras tarde, que su duración es siempre la misma, y que termina invariablemente como empezó, sobre dos ladridos —nunca uno más— del misterioso perrochamán de las jaurías. Descubiertas ya las danzas del mono y de ciertas aves, se me ocurre que unas grabaciones sistemáticas de los gritos de animales que conviven con el hombre podrían revelar, en ellos, un oscuro sentido musical, bastante cercano ya del canto del hechicero que tanto me sobrecogiera, cierta tarde, en la Selva del Sur. Hace cinco días que los perros de Puerto Anunciación aúllan lo mismo, de idéntico modo, respondiendo a una determinada orden, y callan a una señal inconfundible. Luego vuelven a sus casas, se acuestan bajo los taburetes, escuchan lo que se habla o lamen sus escudillas, sin importunar más, hasta que llegan los tiempos paroxísticos del celo, en que los hombres no tienen más que esperar resignadamente a que los animales de la Alianza terminen con sus ritos de reproducción. Pensando en esto llego a la primera calleja del pueblo, cuando dos manos vigorosas se cierran sobre mis ojos y una rodilla se me afinca en el espinazo, doblándome hacia atrás, con tal brutalidad que prorrumpo en una exclamación de dolor. Tan necia fue la broma que me retuerzo para zafarme y pegar. Pero estalla una risa cuyo timbre conozco, y al punto mi enojo se torna alegría. Yannes me abraza, envolviéndome en el sudor de su camisa. Lo agarro del brazo, como si temiera que se me escapara, y lo llevo a mi albergue, donde la enana Doña Casilda nos sirve una botella de aguardiente avellanado. Para empezar, finjo un interés halagador por sus andanzas, para hallar más pronto el calor de la amistad y llegar, en tónica afectuosa, a lo único que me interesa: Yannes conoce seguramente el paso anegado; con nosotros estaba cuando penetramos en

él; además, con su larga experiencia de la selva será capaz
de abrir la Puerta sin necesidad de buscar la triple incisión. También es probable que el agua haya bajado un
poco en estas últimas semanas. Pero noto que hay algo
cambiado en los rasgos del griego: sus ojos, de mirada
tan penetrante y segura, están como inquietos, desconfiados, no acabando de descansar en nada. Parece nervioso, impaciente, y es difícil tener con él una conversación
hilvanada. Cuando narra algo, se atropella o vacila, sin
detenerse largo tiempo sobre una idea, como antes hacía.
De súbito, con aire de conspirador, me ruega que lo lleve a mi habitación. Allí cierra la puerta con llave, asegura
las ventanas y me muestra, a la luz de la lámpara, un tubo
de metoquina, vacío de comprimidos, en que hay unos
cristalitos como de vidrio ahumado. Me explica, en voz
baja, que esos cuarzos son como los centinelas del diamante: cerca de ellos está siempre lo que se busca. Y él
hundió el pico en cierto lugar y encontró el yacimiento
portentoso. «Diamantes de catorce cárates —me confía
con voz ahogada—. Y debe haber más grandes.» Ya sueña, sin duda, con la gema de cien kilates, hallada recientemente, que ha trastornado los sesos de todos los buscadores del Dorado que todavía andan por el continente
y no renuncian a hallar los tesoros buscados por el alucinado Felipe de Utre. Yannes está desasosegado por el
descubrimiento; va a la capital, ahora, para hacer el de-
nuncio legal de la mina, con el obsesionante miedo de
que alguien, en su ausencia, tropiece con el remoto yacimiento encontrado. Parece que se han visto casos de una
convergencia prodigiosa de dos buscadores sobre el mismo arpento del inmenso mapa. Pero nada de eso me interesa. Alzo la voz para imponerle atención y le hablo de
lo único que me preocupa. «Sí, a la vuelta —me responde—. A la vuelta.» Le suplico que difiera su viaje, para
que salgamos esta misma noche, antes del alba. Pero el
griego me avisa que el *Manatí* acaba de llegar y debe zar-
par mañana a mediodía. Además, no hay modo de dialogar con él. Sólo piensa en sus diamantes, y cuando calla

es por no hablar de ellos, temiendo que Don Melisio o la enana lo escuchen. Despechado, me resigno a una nueva dilación: aguardaré, pues, a que regrese —cosa que hará pronto, bajo el apremio de la codicia—. Y para estar seguro que no dejará de buscarme, le ofrezco alguna ayuda para iniciar la explotación. Se me abraza aparatosamente, llamándome hermano, y me lleva a la taberna donde conocí al Adelantado; pide otra botella de aguardiente avellanado, y para interesarme más a su hallazgo, finge hacerme confidencias acerca del lugar en que recogió los cuarzos anunciadores del tesoro. Y me entero, así, de algo que yo no hubiera sospechado: *encontró la mina viniendo de Santa Mónica de los Venados,* luego de haber dado con la ciudad desconocida y de haber pasado dos días en ella. «Gente idiota —me dice—. Gente estúpida; tienen oro cerca y no sacan; yo quise trabajar: ellos dijeron matarme fusil.» Agarro a Yannes por los hombros y le grito que me hable de Rosario, que me diga algo de ella, de su salud, de su aspecto, de lo que hace. «Mujer de Marcos —me responde el griego—. Adelantado contento, porque ella preñada recién...» Quedo como ensordecido. Mi piel se eriza de alfileres fríos, salidos de dentro. Con inmenso esfuerzo llevo mi mano hasta la botella, cuyo cristal me produce una sensación de quemadura. Lleno mi copa lentamente y derramo el licor en una garganta que no sabe tragar y se rompe en toses desgarradas. Cuando recupero el aliento perdido me miro en el espejo ennegrecido por horruras de mosca que está en el fondo de la sala y veo un cuerpo, ahí, sentado junto a la mesa, que está como vacío. No estoy seguro de que se movería y echaría a andar si yo se lo ordenara. Pero el ser que gime en mí, lacerado, desollado, cubierto de sal, acaba por subirse a mi gaznate en carne viva, e intenta una protesta balbuciente. No sé lo que digo a Yannes. Lo que oigo es la voz de otro que le habla de derechos adquiridos sobre *Tu mujer,* explica que la demora en regresar se debió a razones externas, trata de justificarse, pide apelación a su caso, como si estuviese compareciendo ante

un tribunal empeñado en destruirlo. Sacado de sus diamantes por el timbre quebrado, implorante, de una voz
que pretende hacer retroceder el tiempo y lograr que lo
consumado no hubiese ocurrido nunca, el griego me mira
con una sorpresa que pronto se hace compasión: «Ella
no Penélope. Mujer joven, fuerte, hermosa, necesita marido. Ella no Penélope. Naturaleza mujer aquí necesita
varón...» La verdad, la agobiadora verdad —lo comprendo yo ahora— es que la gente de estas lejanías nunca ha
creído en mí. Fui un ser prestado. Rosario misma debe
haberme visto como un Visitador, incapaz de permanecer indefinidamente en el Valle del Tiempo Detenido. Recuerdo ahora la rara mirada que me dirigía, cuando me
veía escribir febrilmente, durante días enteros, allí donde
escribir no respondía a necesidad alguna. Los mundos
nuevos tienen que ser vividos, antes que explicados.
Quienes aquí viven no lo hacen por convicción intelectual; creen, simplemente, que la vida llevadera es ésta y
no la otra. Prefieren este presente al presente de los hacedores de Apocalipsis. El que se esfuerza por comprender demasiado, el que sufre las zozobras de una conversión, el que puede abrigar una idea de renuncia al abrazar las costumbres de quienes forjan sus destinos sobre
este légamo primero, en lucha trabada con las montañas
y los árboles, es hombre vulnerable por cuanto ciertas potencias del mundo que ha dejado a sus espaldas siguen actuando sobre él. He viajado a través de las edades; pasé
a través de los cuerpos y de los tiempos de los cuerpos,
sin tener conciencia de que había dado con la recóndita
estrechez de la más ancha puerta. Pero la convivencia con
el portento, la fundación de las ciudades, la libertad hallada entre los Inventores de Oficios del suelo de Henoch
fueron realidades cuya grandeza no estaba hecha, tal vez,
para mi exigua persona de contrapuntista, siempre lista a
aprovechar un descanso para buscar su victoria sobre la
muerte en una ordenación de neumas. He tratado de enderezar un destino torcido por mi propia debilidad y de
mí ha brotado un canto —ahora trunco— que me devol

vió al viejo camino, con el cuerpo lleno de cenizas, incapaz de ser otra vez el que fui. Yannes me tiende un pasaje para embarcar con él, mañana, en el *Manatí*. Nave-
garé, pues, hacia la carga que me espera. Alzo los ojos ar-
didos hacia la enseña floreada de *Los Recuerdos del Porvenir*. Dentro de dos días, el siglo habrá cumplido un año
más sin que la noticia tenga importancia para los que ahora me rodean. Aquí puede ignorarse el año en que se vive,
y mienten quienes dicen que el hombre no puede escapar
a su época. La Edad de Piedra, tanto como la Edad Media, se nos ofrecen todavía en el día que transcurre. Aún
están abiertas las mansiones umbrosas del Romanticismo,
con sus amores difíciles. Pero nada de esto se ha destinado a mí porque la única raza que está impedida de des-
ligarse de las fechas es la raza de quienes hacen arte, y no
sólo tienen que adelantarse a un ayer inmediato, repre-
sentado en testimonios tangibles, sino que se anticipan al
canto y forma de otros que vendrán después, creando
nuevos testimonios tangibles en plena conciencia de lo
hecho hasta hoy. Marcos y Rosario ignoran la historia.
El Adelantado se sitúa en su primer capítulo, y yo hubiera podido permanecer a su lado si mi oficio hubiera
sido cualquier otro que el de componer música —oficio
de cabo de raza—. Falta saber ahora si no seré ensordecido y privado de voz por los martillazos del Cómitre
que en algún lugar me aguarda. Hoy terminaron las vacaciones de Sísifo.

Alguien dice, detrás de mí, que el río ha descendido no-
tablemente en estos últimos días. Reaparecen muchas lajas sumergidas y los raudales se erizan de espolones ro-
cosos, cuyas algas dulces mueren a la luz. Los árboles de
las orillas parecen más altos, ahora que sus raíces están
próximas a sentir el calor del sol. En cierto tronco escamado, tronco de un ocre manchado de verde claro, empieza a verse, cuando la corriente se aclara, el Signo dibujado en la Corteza, a punta de cuchillo, unos tres palmos bajo el nivel de las aguas.

Caracas, 6 de enero de 1953.

Si bien el lugar de acción de los primeros capítulos del presente libro no necesita de mayor ubicación: si bien la capital latinoamericana, las ciudades provincianas, que aparecen más adelante, son meros prototipos, a los que no se ha dado una situación precisa, puesto que los elementos que los integran son comunes a muchos países, el autor cree necesario aclarar, para responder a alguna legítima curiosidad, que a partir del lugar llamado Puerto Anunciación, el paisaje se ciñe a visiones muy precisas de lugares poco conocidos y apenas fotografiados, cuando lo fueron alguna vez.

El río descrito que, en lo anterior, pudo ser cualquier gran río de América, se torna, muy exactamente, el Orinoco en su curso superior. El lugar de la mina de los griegos podría situarse no lejos de la confluencia del Vichada. El paso con la triple incisión en forma de «V» que señala la entrada del paso secreto, existe, efectivamente, con el Signo, en la entrada del Caño de la Guacharaca, situado *a unas dos horas de navegación, más arriba del Vichada: conduce, bajo bóvedas de vegetación, a una aldea de indios guahibos, que tiene su atracadero en una ensenada oculta.*

La tormenta acontece en un paraje que puede ser el Raudal del Muerto. La Capital de las Formas es el Monte Autana, con su perfil de catedral gótica. Desde esa jornada el paisaje del Alto Orinoco y del Autana es trocado por el de la Gran Sabana, cuya visión se ofrece en distintos pasajes de los Capítulos III y IV. Santa Mónica de los Venados es lo que pudo ser Santa Elena del Uarirén, en los primeros años de su fundación, cuando el modo más fácil de acceder a la incipiente ciudad era una ascensión de siete días, viniéndose del Brasil, por el abra de un tumultuoso torrente. Desde entonces han nacido muchas poblaciones semejantes —aún sin ubicación geográfica— en distintas regiones de la selva americana. No hace mucho, dos famosos exploradores franceses descubrieron una de ellas, de la que no se tenía noticia, que responde de modo singular a la fisonomía de Santa Mónica de los Venados, con un personaje cuya historia es la misma de Marcos.

El capítulo de la Misa de los Conquistadores transcurre en una aldea piaroa que existe, efectivamente, cerca del Autana. Los indios descritos en la jornada XXIII son shirishanas del Alto Caura. Un explorador grabó fonográficamente —en disco que obra en los archivos del folklore venezolano— el Treno del Hechicero.

El Adelantado, Montsalvatje, Marcos, fray Pedro, son los personajes que encuentra todo viajero en el gran teatro de la selva. Responden todos a una realidad —como responde a una realidad, también un cierto mito del Dorado, que alientan todavía los yacimientos de oro y de piedras preciosas. En cuanto a Yannes, el minero griego que viajaba con el tomo de La Odisea por todo haber, baste decir que el autor no ha modificado su nombre, siquiera. Le faltó apuntar, solamente, que junto a La Odisea, admiraba sobre todas cosas La Anábasis de Jenofonte.

A. C.

El Libro de Bolsillo   Alianza Editorial   Madrid

Libros en venta